박태원 옮역

三國志

박태원 완역

三國志

하나로 통일된 천하

10

나관중 지음

박태원 삼국지 10
하나로 통일된 천하

1판 1쇄 인쇄   2008년 5월 2일
1판 1쇄 발행   2008년 5월 6일

지은이   나관중
옮긴이   박태원
발행인   박현숙
펴낸곳   도서출판 깊은샘

등   록   1980년 2월 6일 제2-69
주   소   서울시 종로구 낙원동 58-1 종로오피스텔 606호 우편번호 110-320
전   화   764-3018, 764-3019
팩   스   764-3011

ⓒ 박태원 유족 2008

ISBN 978-89-7416-200-9 04810
ISBN 978-89-7416-190-3 (전10권)

강유(姜維)*

촉한의 장수. 자는 백약(伯約). 제갈량 신임을 크게 얻었으며, 제갈량이 터득한 병법을 모조리 전수받았다. 제갈량이 세상을 떠난 뒤 역시 뜻을 이어 여러 차례 중원을 도모하려 하였으나 그때마다 또 제갈량 성공할 만하면 조정에서 환관 황호의 농간으로 불러들여 일을 이루지 못했다. 촉의 패망후 종회를 이용해 부흥을 도모했으나 실패하고 죽었다.

등애(鄧艾)*

위나라의 명장. 자는 사재(士載). 하급관리였다가 사마의에게 재능을 인정받아 관직이 오르기 시작했다. 험한 길을 개척하여 촉한의 수도인 성도(成都)에 들어가 제갈첨, 장준 등의 목을 베고 유선의 항복을 받아 드디어 촉의 정벌을 성공했다.

문앙(文鴦)

위의 장수 문흠의 아들. 사마사의 폐립을 감행한 죄를 물어 군사를 일으켰을 때 아비를 도왔다. 창과 동편을 잘 사용했다. 뒤에 패군 하여 항복하였다가 나중에 진에서 장군 벼슬을 하였다.

유선(劉禪)

촉한의 2대 황제. 자는 공사(公嗣). 유비가 죽자 대위를 잇고 후주(後主)라 칭해짐. 사람됨이 유약하고 우둔하며 주색에 탐닉했다. 제갈량이 죽은 후 유선은 국정을 팽개친 체 환관 황호와 더불어 국정의 부패를 초래했다. 유선에 의해 썩어버린 촉은 위의 등애에 의해 종말을 고했다.

유심(劉諶)

촉한 후주 유선의 다섯째 아들. 용모가 준수하고 성품이 과단성이 있으며 식견이 탁월함. 후주가 위에 항복하려 할 때, 부당함을 간했지만 관철되지 않자 친히 아들 3형제의 목을 베고, 조묘(祖廟)에 가 스스로 목을 쳐서 자살하였다.

조휴(曹休)

조조의 조카. 조비를 섬겨 정동대장군이 되고, 조비가 죽을 때 그 아들 조예의 보필을 부탁받았다.

등지(鄧芝)

촉한의 문신. 자는 백묘(伯苗). 유비를 받들어 정무를 담당하고, 그가 죽었을 때는 오에 수호 사절로 가서 대임을 완수했다. 제갈량의 북정에 참가하고 그가 죽은 뒤에는 중직을 역임하며 국정을 맡아보았다.

제갈첨(諸葛瞻)

촉한의 대장. 제갈량의 적자. 자는 사원(思遠). 재사가 깊고 서화에 능했다. 환관 황호의 패악에 출사하지 않다가 극정의 주선으로 병권을 맡았다. 종회의 위군 선봉을 물리쳤고 동오의 구원병을 기다리다 오지 않자 위 진중으로 돌격하여 최후의 힘을 다해 싸우고는 스스로 목을 쳐서 죽었다.

손휴(孫休)

동오의 삼대 황제. 손권의 여섯째아들로 자는 자열(子烈). 손양이 폐위된 후 왕으로 추대됨. 손침에 의해 내세워진 인물이라 항상 불안해 하다가 위막, 시삭 두 장수의 힘을 빌어 노장 정봉을 움직여 결국 손침과 그의 5형제를 죽여 버렸다.

손호(孫皓)

동오의 마지막 황제. 손권의 손자로 자는 원종(元宗). 사람됨이 흉포하고 주색을 즐겨, 어진 사람을 잔혹하게 많이 죽였다. 재위 16년 동안 무도한 일을 무수히 하고, 나중에 왕준이 쳐들어오자 항복하였다.

정봉(丁奉)

오의 장수. 자는 승연(承淵). 감녕, 육손, 반장 등의 지휘 하에 들어가 종종 공을 세워 편장군으로 된다. 손량이 즉위하자 관군장군에 임명되었다.

사마사(司馬師)

위의 승상. 사마의의 장자로 자는 자원(子元). 성질이 침착하고 병서에 통효하여 아비의 대를 이어 위의 정권을 잡았다. 강유와 국산에서 싸웠고 동오를 원정하였다가 혹을 짼 자리가 터져 진중에서 죽었다.

사마소(司馬昭)

사마의의 둘째 아들. 자는 자상(子尙). 권모술수가 뛰어났으며 음험하고 잔혹했다. 군사 지위에도 역량이 있어, 형 사마사가 죽은 뒤 대장군이 되어 국정을 손아귀에 넣었다. 진왕이 되어 천자의 못지않은 권세를 누렸는데, 담을 앓아 죽었다.

제갈탄(諸葛誕)

위의 대장. 자는 공휴(公休). 제갈량의 집안 동생으로 위에 벼슬하였는데, 제갈량이 죽은 뒤부터 비로소 등용되기 시작하였다. 사마사를 도와 관구검의 군대를 토벌한 적도 있었으나, 사마소가 찬탈하려는 태도가 엿보이자, 군사를 동원하여 그에 항거하다 죽었다.

《 삼국지 일러두기 》

1. 이 책은 1959년~1964년 국립문학예술서적출판사와 조선문학예술총동맹출판사에서
   간행된 박태원 역『삼국연의(전 6권)』를 저본으로 삼았다.

2. 저본의 용어나 표현은 모두 그대로 살렸으나, 두음법칙에 따라 그리고 우리말 맞춤법
   에 따라 일부 용어를 바꾸었다. 예) 령도→영도, 렬혈→열혈

3. 저본에는 한자가 병기되어 있으나, 이 책에서는 맨 처음에 나올 때는 한자를 병기하고
   이후에는 생략했다.

4. 저본의 주는 가능하면 유지하였으나 독자의 편의를 위해 약간의 수정을 가하였다.

5. 저본에 충실하게 하는 것을 원칙으로 하였으나 매회 끝에 반복해 나오는 "하회를 분해
   하라"와 같은 말은 삭제했다.

6. 본서에 이용된 삽화는 청대초기 모종강 본에 나오는 등장 인물도를 썼으며 인물에 대
   한 한시 해석은 한성대학교 국문과 정후수 교수의 도움을 받았다.

삼국정립도

문앙은 단기로 웅병을 물리치고
강유는 배수진을 쳐서 대적을 깨뜨리다

| *110* |

양주자사 진동장군 영회남군마 관구검의 자는 중문(仲聞)이니 하동 문희(聞喜) 사람이다.

위 정원 이년 정월에 그는 사마사가 함부로 폐립하는 일을 행하였다 함을 듣고 마음에 분노하기를 마지않았는데, 그의 장자 관구전(毌丘甸)이

"아버님께서는 한 방면(方面)[1]을 맡으신 분이십니다. 이제 사마사가 나라의 권세를 한 손에 틀어쥐고 함부로 임금을 폐해서 국가가 누란의 위기에 있사온데, 어찌 안연히 앉아서 지키시기만 하십니까."

하고 말해서, 그는

---

1) 방면을 맡았다 함은, 한 지구(地區)의 군정(軍政)을 통할하는 권한을 가졌다는 말이다.

"네 말이 옳도다."

하고 드디어 자사 문흠을 청하여 일을 의논하기로 하였다.

문흠은 원래 조상 문하의 사람이었는데, 이날 관구검의 초청을 받고 즉시 와서 배알하였다.

관구검이 그를 후당으로 맞아들여서 피차 인사 수작을 마친 다음에 함께 담화하는데, 관구검의 눈에서 눈물이 그칠 사이 없이 흘러 내려서 문흠은 그 까닭을 물었다.

관구검이 마침내 말을 내어

"사마사가 권세를 제 마음대로 해서 임금을 폐해 버려 천지가 그대로 뒤집혔는데 어찌 마음이 아프지 않겠소."

한마디 하니, 문흠이 곧

"도독께서 한 방면을 수비하고 계신데, 만일에 의를 지키셔서 도적을 치시겠다면 바라건대 흠이 목숨을 버려 도와 드리겠소이다. 흠의 둘째아들 문숙(文淑)은 아명이 아앙(阿鴦)인데 만부부당지용이 있어 매양 사마사 형제를 죽이고 조상의 원수를 갚으려 하는 터이니, 이제 저로 선봉을 삼는 것이 가하오리다."

하고 말한다.

관구검은 크게 기뻐하여 즉시 술을 땅에다 부어 신령에게 맹세를 하였다.

두 사람은 거짓 태후에게서 밀조를 받았다 칭하고 회남의 모든 관원들과 장병들을 다 수춘성 안으로 들어오게 하여, 서쪽에다 단을 쌓아 놓고 백마를 잡아서 피를 마셔 맹세를 한 다음에

"사마사가 대역부도하매, 이제 태후의 밀조를 받들고 회남 군마를 모조리 일으켜 의를 지켜서 도적을 치노라."

하고 선언하니 모든 사람이 다 함성을 올려 기뻐하며 복종하였다.

이에 관구검은 육만 병을 거느려 항성에 둔치고, 문흠은 군사 이만을 거느리고 밖에 있어 유병(遊兵)[2]이 되어 왕래 접응하기로 하는데, 관구검은 또 여러 고을에 격문을 돌려서 각기 군사를 일으켜 서로 도울 것을 호소하였다.

이때 사마사는 왼편 눈 아래 있는 혹이 항상 아프고 가려워서 의원에게 명하여 째고 약 심지를 해 넣고는 연일 부중에서 조리하고 있었는데, 문득 회남의 급보를 듣고 태위 왕숙을 청해다가 상의하니 왕숙이

"옛날에 관운장의 위세가 중원을 진동하였을 때 손권이 여몽으로 하여금 형주를 엄습해 취하게 하고 형주 장병들의 가솔을 무휼하니 이로 인해서 관공의 군세가 와해하고 말았던 것이외다. 이제 회남 장병들의 가솔이 다 중원에 있으니 급히 무휼하도록 하시고 다시 군사를 내어 그 돌아갈 길을 끊으시면 반드시 단번에 무너지고 마오리다."

하고 말한다.

사마사가 듣고

"공의 말씀이 극히 유리하오. 그러나 다만 내가 갓 혹을 째서 몸소 가지는 못하겠고, 그렇다 해서 만약에 딴 사람을 시켜서는 마음이 또 편안치 않겠으니 어찌하면 좋을까."

하고 말하는데, 이때 중서시랑 종회가 곁에 있다가

---

2) 유격(遊擊) 부대.

"회초(淮楚)[3] 지방의 군사가 강해서 그 형세가 심히 날카로운 터에, 만약 사람을 시키셔서 군사를 거느리고 가 물리치게 하신다면 불리함이 많을 것이옵고, 자칫 실수나 있고 보면 대사는 그만 그릇되고 말 것입니다."

하고 말하는 것이다.

그 말을 들은 사마사는 자리를 차고 벌떡 일어나며

"내가 친히 가지 않고는 적을 깨치지 못하리로다."

한다.

사마사는 드디어 아우 사마소를 남겨 두어 낙양을 지키며 나라 정사를 총섭하게 하고, 사마사 자기는 연여(軟輿)[4]를 타고 병이 있는 몸으로 동쪽으로 내려가는데, 진동장군 제갈탄(諸葛誕)으로 예주 제군을 총독해서 안풍진(安風津)으로 작로하여 수춘을 취하게 하고, 또 정동장군 호준으로 청주 제군을 거느려 초(譙)·송(宋) 지방으로 나가서 그 돌아갈 길을 끊게 하며, 다시 형주자사 감군 왕기(王基)를 보내서 본부병을 거느리고 먼저 가서 진남 땅을 취하게 하였다.

사마사가 대군을 양양에 둔쳐 놓고서 문관 무장들을 장하에 모아 놓고 상의하니, 광록훈 정무(鄭袤)는 말하기를

"관구검은 모략을 좋아하기는 하나 결단성이 없사옵고, 문흠은 용맹은 있으나 꾀가 없사옵니다. 이제 대군이 불의에 나아간다면 강회의 군사들이 예기가 한창 성해서 쉽사리 대적하기가 어려울 것이오니, 방비를 엄히 하고 굳게 막아서 그 예기를 꺾는 것이 바

---

3) 회와 초는 회수 유역과 강동 땅.
4) 자리를 편안하게 꾸며 놓은 가마.

로 아부(亞夫)[5]의 장책인가 하옵니다.”

하고 말하고, 또 감군 왕기는 그와는 반대로

“그는 불가하외다. 회남에서 반하는 것은 군사나 백성이 난을 생각하기 때문이 아니라 모두 관구검의 위세에 못 이겨 부득이 좇은 것이라, 만약에 대군이 한 번 임하면 필연 와해하고 말 것입니다.”

하고 말한다.

사마사는 왕기의 말에

“그 말이 심히 근리한 말이로고.”

하고 드디어 군사를 거느리고 은수(瀷水) 가로 나아가 중군이 은교(瀷橋)에 둔쳤다. 왕기가 또 나서서

“남돈(南頓)이 군사를 둔치기가 극히 좋은 곳이오니 군사를 거느리고 밤을 도와 가서 취하는 것이 가합니다. 만약에 지체하였다가는 관구검이 반드시 먼저 이를 것입니다.”

하고 말한다.

사마사는 드디어 왕기로 하여금 전부병을 거느리고 남돈성에 가서 하채하게 하였다.

한편 관구검은 항성에서 사마사가 몸소 군사를 거느리고 왔다는 말을 듣고, 이에 여러 사람을 모아 놓고 의논하니 선봉 갈옹(葛雍)이 나서서

“남돈 땅이 산을 의지하고 물이 가까이 있어서 군사를 둔치기 좋은 곳이라, 만약에 위병이 먼저 점거하고 보면 몰아내기가 어

---

5) 한 문제(文帝) 때 승상까지 한 유명한 장군 주아부(周亞夫).

려울 것이오니 속히 취하시는 것이 좋을까 보이다."

하고 말한다.

관구검이 그의 말을 좇아서 군사를 일으켜 남돈을 바라고 오는데, 한창 행군하는 중에 전면에서 유성마가 보하되, 남돈에 이미 군사가 둔치고 있다 한다.

관구검이 믿지 않고 친히 군전에 가서 살펴보니, 과연 들을 덮어 정기가 휘날리고 영채가 정제하게 서 있는 것이다.

관구검이 군중으로 돌아와 아무리 생각하나 쓸 계책이 없는데, 홀연 초마가 나는 듯이 달려들며

"동오의 손준이 군사를 이끌고 강을 건너 수춘을 취하러 왔소이다."

하고 보한다.

관구검은 크게 놀라

"수춘을 만약에 잃으면 내 어디로 갈꼬."

하고 그 밤으로 퇴군하여 항성으로 돌아갔다.

사마사가 관구검이 퇴군함을 보고 여러 관원들을 모아 의논하니 상서 부하(傅嘏)가 나서서

"이제 관구검이 퇴군해 가기는 동오에서 수춘을 엄습할 것을 근심하기 때문이라, 제가 필시 항성으로 돌아가 군사를 나누어서 지킬 것이오니, 장군께서 일군으로는 낙가성을 취하게 하시고, 일군으로는 항성을 취하며 또 일군으로는 수춘을 취하게 하시면, 회남 군사들이 반드시 물러가고 마오리다. 또한 연주자사 등애가 지모가 넉넉하니 만약 군사를 거느리고 바로 가서 낙가를 취하게 하시고, 다시 대병으로 접응해 주신다면 적을 깨뜨리기 어

렵지 않을까 하옵니다."

하고 계책을 드린다.

　사마사는 그의 말을 좇아서 급히 사자를 시켜 격문을 가지고 가서 등애로 하여금 연주병을 일으켜 낙가성을 깨뜨리게 하고, 자기도 뒤미처 군사를 거느리고 그곳으로 가서 서로 모이기로 하였다.

　한편 관구검은 항성에 있으면서 매일 사람을 낙가성으로 보내 초탐하게 하였다. 그는 오직 위병이 올 것이 두려웠던 것이다.

　문흠을 영채로 청해다가 서로 의논해 보니, 문흠이

"도독께서는 근심하지 마십시오. 내, 우리 아이 문앙과 오천 병만 가지면 감히 낙가성을 보전하오리다."

하고 장담한다.

　관구검은 듣고 크게 기뻐하였다.

　문흠 부자가 오천 병을 거느리고 낙가성을 향해서 오는데 전군이 보하되,

"낙가성 서편에 있는 것이 모두 위병이온데 대략 만여 명은 되는 듯하옵고, 멀리 중군을 바라보매 백모·황월·조개·주번[6]이 영채를 둘러 있고 그 가운데 비단에 수(帥) 자를 수놓은 기가 하나서 있으니 이 필연 사마사인 듯하온데, 영채를 아직 온전히 다 세우지는 못하였소이다."

한다.

---

6) 흰 기, 금도끼, 검은 산개, 붉은 기.

때에 문앙이 철편(鐵鞭)을 들고 부친의 곁에 서 있다가 이 말을 듣자 부친을 향해서

"저들의 영채가 아직 온전히 서기 전에 좌우로 치면 가히 전승할 수 있사오리다."

하고 말해서, 문흠이

"언제 가는 것이 좋겠느냐."

하고 물으니, 문앙이

"오늘밤 황혼에 부친께서는 이천오백 병을 거느리시고 성 남쪽으로 좇아 짓쳐 나가시고, 저는 이천오백 병으로 성 북쪽에서 짓쳐 나가 삼경에 위병 영채에서 만나도록 하시지요."

하고 대답한다.

문흠은 아들의 말을 좇아 그날 밤 군사를 두 길로 나누니, 이때 문앙의 나이 바야흐로 십팔 세라, 신장이 팔 척이었는데 갑옷 입고 투구 쓰고 허리에 철편을 차고 손에 창 들고 말에 올라 멀리 위병 영채를 바라고 나아갔다.

이날 밤 사마사는 낙가에 영채를 세우고 등애를 기다렸다. 눈 아래 새로 혹 짼 자리가 쑤시고 아파서 사마사는 장중에 누워 수백 명 갑사들로 호위를 시키고 있었는데, 삼경쯤 해서 홀연 영채 안에 함성이 크게 진동하며 인마가 크게 들렌다.

사마사가 급히 물어보니 사람이 보하되

"일군이 영채 북쪽으로서 방비를 뚫고 쳐들어 왔사온데, 앞을 선 한 장수가 어찌나 용맹한지 당할 수가 없소이다."

하고 고한다.

22

사마사가 기급을 하게 놀라 마음에 불이 일어나니, 눈망울이 혹 쨌 자리로 솟쳐 나오며 피가 땅에 그득히 흐르는데 사뭇 쑤시고 아파서 견딜 수가 없으나, 군심을 어지럽게 할까 저어하여 이불을 깨물면서 참으니, 이불이 다 씹혀 갈기갈기 헤져 버렸다.

원래 문앙의 군마가 먼저 당도해서 일제히 몰려 들어와 영채 안에서 좌충우돌하고 있었던 것이다.

문앙이 이르는 곳에 감히 그를 당하는 자가 없다.

혹시 누구 나서서 막는 자가 있어도 창으로 찌르고 철편으로 후려갈기니 한 번 맞아 죽지 않는 자가 없다.

이때 문앙은 오직 부친이 이르러 외응하여 주기만을 바라고 있었는데 종시 오지 않는다.

그는 몇 번이나 중군(中軍)[7]으로 짓쳐 들어갔으나, 적이 궁노를 어지러이 쏘아서 매번 그대로 물러나왔다.

이처럼 싸우는 중에 날이 훤히 밝았는데, 이때 북쪽에서 북소리·각적소리가 요란하게 들려와서 문앙은 종자를 돌아보며,

"부친이 남쪽에서 접응하시지 않고, 북쪽에서 오시니 웬일인고."
하고 말을 놓아 앞으로 나서서 바라보노라니까, 일군이 질풍처럼 몰려 들어오는데 앞을 선 장수는 바로 등애라 칼을 비껴들고 말을 몰아 짓쳐 들어오며

"반적은 닫지 마라."
하고 큰 소리로 호통 친다.

문앙은 대로해서 창을 꼬나 잡고 그를 맞았다. 그러나 오십 합

---

7) 영채 중앙에 있는 중군장(中軍帳)을 말한다. 그 안에 대장이 들어 있다.

을 싸우도록 승부가 나뉘지 않는다.

한창 싸우고 있는 판에 위병이 일시에 와짝 몰려 들어와 앞뒤로 끼고 치니, 문앙의 수하 군사들이 제각기 흩어져 도망한다.

문앙은 필마단기로 위병들을 쳐 헤치며 남쪽을 바라고 달아났다.

등 뒤에서 수백 명의 위나라 병사들이 정신을 가다듬어 말을 풍우같이 몰아서 쫓아온다. 낙가교 가에 이르렀을 때는 거의 쫓아 잡을 만큼 가까이 들어와 있었다.

이때 문앙은 홀지에 말머리를 돌려 세우자 한 소리 크게 호통치며 바로 위장들 속으로 짓쳐 들어갔다. 철편이 바람을 일으키는 곳에 위장이 분분히 말에 떨어지며 모두 뒤로 물러나간다.

문앙은 다시 천천히 말을 걸려 나아갔다.

위장들은 한 곳에 모여 모두 마음에 놀라고 의아해하며

"이 사람이 이제도 감히 우리 이 많은 사람을 물리칠 텐가. 어디 한 번 힘을 합해 쫓아가 보세."

하고 이에 위 병사 백 명이 다시 그의 뒤를 쫓았다.

이를 보자 문앙은 발연대로해서,

"쥐 같은 무리가 어째 목숨을 아끼지 않느냐."

하고 철편을 들고 말을 몰아 위장 총중으로 뛰어들자 눈결에 사오 명을 쳐 죽이고 다시 말머리를 돌려 고삐를 늦추고 서서히 걸어간다.

위장들이 연거푸 너덧 차례나 뒤를 쫓았으나 모두 문앙 한 사람에게 격퇴되고 말았다.

후세 사람이 지은 시가 있다.

그 옛날 장판파에서 백만 대병 홀로 막아
상산 조자룡이 영특한 이름을 떨치더니,
오늘날 다시 한 번 낙가성 싸움에서
소년 장군 문앙의 장한 의기를 보는구나.

원래 문흠은 산길이 하도 기구해서 그릇 산곡 중으로 들어가 반밤을 헤매던 끝에 겨우 길을 찾아 나와 보니 날은 이미 활짝 밝았는데 문앙의 군사는 간 곳을 모르겠고, 다만 위병들이 크게 이긴 것만 알겠다.

문흠이 싸우지 않고 그대로 퇴군하는데, 위병이 승세해서 그 뒤를 몰아치는 바람에 문흠은 군사를 이끌고 수춘을 바라고 달아났다.

한편 위나라 전중 교위 윤대목은 본래 조상의 심복으로서 조상이 사마의에게 모살당한 뒤 짐짓 사마사를 섬기며 항상 그를 죽여 조상의 원수를 갚을 마음이었는데 또 문흠과는 본래 교분이 두터운 터라, 이때 사마사가 눈망울이 혹 쨴 자리로 솟쳐 나와서 능히 행동을 못함을 보자 장중으로 들어가서

"문흠이 본래 반할 마음을 가지지 않았으나, 관구검의 핍박을 받아 이렇게 된 것이온즉 이제 이 사람이 가서 달래면 제가 필연 항복하오리다."

하고 말하였다. 사마사가 그리 하라고 한다.

윤대목은 곧 투구 쓰고 갑옷 입고 말에 올라 문흠의 뒤를 쫓아갔다.

거의거의 쫓아 이르자 그는 고함을 쳐서

"문 자사는 윤대목을 알아보시겠소."

하고 불렀다.

그리고 문흠이 머리를 돌려 자기편을 보자 대목은 투구를 벗어서 안장 위에 놓고 채찍을 들어 가리키며

"문 자사는 어째서 수일만 더 참지를 못하시오."

하고 말하였다.

이것은 윤대목이 장차 사마사가 죽을 것을 아는 까닭에 모처럼 쫓아와서 문흠을 머물러 있게 하려고 한 말인데, 문흠은 그 뜻을 모르고 소리를 가다듬어 크게 꾸짖으며 문득 활을 들어 그를 쏘려고 하는 것이다. 윤대목은 통곡하며 돌아와 버렸다.

문흠은 군사를 수습해 가지고 수춘으로 달려갔다.

그러나 이르러 보니 수춘성은 이미 제갈탄의 군사에게 함몰된 뒤다.

그는 다시 항성으로 돌아가려 하였으나, 이때 호준 · 왕기 · 등애의 삼로병이 모두 당도하였다.

문흠은 형세가 위태로운 것을 보고 드디어 동오 손준에게로 가 버렸다.   .

한편 관구검은 이때 항성에서 수춘성이 이미 함몰하고 문흠이 싸움에 패하였으며, 성 밖에 삼로병이 이르렀다는 말을 듣자 드디어 성중에 있는 군사를 모조리 데리고 싸우러 나왔다.

그는 바로 등애와 만나자 선봉 갈옹을 시켜서 등애와 싸우게 하였는데, 한 합이 못 되어 등애는 한 칼에 갈옹을 베어 버리고 군

사를 휘몰아 짓쳐 들어온다.

관구검은 죽기로써 이를 막아 싸웠으나 수하 군사들은 대혼란에 빠지고 말았다.

호준과 왕기가 또 군사를 휘몰아 사면으로 끼고 친다.

관구검은 끝내 당해 낼 수가 없어 십여 기를 이끌고서 혈로를 뚫고 달아났다.

신현(愼縣) 성 아래 이르니 현령 송백(宋白)이 성문을 열고 맞아들여서 연석을 베풀고 그를 대접한다.

관구검은 술이 크게 취했는데, 송백이 사람을 시켜서 그를 죽이고 그 수급을 갖다가 위병에게 바쳤다. 이리하여 회남은 평정되었다.

사마사는 몸져누워서 일어나지 못하고 제갈탄을 장중으로 불러들여 그에게 인수(印綬)를 내리고, 벼슬을 높여서 정동대장군을 삼아 양주 제로 군마를 도맡아 거느리게 하고 일변 회군하여 허창으로 돌아갔다.

사마사는 눈의 동통이 그냥 계속되는데 밤마다 이풍·장즙·하후현 세 사람이 와상 앞에 와서 버티고 있는 것이 보였다.

그는 심신이 황홀해서 끝내 보전하기 어려움을 스스로 짐작하고, 드디어 사람을 낙양으로 보내서 사마소를 불러오게 하였다.

사마소가 와서 와상 아래 절하고 엎드려 운다.

사마사는 그에게 유언하였다.

"내 이제 권세가 원체 중해 비록 벗어 놓으려 해도 할 수 없이 되었다. 네 내 뒤를 이어서 하되 행여 대사를 경망되게 남에게 부탁해서 스스로 멸문지화를 취하는 일이 없게 하라."

말을 마치자 그에게 인수를 내어 주며 눈물이 흘러 얼굴에 가득하다.

사마소가 급히 말을 물으려 할 때 사마사는 한 소리 크게 외치자 눈망울이 튀어나오며 죽고 마니, 때는 정원 이년 이월이다.

이에 사마소는 발상하고 위주 조모에게 신주하였다.

조모가 사자로 하여금 조서를 가지고 허창에 이르러 사마소에게 명을 전하게 하되, 그대로 잠시 허창에 군사를 둔치고 있어 동오를 방비하라 한다.

사마소가 조서를 받고 마음에 유예미결할 때 종회가 있다가

"대장군께서 새로 돌아가시어 인심이 아직 안정되지 못하였는데, 장군이 만약 그대로 머물러 이곳을 지키고 계셨다가 만일 조정에 무슨 변이라도 있고 보면 후회하셔도 소용이 없지 않겠습니까."

하고 말한다.

사마소는 그의 말을 좇아서 그 길로 군사를 일으켜 가지고 돌아가 낙수 남쪽에 둔쳤다.

조모가 이 소식을 듣고 크게 놀라니 태위 왕숙이

"사마소가 이미 그 형의 뒤를 이어 대권을 잡았사오니 폐하께서는 작을 봉하셔서 그 마음을 편안하게 해 주옵소서."

하고 아뢴다.

조모는 드디어 왕숙으로 하여금 조서를 가지고 가서 사마소로 대장군을 봉하여 상서사를 총령하게 하였다.

사마소가 곧 입조하여 천자의 은혜를 사례하니 이로부터 안팎의 모든 권세가 다 사마소에게로 돌아가고 말았다.

한편 서촉의 세작이 이 일을 탐지해다가 성도에 보하자 강유는 들어가서 후주에게

　"사마사가 새로 죽고 사마소가 처음으로 중권을 잡았사온즉 반드시 제 감히 낙양을 제 마음대로 떠나지는 못하오리니, 청하옵건대 신은 이 틈을 타서 중원을 회복하려 하나이다."

하고 아뢰었다.

　후주는 그 말을 좇아서 드디어 강유에게 명하여 군사를 일으켜 위를 치게 하였다.

　강유가 한중에 이르러 인마를 정돈하니 정서대장군 장익이 나서서

　"촉 땅이 원체 좁고 전량이 넉넉지 않아 멀리 나가서 치는 것이 마땅치 않소이다. 차라리 험요한 데를 웅거하여 본분을 지키며 군사를 아끼고 백성을 사랑하느니만 못하니, 이것이 바로 나라를 보전하는 계책일 것이외다."

하고 말한다.

　강유는

　"그렇지 않소."

하고 말하였다.

　"옛적에 승상께서 초려를 나오시기 전에 이미 '삼분천하'를 정하셨으면서도, 여섯 번이나 기산을 나가셔서 중원을 도모하시다가 불행히 중도에서 돌아가시어 공업을 이루시지 못했던 것이오. 이제 내 이미 승상의 유명을 받았으니 마땅히 진충보국해서 그 뜻을 이어야 할 것이라 비록 죽는대도 한이 없는 터에 이제 위국에 틈이 있으니 이때를 타서 치지 않고 다시 어느 때를 기다리겠소."

하후패가 듣고

"장군의 말씀이 옳소이다. 가히 경기로써 먼저 포한(枹罕)으로 나갈 것이니, 만약에 도수 서편의 남안을 얻고 보면 여러 고을을 평정할 수 있사오리다."

하고 계책을 드린다.

장익도 한마디 하였다.

"향자에 이기지 못하고 돌아오기는 다 군사가 너무 더디 나가기 때문이외다. 병법에 이르기를 '방비 없는 것을 치고(攻其無備), 뜻하지 않은 데 나간다(出其不意)' 하였으니, 이제 만약 속히 진병해서 위병으로 하여금 방비할 겨를을 주지 않으면 필연 온전히 이길 수 있사오리다."

이에 강유는 군사 오만을 거느리고서 포한을 바라고 나아갔다.

촉병이 도수에 당도하자 변방을 지키는 군사가 옹주자사 왕경(王經)과 부장군 진태에게 보하였다.

왕경은 먼저 마보군 칠만을 일으켜 가지고 촉병을 맞아 싸우러 나왔다.

강유는 장익에게 이리이리하라 분부하고 또 하후패에게 이리이리하라 분부해서, 두 사람이 계책을 받아 가지고 간 뒤에 몸소 대군을 영솔하고 나가서 도수를 등지고 진을 쳤다.

왕경이 수 명의 아장을 거느리고 나와서 묻는다.

"위가 오와 촉으로 더불어 이미 정족지세를 이루었는데, 네 번번이 침노함은 어인 까닭이뇨."

강유는 말하였다.

"사마사가 까닭 없이 임금을 폐했으니 이웃 나라 사이에서도

30

마땅히 죄를 물을 일이거든 하물며 원수진 나라겠느냐.”

왕경은 장명(張明)·화영(花永)·유달(劉達)·주방(朱芳)의 네 장수를 돌아보며

“촉병이 강물을 등지고 진을 쳤으니 패하면 다 물에 빠져 죽을 것이다. 강유는 효용하매 너희 네 장수가 같이 나가 싸우되 제가 만약 군사를 뒤로 물리거든 곧 추격하도록 하라.”
하고 영을 내렸다.

네 장수는 좌우로 나뉘어 나가서 강유와 싸웠다.

강유가 몇 합 싸워 보다가 곧 말을 빼어 본진을 바라고 달아난다.

왕경은 군사를 크게 휘동해서 일제히 쫓아왔다.

강유는 군사를 끌고 도수 서편을 바라고 도망하다가 거의 물가에 이르게 되자 장수들에게

“사세가 급한데 제장은 어찌하여 죽기로써 싸워 보려 않는고.”
하고 큰 소리로 외쳤다.

장수들은 일제히 돌아서며 뒤쫓아 들어오는 위병을 맞받아 힘을 뽐내어 들이쳤다.

위병이 크게 밀리는데, 장익과 하후패가 위병의 배후로부터 두 길로 나누어 짓쳐 나와서 위병을 가운데 넣고 둘러싸 버렸다.

강유가 크게 위엄을 떨치며 위병 가운데로 짓쳐 들어가 좌충우돌한다.

위군이 일대 혼란에 빠져 서로 부딪고 짓밟으니 죽는 자가 태반이요 몰려서 도수 속에 빠진 자들도 무수한데, 이 싸움에 촉군이 위병의 목을 벤 것이 만여 급이라 송장이 수 리에 걸쳐 늘비하

게 널렸다.

왕경은 패병 백 기를 이끌고 죽을힘을 다해서 빠져 나가자 그 길로 적도성(狄道城)으로 달아나 성중으로 들어가자 문을 닫고 굳게 지켰다.

강유가 이 싸움에 큰 공을 세우고 군사들을 호궤하고 나자 바로 또 진병하여 적도성을 치려 하니 장익이 나서서

"장군이 이번에 큰 공을 세워 위엄과 성세가 크게 떨쳤으니 그만 그치시는 것이 좋으리다. 이제 만약 앞으로 더 나아갔다가 만일에 일이 여의하지 못하고 보면, 바로 화사첨족(畵蛇添足)[8]이 되지 않으리까."

하고 간한다.

그러나 강유는

"그렇지 않소. 향자에 우리가 싸움에 패하였을 때에도 오히려 나아가서 중원을 횡행하려 했는데 오늘 도수 한 번 싸움에 위병의 담이 모두 찢어졌으니 적도성은 입에 침 뱉어 얻을 수 있는 터이라, 공은 스스로 그 뜻을 꺾지 마오."

하고 말한다.

장익은 지재지삼 간절히 만류하였으나 강유는 끝내 듣지 않고 드디어 군사를 거느리고 적도성을 취하러 갔다.

이때 옹주 정서장군 진태가 바야흐로 군사를 일으켜서 왕경을 위해 싸움에 패한 원수를 갚으려 하는데, 문득 연주자사 등애가

---

8) 뱀을 그리는데 발까지 그려 놓는다는 말이니, 곧 적당한 데서 그치지 않고 객쩍은 짓을 하다가 도리어 일을 망쳐 놓는다는 뜻으로 쓰인다.

군사를 거느리고 당도하여 진태는 그를 맞아들였다.

인사 수작이 끝나자 등애가

"내 이제 대장군의 명을 받들어 특히 장군을 도와 적을 깨뜨리려 왔소이다."

하니, 진태가 그에게 계책을 묻는다.

등애의 말이

"강유가 도수에서 이기고 나서 만약 강병들을 불러다가 동으로 관중과 농우를 다투며 격문을 사 군에 띄웠다면 이는 우리 군사의 큰 걱정거리가 되었을 것인데, 이제 제가 그렇게 할 것은 생각지 않고 도리어 적도성을 도모하지만, 그곳이 성벽이 견고해서 졸연히 쳐 깨뜨리기 어려우니 부질없이 병력만 허비하게 될 뿐이라, 이제 우리가 군사를 항령(項嶺)에 벌려 놓은 다음에 진병해서 치면 촉병이 반드시 패하고 마오리다."

한다.

진태는

"그 참 교묘한 말씀이외다."

하고, 드디어 이십 대의 군사를 먼저 내는데, 매 대에 오십 명이라, 모두들 정기와 고각과 봉화 따위를 가지고서 낮에는 숨었다가 밤에는 가서 적도성 동남편의 고산 심곡 가운데 매복하고, 다만 촉병이 오기를 기다려서 일제히 북 치고 각적을 불어 응하기로 하되 밤이면 횃불을 들고 포를 놓아 놀라게 해 주라 하였다.

분별하기를 마치자 진태와 등애는 각기 이만 병을 거느리고 차례로 나아갔다.

한편 강유는 적도성을 에워싸고 군사를 시켜 팔면으로 치게 하는데 연달아 수일을 두고 쳐도 깨뜨리지 못해서 가슴이 답답하고 괴로웠으나 아무 계책이 없었다.

그러자 이날 황혼에 홀연 사오 차나 유성마가 들어와 보하되

"양로병이 들어오고 있사온데 기 위에 큰 글자로, 하나는 '정서 장군 진태' 또 하나는 '연주자사 등애'라고 뚜렷이 씌어 있소이다." 한다.

강유는 크게 놀라서 드디어 하후패를 청해다가 상의하니, 하후패가

"내 일찍이 장군께 말씀하기를 등애가 어려서부터 병법에 심히 밝고 지리에 환히 통했다고 했는데, 이제 군사를 거느리고 왔으니 이는 아주 강적이외다." 하고 말한다.

강유는

"저희 군사가 먼 길을 왔으니 우리는 저희에게 숨 돌릴 틈을 주지 말고 곧 들이치도록 합시다." 하고 이에 장익을 남겨 두어 성을 치게 하고 하후패에게 명하여 군사를 거느리고 가서 진태를 맞아 싸우게 하였다.

강유가 친히 군사를 거느리고 등애를 맞으러 가는데 오 리를 못 가서 홀연 동남쪽에서 일성 포향에 북소리 · 각적소리가 땅을 진동하며 화광이 하늘을 찌른다. 강유가 말을 놓아서 앞으로 나가 살펴보니 주위에 나부끼는 것이 모두가 위병의 기호다.

강유는 소스라쳐 놀라

"내 등애 계교에 빠졌구나."

하고 드디어 하후패와 장익에게 영을 전해서 각각 적도를 버리고 퇴군하게 하였다.

이에 촉병이 모두 한중으로 물러간다.

강유가 친히 뒤를 끊는데, 배후에서는 그대로 북소리가 끊이지 않았다.

군사란 원래 나아가기보다 물러나기가 어려운 법이다. 강유가 뒤에 따르며 군사를 독려하여 협곡을 빠져나와 검각으로 들어갔을 때에야 강유는 비로소 그것이 이십여 군데다가 북과 봉화를 설치해 놓았을 뿐이었다는 것을 알고 발을 굴러 분해했으나 아무 소용없는 일이었다.

강유는 군사를 수습해서 종제(鍾提)에 둔쳤다.

후주는 강유에게 도수 싸움에 크게 이긴 공로가 있으므로 조서를 내려서 대장군을 봉하였다.

강유는 벼슬을 받고 표문을 올려 은혜를 사례하고 나자 다시 군사를 내어 위를 칠 계책을 의논하였다.

　　모처럼 공 세우고 뱀의 발은 왜 붙였노
　　그래도 적을 또 치려 범의 위엄을 뽐내누나.

대체 이번의 북벌이 어찌 될 것인고.

등사재는 지혜로 강백약을 깨뜨리고
제갈탄은 의리로 사마소를 치다

111

이때 강유는 군사를 뒤로 물려서 종제에 둔치고 위병은 적도성 밖에 둔쳤는데, 왕경이 진태와 등애를 성내로 맞아들여 에움을 풀어 준 사례를 하고 연석을 배설하여 대접하며 삼군을 크게 상 주었다.

진태가 등애의 공훈을 위주 조모에게 표주하니, 조모는 등애를 봉해서 안서장군을 삼고 절(節)을 주어 동강교위를 거느리게 하여 진태와 함께 옹주·양주 등지에 군사를 둔치고 있게 하였다.

등애가 위주에게 표문을 올려 은혜를 사례하고 나자, 진태가 등애를 위해서 연석을 베풀고 하례하며

"강유가 밤에 도망하여 그 힘이 이미 다하고 말았으니 제 감히 다시 나오지 못할 것이오."

하고 말하니, 등애가 웃으며

"나는 촉병이 반드시 나올 까닭이 다섯 가지가 있다고 생각하는데요."

하고 말한다.

진태가 그 까닭을 물으니 등애는 말한다.

"촉병이 비록 물러가기는 하였으나, 끝내 싸움에 이긴 형세가 있고 우리 군사는 패한 사실이 있으니 그가 반드시 나올 까닭에 하나요, 촉병은 모두가 공명이 조련해 놓은 정예한 군사라 파송하기가 용이한데 우리 장수들은 불시로 바꾸기를 잘 하며 군사들이 또한 훈련이 부족하니 그 반드시 나올 까닭에 둘이요, 촉 사람들은 많이 배로 다니는데 우리 군사는 다 육지에 있어서 수고롭고 편한 것이 같지 않으니 그 반드시 나올 까닭에 셋이요, 적도와 농서와 남안과 기산의 네 곳이 모두 지키고 싸울 만한 땅이라 촉병이 동에서 소리하고 서를 치며 남을 가리키다가 북을 치게 되었으매, 우리는 반드시 군사를 네 곳에다 나누어 놓고 지켜야 하는데, 촉병은 합세해서 한 곳으로 몰려와 전군이 우리의 넷으로 나뉜 군사를 당하게 되었으니 그 반드시 나올 까닭에 넷이요, 만약에 촉병이 남안과 농서로 해서 나온다면 강인(羌人)의 곡식을 취해서 먹을 수가 있고, 만약에 기산으로 나온다면 밀이 있어 먹을 수가 있으니 그 반드시 나올 까닭에 다섯이외다."

진태는 탄복하여

"공이 적을 요량하기 귀신과 같으니 촉병을 어찌 근심하겠소."

하고, 이에 그는 등애로 더불어 망년지교(忘年之交)[1]를 맺었다.

---

1) 연령의 차이를 잊어버리고 맺는 교제.

등애는 드디어 옹주·양주 등지의 군사들을 매일 조련하며 각처 애구에 모두 영채를 세워서 불측한 변을 방비하였다.

한편 강유는 종제에서 연석을 크게 배설하고 여러 장수들을 모아 위나라 칠 일을 의논하는데 영사 번건이 나서서

"장군이 여러 차례 출전하셨으나 아직 온전한 공을 얻지 못하셨다가 오늘 조(洮)서 싸움에 위병이 이미 위명에 복종하였는데 어찌하여 또 나가려고 하십니까. 만일에 나갔다가 불리하기나 하면 전공(前功)을 다 버리게 되오리다."

하고 간한다.

그러나 강유가

"그대들은 다만 위나라가 땅이 넓고 사람이 많아 졸연히 얻기 어려운 줄만 알았지, 도리어 위나라를 치는 데 다섯 가지 이길 점이 있는 줄은 모르고 있소그려."

하고 말해서 모든 사람이 물으니 그는 대답한다.

"저희는 도서에서 한 번 패해 예기가 다 꺾어져 버렸고 우리 군사는 비록 물러났으나 아무 손실이 없었으니 이제 만약 진병하면 한 가지 이길 수 있는 점이요, 우리 군사는 배를 타고 나가니 피로하지 않으나 저희 군사들은 모두 육지로 해서 나와 맞아야 하니 두 가지 이길 수 있는 점이요, 우리 군사들은 오래 훈련을 받은 무리지만 저희는 오합지졸이라 도무지 법도가 없으니 세 가지 이길 수 있는 점이요, 우리 군사는 기산으로 나가서 가을 곡식을 노략해서 먹으니 네 가지 이길 수 있는 점이요, 저희 군사는 비록 제각기 수비하고는 있으나 군사들의 힘이 분산되어 있는데 우리

는 군사들을 한곳에 합쳐 가지고 가니 저희가 무슨 수로 구하겠소. 이것이 다섯 가지 이길 만한 점이라, 이때에 위나라를 치지 않고서 다시 어느 날을 기다린단 말이오."

이때 하후패가 있다가

"비록 등애가 나이는 어리나 기모가 심원하고, 근자에 안서장군의 직함까지 띠었으니 반드시 각처에 준비를 해 놓았을 것이라, 지난날과는 같지 않사오리다."

하고 말하는데, 강유가 목소리를 가다듬어

"내 어찌 저를 두려워하겠소. 공 등은 남의 예기를 돋우고 자기의 위풍을 멸하려 하지 마오. 내 뜻을 이미 결했으매 반드시 먼저 농서를 취하겠소."

하고 결연히 말하니, 여러 사람이 감히 나서서 간하지 못한다.

강유는 스스로 전부를 거느리고 여러 장수로 하여금 뒤를 따라 나오게 하였다.

이에 촉병이 모조리 종제를 떠나서 기산으로 짓쳐 나가는데, 문득 초마가 보하되 위병이 이미 먼저 기산에다가 채책을 아홉 개 세워 놓았다고 한다.

강유가 믿지 않고 사오 기를 거느리고 높은 데 올라서 바라보니 과연 기산의 아홉 개 영채가 섰는데, 그 형세가 마치 긴 뱀과 같아서 머리와 꼬리가 서로 응해 있다.

강유는 좌우를 돌아보며

"하후패의 말이 나를 속인 것이 아니었군. 이 영채가 형세 절묘해서 오직 우리 스승 제갈 승상께서나 능히 하실 수 있는데, 이제 등애가 해 놓은 것을 보니 우리 스승에 못하지 않도다."

하고, 드디어 본채로 돌아가서 장수들을 불러 놓고

"위병이 이미 준비가 있으니 반드시 내가 올 줄 알고 있음이라. 내 생각건대 등애가 필시 이곳에 있을 것이매 너희들은 거짓 내 기호를 세우고 이 산곡 어귀에 하채하고서 매일 백여 기로 하여금 나가서 초탐하게 하되, 한 차례 나갈 때마다 한 번씩 의갑을 갈며 기호를 청·황·적·백·흑 오방 기치로 바꾸게 하라. 나는 그 틈에 가만히 동정으로 나가 바로 남안을 엄습하러 가겠다."

하였다. 강유는 계책을 말한 다음에 드디어 포소(鮑素)로 하여금 기산 곡구에 군사를 둔치고 있게 하고, 자신은 대병을 모조리 거느리고서 남안을 바라고 진발하였다.

한편 등애는 촉병이 기산으로 나올 줄을 알고 미리 진태로 더불어 하채하여 준비하고 있었는데, 촉병이 연일 싸움을 돋우러 오지는 않고 다만 하루에 다섯 번 초마들이 영채를 나서서 혹은 십 리 혹은 시오 리씩 왔다가는 돌아가는 것을 보고, 등애는 높은 데 올라서 바라보다가 황망히 장중으로 들어가 진태를 보고 말하였다.

"강유가 이곳에 있지 않고 반드시 동정으로 해서 남안을 엄습하러 갔소이다. 영채에서 나오는 초마가 다만 몇 필에 불과한데 의갑만 갈아입고 왕래 초탐하느라 그 말들이 모두 삐쳤으니 주장이 필시 무능한 자라, 진 장군은 일군을 이끌고 치면 그 영채를 가히 깨뜨릴 것이니 채책을 깨뜨리고 나거든 곧 군사를 이끌고 동정 길을 엄습하여 먼저 강유의 뒤를 끊으시라. 나는 먼저 일군을 거느리고 남안을 구원하되 바로 무성산(武城山)을 취하리니, 만약 먼저 이 산머리를 점거하면 강유가 반드시 상규를 취할 것이라, 상규에 골짜기 하나가 있어 이름은 단곡(段谷)인데 땅이 좁고 산이 험해서 바로 매복하기 좋으니, 제가 와서 무성산을 다툴 때에 내 먼저 양군을 단곡에 매복해 두면 강유를 반드시 깨뜨릴 수 있으리다."

듣고 나자 진태는 말하였다.

"내 농서를 지키기 이삼십 년이 되나 아직 이렇듯 지리를 밝히 살피지 못하였는데 공의 말한 바는 참으로 귀신같은 계책이라, 공은 속히 가오. 내 스스로 이곳 채책을 치겠소."

이에 등애는 군사를 거느리고 밤을 도와 배도해 가서 바로 무성산에 이르렀는데, 영채를 다 세우고 날 때까지 촉병이 아직 오지 않아서, 곧 아들 등충(鄧忠)으로 하여금 장전교위 사찬(師纂)과 함께 각각 오천 군을 거느리고 먼저 단곡으로 가서 매복하고 이러이러하게 행하라 이르니 두 사람이 계책을 받아 가지고 간다. 등애는 기를 뉘어 놓고 북을 쉬며 촉병을 기다렸다.

이때 강유가 동정으로 해서 남안을 바라고 오는데 무성산 앞에 이르러 하후패를 보고

"남안 가까이 산 하나가 있으니 이름은 무성산이라 만약 이곳을 먼저 얻으면 가히 남안의 형세를 뺏을 수 있는 것이지만, 다만 등애가 꾀가 많아 미리 방비를 하였을까 두렵소."

하고 정히 의려 중에 있는데, 문득 산 위에서 일성 포향에 함성이 크게 진동하고 북과 각적이 일제히 울며 정기가 두루 꽂히니 모두가 위병이라 중앙에 바람에 나부끼는 일면 황기에는 '등애'라 크게 씌어 있다.

촉병이 크게 놀라는데, 산 위로부터 두어 곳 정병이 짓쳐 내려오니 그 형세를 당할 길이 없어서 전군은 크게 패하였다.

강유는 급히 중군의 인마를 끌고 구하러 갔으나 그때는 위병이 이미 물러간 뒤다.

강유는 바로 무성산 아래로 가서 등애에게 싸움을 청하였다. 그러나 위병들은 산 위에서 도무지 내려오려고 아니 한다.

강유는 군사들을 시켜서 욕하고 꾸짖게 하다가 날이 저물녘에야 비로소 군사를 물리려 하는데 산 위에서 북소리·각적소리가 일제히 일어났다. 그러나 역시 위병은 한 명도 내려오는 것을 보지 못하겠다.

강유는 산 위로 올라가서 충살해 보려고도 하였다. 그러나 산 위에서 포석(礮石)²⁾을 어찌나 심하게 쏘아 내리는지 올라갈 수가 없다.

그대로 지키고 있다가 삼경에 이르러서야 돌아가려고 하는데 산 위에서 북소리·각적소리가 또 일어났다.

강유는 군사를 옮겨 산 아래에 둔찰하려 하고 군사들을 시켜서 나무와 돌들을 날라 오게 하였다.

그러나 바야흐로 영채를 세우려 할 때 산 위에서 북소리·각적소리가 또 일어나더니 위병이 풍우같이 몰려 내려왔다.

촉병은 크게 어지러워 서로 짓밟으며 먼저 있던 영채로 도로 물러가 버렸다.

이튿날 강유는 군사들로 하여금 양초와 수레들을 무성산으로

---

2) 포(礮)는 옛날에 돌을 멀리 쏘는 데 사용하던 무기다. 포석은 곧 이 포로 쏜 돌을 말함.

날라다가 죽 잇대어 둘러놓고 채책을 세워 둔병할 계책을 삼으려 하였다.

그러나 이날 밤 이경에 등애가 군사 오백 명으로 하여금 각기 횃불을 들고 두 길로 나누어 산에서 내려오자 불을 질러 수레들을 살라 버리게 해서 양군은 밤새껏 서로 뒤섞여 싸웠는데, 이로 말미암아 영채는 또 세우지 못하고 말았다.

강유는 다시 군사를 뒤로 물려 놓고 또 하후패로 더불어 상의하였다.

"남안을 아직 얻지 못했으니 차라리 먼저 상규를 취할까 보오. 상규는 바로 남안의 군량을 쌓아 두는 곳이라, 만약에 상규만 얻고 보면 남안은 절로 위태하게 될 것이오."

이리하여 마침내 하후패를 남겨 두어 무성산에 군사를 둔치고 있게 한 다음, 강유는 정병과 맹장을 모조리 거느리고 그 길로 상규를 취하러 갔다. 밤새껏 행군하여 날이 훤히 밝을 녘에 보니 산세가 험준하고 도로가 기구하다.

이에 향도관에게

"이곳 지명이 무엇이냐."

하고 물으니,

"단곡이라고 합니다."

하고 대답한다.

강유는 크게 놀라

"그 이름이 아름답지 않다. '단곡(段谷)'은 '단곡(斷谷)'이라 만일에 군사들이 있어 이 골짜기 어귀를 끊어 버린다면 어찌할 것이냐."

하고 한창 마음에 주저하여 얼른 결단을 내리지 못하고 있을 때,

홀연 전군이 와서 보하되

"산 뒤에서 티끌이 크게 일어나니 필시 복병이 있나 보이다."

한다.

강유가 급히 퇴군령을 내리는데 사찬과 등충의 양로병이 짓쳐 나왔다. 강유가 일변 싸우며 일변 달아나는 판에 전면에 함성이 크게 진동하며 등애가 군사를 거느리고 닥쳐 들어왔다.

위병들이 세 길로 끼고 쳐서 촉병은 크게 패하였는데, 다행히 하후패가 군사를 이끌고 쫓아 들어와서 위병이 비로소 물러갔다.

구원을 받은 강유는 다시 기산으로 가려 하였다.

그러나 하후패가 하는 말을 들어 보니, 기산 영채는 이미 진태에게 깨어져서 포소는 싸우다 죽었고, 영채에 있던 군사들은 모두 한중으로 돌아가 버렸다는 것이다.

강유가 감히 동정 길을 취하지 못하고 급히 산벽 소로로 해서 돌아가는데, 후면에서 등애가 급히 쫓아서 강유는 모든 군사를 앞서 가게 하고 자기가 뒤를 끊었다.

한창 나가는 중에 홀연 산중에서 일군이 돌출하니 곧 위국 장수 진태다. 위병들은 일시에 함성을 올리며 강유를 한가운데 집어넣고 에워싸 버렸다.

강유는 인마가 다 곤해서 좌충우돌하나 능히 나가지 못하는데 탕구장군 장의(張嶷)가 강유의 위급함을 듣고서 수백 기를 이끌고 겹겹이 에운 속을 뚫고 들어와서, 강유는 그 통에 승세해서 짓쳐 나왔다. 그러나 강유를 구해 준 장의는 위병들이 어지러이 쏘는 화살에 맞아서 죽고 말았다.

강유는 포위를 벗어나서 다시 한중으로 돌아갔는데, 장의가 충성과 용맹을 다해서 마침내 나라 일에 목숨을 바친 것이 마음에 느꺼워서 그의 자손들을 표증(表贈)[3]하였다.

이때 촉중 장병들로서 전사한 자가 많았는데 모두 그 죄를 강유에게 다 돌려서, 강유는 공명의 가정(街亭)의 전례에 비추어, 이에 표문을 올려서 자기의 벼슬을 스스로 후장군으로 깎아 내리고 대장군의 일을 맡아 보기로 하였다.

한편 등애는 촉병이 다 물러가 버린 것을 보자 진태로 더불어 연석을 배설하여 서로 하례하고 삼군에 크게 상을 내렸다.

진태가 등애의 공훈을 위에 표주하니, 사마소는 사자에게 절을 주어 보내서 등애의 관작을 올려 주며 인수를 내리고, 그와 함께 그의 아들 등충을 봉해서 정후(亭侯)를 삼았다.

때에 위주 조모는 정원 삼년을 고쳐서 감로(甘露) 원년이라 하였는데, 사마소는 스스로 천하병마대도독(天下兵馬大都督)이 되어 출입할 때면 항상 삼천 철갑군과 날랜 장수들로 하여금 전후좌우로 옹위하여 호위를 삼으며, 모든 사무를 조정에 주문(奏聞)하지 않고 바로 상부에서 재결하여, 이로부터 매양 찬역할 마음을 품었다.

이때 그에게 한 심복인이 있었으니 성은 가(賈)요 이름은 충(充)이요 자는 공려(公閭)라, 곧 작고한 건위장군 가규의 아들로서 사마소 수하에서 장사 벼슬을 하고 있었다.

어느 날 가충이 사마소를 보고서

"이제 주공께서 대권을 잡고 계시매 천하의 인심이 필연 편안치

---

3) 그 공로를 표창하고 벼슬을 내리는 것.

않사오리니 가만히 사실(査實)해 보신 연후에 서서히 대사를 도모하시도록 하시지요."

하고 아뢰니, 사마소가

"나도 바로 그러려고 하던 차일세. 자네 한 번 나를 위해서 동행(東行)하되, 출정한 군사들을 위로하러 온 것이라 핑계하고서 소식을 탐지해 보게."

하고 분부한다.

가충은 명을 받자 그 길로 회남으로 내려가서 진동대장군 제갈탄을 들어가 보았다.

이 제갈탄의 자는 공휴(公休)니 곧 낭야 남양 사람이라, 바로 공명의 족제(族弟)다.

일찍이 위국을 섬겼으나 공명이 촉에서 승상을 하고 있었으므로 중히 쓰이지 못하다가, 뒤에 공명이 세상을 떠나자 중직(重職)을 역임하고, 고평후(高平侯)의 봉작을 받아 양회(兩淮)[4]의 군마를 총섭하는 터이다.

이날 가충이 노군(勞軍)하러 왔다는 명목으로 회남에 이르러 제갈탄을 찾아보니, 탄은 연석을 베풀어 그를 대접하였다.

술이 거나해 오자 가충은 제갈탄의 마음을 떠 보려 하여

"근래에 낙양의 여러 명사들이 하는 말을 들어 보면, 모두 주상께서 나약하셔서 인군 노릇을 못하시리라 하며, 사마 대장군이 삼 대를 두고 나라를 보좌하여 공덕이 하늘에 찼으매 가히 위국

---

4) 회남(淮南)과 회북(淮北) 즉, 회수(淮水) 이남 지방과 이북 지방. 회수는 중국 하남성(河南省)에 있는 동백산(桐柏山)에 근원을 두고 동족으로 흘러 안휘성(安徽省)으로 들어가 강소성(江蘇省)과 안휘성 사이에 있는 홍택호(洪澤湖)로 들어가는 강.

의 대통을 대신할 만하리라 하는데, 공의 뜻은 어떠하신지요."

하고 한마디 던져 보았다.

제갈탄이 대로하여

"그대로 말하면 가 예주의 자제로서 대대로 위나라의 녹을 먹어 온 터에 어찌 감히 이런 어지러운 말을 하오."

하고 꾸짖는다.

가충이

"나는 다른 사람의 말을 그냥 공에게 전했을 뿐이외다."

하고 변명하니, 제갈탄은

"조정에 환난만 있다면 나는 마땅히 죽음으로써 보답할 생각이오."

하고 강개하게 말하는 것이다. 가충은 잠잠하고 말이 없었다.

이튿날 하직을 고하고 돌아와 가충이 사마소를 보고 그 일을 자세히 이야기하니 사마소가 대로하여

"쥐 같은 무리가 언감 이럴 수 있는고."

하고 꾸짖는다.

가충은 한마디 하였다.

"제갈탄이 회남에서 매우 인심을 얻어 일후에 화가 될 것이오매 속히 제거해 버리시는 것이 가할까 하나이다."

사마소는 드디어 양주자사 악림에게 가만히 밀서를 보내 놓고 일변 사자를 시켜 조서를 가지고 가서 제갈탄을, 사공(司空)5)을 삼으리라 하고 불러올리게 하였다.

---

5) 중국 고대의 벼슬 이름. 삼공(三公)의 하나.

제갈탄은 조서를 받자 벌써 가충이 고변한 줄 짐작하고, 드디어 사자를 잡아서 고문하였다.

사자가 분다.

"이 일을 악림이 알고 있소이다."

제갈탄이

"그가 어떻게 안단 말이냐."

하고 물으니 사자가 다시

"사마 장군께서 이미 사람을 시켜 양주로 내려가서 악림에게 밀서를 전하게 하였소이다."

하고 대답한다.

제갈탄은 대로하여 무사를 꾸짖어 사자를 목 벤 다음, 드디어 수하 군사 천 명을 거느리고 양주를 바라고 짓쳐 나갔다.

양주성 남문에 거의 이르렀을 때 성문은 이미 굳게 닫혀졌고 조교는 들려 있었다.

제갈탄은 성 아래로 가서 문을 열라고 외쳤다. 그러나 성 위에서는 누구 하나 대답하는 자도 없다.

제갈탄은 대로하여

"악림 필부가 어찌 감히 이럴 수 있단 말이냐."

하고 드디어 장병으로 하여금 성을 치게 하였다.

수하의 십여 명 날랜 장수가 말에서 내려 해자를 건너자 나는 듯이 성으로 올라가서 군사들을 쳐 헤쳐 버리고 성문을 활짝 열어 놓았다.

이에 제갈탄은 군사를 거느리고 성으로 들어가서 바람을 타 불을 놓고, 말을 몰아 악림의 집에 이르니 악림이 황망히 다락 위로 올라가서 피한다.

제갈탄은 칼을 들고 누상으로 올라가자 크게 꾸짖었다.

"네 아비 악진이 옛날에 위국의 대은을 입었거늘 어찌하여 보답할 생각은 아니 하고 도리어 사마소에게 순종하느냐."

악림이 그 말에 미처 대답을 못하는데 제갈탄은 한 칼에 그를 베어 버리고 한편으로 사마소의 죄목을 낱낱이 들어서 표문을 닦아 사람을 시켜서 낙양으로 가지고 올라가 천자에게 신주하게 하고, 한편으로 양회의 둔전 호구 십여만을 다 모아 양주의 새로 항복한 군사 사만여 명과 함께 군량 마초를 쌓아 놓고 진병할 준비를 하며, 또 장사 오강(吳綱)으로 하여금 아들 제갈정(諸葛靚)을 동오에 볼모로 보내고 구원을 청하게 하여, 기어이 군사를 합해서 사마소를 치려 하였다.

이때 동오에서는 승상 손준이 병으로 죽고, 그 종제 손림이 정사를 맡아 보고 있었다.

손림의 자는 자통(子通)인데 위인이 강포하여 대사마 등윤과 장군 여거·왕돈(王惇)의 무리를 죽이니, 이로 인하여 나라의 권세는 모두 손림에게로 돌아갔다. 오주 손량이 비록 총명하다고는 하나 어찌할 도리가 없었다.

이에 오강은 제갈정을 데리고 석두성(石頭城)으로 갔다. 손림을 들어가 보고 절을 하니, 림이 온 까닭을 묻는다.

오강은 말하였다.

"제갈탄은 바로 촉한 제갈 무후의 족제로서 이제까지 위국을 섬겨 왔사온데, 이제 사마소가 기군망상하며 임금을 폐하고 권세를 희롱함을 보고, 군사를 일으켜서 치려 하나 힘이 미치지 못하므로 특히 와서 항복을 드리는 것이오며, 빙거할 것이 없을까 저어하여 친아들 제갈정을 인질로 보내 온 터이오니 엎드려 바라건대 군사를 내시어 도와주사이다.”

손림은 그 청을 들어 곧 대장 전역(全懌) · 전단(全端)으로 주장을 삼고, 우전(于詮)으로 후군을 삼으며, 주이 · 당자로 선봉을 삼고, 문흠으로 향도를 삼아 군사 칠만을 일으켜 삼대로 나누어 나아가게 하였다.

오강이 수춘으로 돌아와서 제갈탄에게 보하니, 탄은 크게 기뻐하여 드디어 군사를 벌려 놓고 준비하였다.

한편 제갈탄의 표문이 낙양에 이르자 사마소는 크게 노하여 곧 친히 가서 치려고 하였다.

그러나 이때 가충이 나서서 간하였다.

“주공께서 부형의 기업을 이으셨을 뿐으로 은덕이 아직 사해에 미치지 못하셨는데, 이제 천자를 버리시고 가셨다가 만약 일조에 변이 있고 보면 후회막급이 아니오리까. 차라리 태후와 천자에게 주청하셔서 함께 출정하시도록 하오면 가히 아무 근심이 없을까 하나이다.”

듣고 나자 사마소는 기뻐하며

“자네 말이 바로 내 뜻과 같으이그려.”

하고 드디어 궁중으로 들어가서 태후에게 아뢰었다.

“제갈탄이 모반하였기로 신이 이미 문무 관료들과 의논을 정하였사오니, 태후 낭랑께서는 청컨대 천자로 더불어 어가 친정하시어 선제의 끼치신 뜻을 이으소서."

태후는 두려워하여 하는 수 없이 그의 말대로 좇는다.

이튿날 사마소는 위주 조모에게 친정하기를 청하였다.

조모는 처음에

"대장군이 천하 군마를 도독하여 임의로 조발하는 터에 구태여 짐이 몸소 갈 일이 무어요."

하고 말하였으나, 사마소가

"그렇지 않소이다. 옛적에 무조께서는 사해를 종횡하셨으며, 문제와 명제께서도 우주를 포괄하시는 뜻과 팔황(八荒)[6]을 병탄하시는 마음을 가지셔서 무릇 대적을 만나시면 반드시 몸소 행하셨소이다. 이제 폐하께서 바야흐로 선군의 선례를 좇으셔서 도적을 소탕하심이 마땅하온데 어찌하여 두려워하시나이까."

하고 말하자 그의 위엄과 권세를 두려워하여 부득이 윤종하였다.

사마소는 드디어 조서를 내려 양도(兩都)[7]의 군사 이십육만을 모조리 일으켜, 진남장군 왕기로 정선봉을 삼고 안동장군 진건으로 부선봉을 삼고, 감군 석포(石苞)로 좌군을 삼고 연주자사 주태로 우군을 삼아 거가를 보호하고 호호탕탕하게 회남을 향하여 짓쳐 나갔다.

동오 선봉 주이가 군사를 거느리고 나와서 적을 맞았다.

양군이 서로 진 치고 마주 대하자 위군 가운데서 왕기가 말 타고 나서니 주이가 와서 맞는다.

---

6) 팔굉(八紘)이라고도 하고, 팔극(八極)이라고도 이르니 팔방(八方)의 구석이란 말. 결국 우주니 천하니 사해니 하는 말과 같은 뜻.
7) 중국 한나라 때의 두 서울, 즉 장안과 낙양.

그러나 서로 싸우기 삼 합이 못 되어 주이가 패해 달아나서 당자가 나와 싸우는데, 삼 합이 못 되어 역시 크게 패해서 달아난다.

왕기가 군사를 휘몰아서 그대로 들이치니 동오 군사는 크게 패해서 오십 리를 물러가 하채하였다.

패보가 수춘성에 들어가자 제갈탄이 몸소 본부의 정예병을 거느리고 문흠과 그의 두 아들 문앙·문호(文虎)와 서로 만나 웅병 수만 명으로 사마소와 싸우러 왔다.

　　방금 동오 군사의 예기가 떨어지자
　　이번에는 위나라 장수가 웅병을 끌고 온다.

승부가 어찌 되려는고.

수춘을 구하려다 우전은 의리를 지켜서 죽고
장성을 치매 강유는 힘을 다해 적을 무찌르다

| *112* |

사마소는 제갈탄이 오병과 합세하여 결전하러 온다는 말을 듣
고, 산기장사 배수(裴秀)와 황문시랑 종회를 불러서 적을 깨뜨릴
계책을 의논하니, 종회가 있다가

"동오 군사가 제갈탄을 도움은 실상 이(利)를 위함이오니, 이로
써 꼬이면 반드시 이길 수 있사오리다."

하고 말한다.

사마소는 그 말을 좇아서, 드디어 석포와 주태로 하여금 각기
일군을 거느리고 먼저 석두성에 가서 매복하게 하고, 왕기와 진
건으로 정병을 거느리고 뒤에 있게 하며, 편장 성쉬(成倅)로 군사
수만 명을 거느리고 먼저 가서 적을 유인하게 하고, 다시 진준으
로 하여금 군사들에게 상줄 물건들을 수레와 마소와 나귀며 노새
에 바리바리 실어 가지고 사면에서 진중에 모아 놓았다가 적이

오거든 그대로 길에 버리라고 일렀다.

　이날 제갈탄은 위병 진중에 군사가 정제하지 못한 것을 보자, 동오 장수 주이로는 좌편에 있게 하고 문흠으로는 우편에 있게 하여 군사를 크게 몰아 바로 나아갔다.
　성쉬가 뒤로 물러나 달아난다.
　제갈탄이 군사를 휘몰아 그 뒤를 엄살하는데, 짐들을 그득 실은 마소와 나귀며 노새가 들에 가득한 것을 보자 남쪽 군사들은 서로 다투어 취하느라 싸울 생각들은 하지를 않는다.
　그러자 홀연 호포소리 한 번 크게 울리며 양로병이 짓쳐 나오니 좌편은 석포요 우편은 주태다.
　제갈탄이 크게 놀라서 급히 군사를 뒤로 물리려 할 때, 왕기와 진건이 거느리는 정병이 짓쳐 들어와서 제갈탄의 군사는 크게 패하였다.
　사마소가 또한 군사를 거느리고 접응한다.
　제갈탄은 패병을 이끌고 수춘성으로 들어가서 성문을 닫고 굳게 지켰다.
　사마소는 군사로 하여금 사면으로 성을 에워싸고 힘을 합해 성을 치게 한다.

　때에 동오 군사는 물러가 안풍에 둔치고 있었고, 위주 조모는 항성에 수레를 머무르고 있었다.
　종회가 나서서 사마소에게 계책을 드린다.
　"이제 제갈탄이 비록 패하였으나 수춘성 안에 양초가 아직도 많은 데다가 또 동오 군사가 안풍에 둔쳐 의각지세를 이루고 있습니다. 지금 우리 군사가 사면으로 성을 에우고 있으니 저희가 급하지 않으면 굳게 지키고 있을 것이요, 급하면 죽기로써 싸우려 할 것이며, 또 동오 군사가 혹 승세해서 협공해 올 것이니 우리 군사에게 유익할 것이 없습니다. 차라리 삼면으로만 치고 남문 앞의 큰 길은 틔어 놓아 적병으로 하여금 달아날 여지를 남겨 주어 저희가 달아날 때 치면 가히 온전히 이길 수 있을 것이오. 또 동오 군사들은 멀리 와서 반드시 군량을 대지 못할 것이매, 우리가 경기로 그 뒤를 엄습하면 싸우지 않고도 가히 격파할 수 있사오리다.”

들고 나자 사마소는 종회의 등을 어루만지며

“자네는 참으로 내 자방일세.”

하고 드디어 왕기에게 영을 내려서, 수춘성 남문을 에우고 있는 군사를 물리게 하였다.

한편 오병은 안풍에 둔치고 있었는데, 성을 굳게 지키고 있는 제갈탄과 이를 에우고 있는 위군 사이에 이렇다 할 접전도 없이 여러 날이 지나니, 손림은 견디다 못해 주이를 불러다 놓고서

“수춘성 하나를 구하지 못하고 어떻게 중원을 병탄한단 말이냐. 만일에 즉시 이기지 못하는 때는 내 반드시 참하겠다.”

하고 호령하였다.

이에 주이가 본채로 돌아가서 상의하니 우전(于詮)이 나서서

“지금 수춘성 남문을 에우지 않고 있으니, 제가 원컨대 일군을 거느리고 남문으로 해서 들어가 제갈탄을 도와서 성을 지키기로

하는데, 장군이 위병에게 싸움을 돋우실 때, 제가 성중에서 짓쳐 나와 앞뒤로 끼고 치면 위병을 가히 깨뜨릴 수 있사오리다."
하고 계책을 드린다.

주이가 그 말을 그러이 여기니, 이에 전역·전단·문흠 등도 모두 성으로 들어가겠다고 해서, 마침내 우전과 함께 군사 일만을 거느리고 남문으로 해서 성안으로 들어갔다.

이때에 위병들은 장령을 받기를, 군사가 밖으로 나오면 치겠지만 안으로 들어갈 때 어찌하란 명령은 없었기에 감히 경솔하게 대적하지 못하고 오병들이 성으로 들어가게 두어 두고 나서, 곧 사마소에게 보하였다.

사마소는 듣고 나서
"이는 주이로 더불어 내외 협공해서 우리 군사를 깨뜨리자는 것이다."
하고, 이에 왕기와 진건을 불러서
"너희는 오천 군을 거느리고 주이의 오는 길을 끊되, 배후로부터 치도록 하라."
하고 분부하였다. 두 사람은 영을 받고 갔다.

주이가 바야흐로 군사를 거느리고 오는데, 홀연 등 뒤에서 함성이 크게 진동하며 좌편에 왕기, 우편에 진건 양로병이 짓쳐 나와서 오병은 크게 패하였다.

주이가 돌아가서 손림을 보자, 손림은 대로하여
"번번이 패하는 장수를 무엇에 쓴단 말이냐."
하고 군사를 꾸짖어 끌어내다가 목을 베게 하고, 또 전단의 아들 전의(全禕)를 책망하여

"만약 위병을 물리치지 못하거든 너희 부자는 나를 보러 오지
마라."

하고 말한 다음 그는 건업으로 돌아가 버렸다.

종회는 사마소에게 말하였다.

"이제 손림이 물러가고 밖에 구원하는 군사가 없으니 성을 에
울 수 있사오리다."

사마소는 그 말을 좇아서 드디어 군사를 재촉하여 성을 에우고
치게 하였다.

전위는 군사를 이끌고 수춘성으로 들어가려 하였으나 위병의
형세가 큰 것을 보고는 아무리 생각하여도 나아가려 하나 길이 없
고 물러가려 하나 역시 길이 없어서, 드디어 사마소에게 항복하
고 말았다.

사마소가 그의 벼슬을 높여서 편장군을 삼는다.

전위는 그 은덕에 감동하여, 이에 부친 전단과 숙부 전역 앞으
로 편지를 쓰는데, 손림이 어질지 못하니 위국에 항복하느니만
같지 못하다고 하여, 화살에다 매어서 성중으로 쏘아 넣었다.

전역은 글을 얻어 보자 드디어 전단과 함께 수천 인을 거느리
고서 성문을 열고 나와 항복하였다.

제갈탄이 성중에서 근심하며 번민하는데, 모사 장반(蔣班)과 초
이(焦彝)가 나서서

"성중에 군량은 적고 군사는 많아서 오래 지키지 못할 것이오
니, 오초(吳楚)의 무리를 거느리시고 나가 위병으로 더불어 죽음을
결단하시고 한 번 싸워 보시지요."

하고 권하였다.

제갈탄이 대로하여

"나는 지키려고 하는데 너희는 싸우자고 하니, 너희가 딴마음을 가지고 있는 것이나 아니냐. 다시 싸우잔 말하면 반드시 참하리라."

하고 호령한다.

두 사람은 하늘을 우러러 길이 탄식하며

"제갈탄이 장차 망하고 말지. 우리들은 빨리 항복해서 죽음이나 면하여 볼밖에 다른 길이 없을까 보다."

하고, 이날 밤 이경에 장반·초이 두 사람은 성을 넘어서 나가 위군에 항복하였는데, 사마소는 그들을 중하게 써 주었다. 어쨌든 이로 인해서 성중에는 비록 목숨을 바쳐 싸워 보려는 사람들이 있었으나 감히 싸우자는 말을 입 밖에 내지 못하였다.

제갈탄은 성중에서 위병이 사면에 토성을 쌓아 회수를 막으려 하는 것을 보고, 이제 강물이 범람해서 토성을 허물어뜨리거든 그때 군사를 휘동해서 치리라 하고 오직 그것만 바라고 있었는데, 뜻밖에도 가을이 지나 겨울이 다 되도록 끝내 장마가 지지 않아 회수는 범람하지 않았다.

성중의 군량이 거의거의 떨어져 간다.

문흠은 소성(小城) 안에서 두 아들과 함께 굳게 지키고 있었는데, 군사들이 주려서 자꾸 쓰러지는 것을 보고 달리 도리가 없어서 제갈탄을 와서 보고

"군량이 다 떨어져 군사들이 주려서들 쓰러지니, 북방 군사들을 다 성에서 내어 보내 식구를 줄이느니만 못할까 보이다."

하고 말하였다.

　이 말을 듣고 제갈탄은 크게 노해서

　"네가 나더러 북방 군사를 다 내보내라고 하니, 나를 도모하려는 것이 아니냐."

하고 무사를 꾸짖어 끌어내다가 참해 버리게 하였다.

　문앙과 문호는 부친이 참을 당한 것을 보고, 각각 단도를 빼어그 자리에서 수십 명을 죽이고, 몸을 날려 성 위로 올라 성큼 아래로 뛰어내리자 해자를 넘어 위병 영채로 가서 투항하였다.

　사마소는 문앙이 전일에 혼자서 위병을 쳐 물리친 것을 마음에못내 한하고 있는 터이라, 그를 참하려 하였다.

　그러나 종회가 나서서

　"죄는 문흠에게 있사온데, 이제 문흠은 이미 죽었고 두 아들이형세가 궁해서 돌아온 터에 만약 항복해 온 장수를 죽이신다면,이는 성내에 있는 사람들의 마음을 굳혀 주시는 것이 되오리다."

하고 간해서, 사마소는 그 말을 좇아 드디어 문앙과 문호를 장중으로 불러들여 좋은 말로 어루만져 위로하고, 준마와 비단 옷을내리며 편장군을 삼고 관내후를 봉하였다.

　문앙과 문호는 절을 해 사례한 다음 말 타고 나가서 성을 돌며

　"우리 두 사람은 대장군의 은혜로 죄를 용서 받고 작위까지 받았다. 너희들은 왜 빨리 항복하지 않느냐."

하고 큰 소리로 외쳤다. 성중에 있는 사람들이 이 말을 듣고는 모두들

　"문앙으로 말하면 사마씨의 원수인데도 오히려 중히 쓰니 하물며 우리들이랴."

하고 이에 모두 항복하려고 하니, 제갈탄은 듣고 크게 노하여, 주야로 친히 성을 돌며 혹 투항을 거론하는 자들을 죽이는 것으로 위엄을 삼았다.

종회는 성중의 인심이 이미 변한 것을 알고 이에 장중으로 들어가 사마소에게

"가히 이때를 타서 성을 쳐야 하오리다."

하고 말하였다.

사마소는 크게 기뻐하여, 드디어 삼군을 격동해서 사면으로부터 구름 모이듯 모여들어 일제히 성을 치게 하였다.

성을 지키는 장수 증선(曾宣)이 북문을 열고 위병을 맞아들였다.

제갈탄은 위병이 이미 들어온 것을 알자 황망히 휘하 수백 인을 거느리고 성중 소로로 달려 나가는데, 조교 가에 이르러 바로 호분과 맞닥뜨렸다.

호분의 손이 한 번 번뜻 하자 제갈탄은 칼을 맞아 말 아래 떨어지고 휘하의 수백 명은 모두 결박을 당하고 말았다.

왕기는 군사를 이끌고 서문에 이르러 바로 동오 장수 우전과 마주쳤다.

"왜 빨리 항복 않느냐."

왕기가 크게 호통 치자 우전은 대로하여

"명을 받고 나와서 남을 위해 난을 구해 주려다가 이미 구하지 못하고 또 타인에게 항복하는 것은 의리에 못할 일이다."

하고, 이에 투구를 벗어 땅에 던지고

"인생이 세상에 나왔다가 싸움터에서 죽으니 다행한 일이다."

하고 크게 외치며 급히 칼을 휘둘러 죽기로써 삼십여 합을 싸웠으나 사람과 말이 다 지쳐서, 마침내 그는 난군 속에서 죽고 말았다.

후세 사람이 그를 칭찬해서 지은 시가 있다.

　　사마씨 당년에 수춘성을 에웠을 때
　　항복하는 군사들이 수가 없이 많았네.
　　동오에 영웅들이 그 밖에도 있으려니와
　　죽어서 의를 지킨 우전이야 뉘 당하리.

사마소는 수춘성에 들어가자 제갈탄의 가솔을 다 효수하고 그 삼족을 멸해 버렸다.

무사들이 사로잡은 제갈탄의 수하 군사 수백 명을 결박 지워 가지고 들어왔다.

"너희들이 항복하겠느냐."

하고 사마소가 한마디 묻자, 모두들 소리를 높여

"우리는 제갈공과 함께 죽기가 소원이지 결단코 너한테는 항복 않겠다."

하고 외친다.

사마소는 대로하여 무사를 꾸짖어서 모조리 성 밖으로 끌어내다가 차례로 한 사람 한 사람에게

"항복하는 자는 살려 줄 테다."

하고 물어보게 하였으나, 한 명도 항복하겠다는 사람이 없어서 그대로 모조리 죽여 나가는데 마지막까지 끝내 한 명도 항복하는 자가 없었다.

사마소는 깊이 감동하여 탄식하기를 마지않으며 그들의 시체를 다 묻어 주게 하였다.

후세 사람이 감탄하여 지은 시가 있다.

충성을 맹세한 몸 살기를 탐낼쏘냐.
제갈탄 수하의 수백 명 충의지사.
해로(薤露)¹⁾의 노랫소리 끊일 날이 없으리라
그들의 남긴 자취 전횡(田橫)²⁾ 뒤를 이었으니.

동오 군사들은 태반이 위에 항복하였는데, 배수가 사마소를 보고

"오병의 가솔이 모두 강(江)·회(淮) 땅에들 있사오매, 이제 만약 저들을 살려 두면 일후에 변이 생길 것이오니, 구덩이를 파고 생매장을 해 버리느니만 못할까 보이다."

하고 말하는 것을 종회가 있다가

"그렇지 않소이다. 옛날에 군사를 쓰는 사람은 나라를 온전히 하는 것으로 으뜸을 삼아, 다만 그 원흉을 죽였을 뿐이외다. 만약에 모조리 구덩이에다 묻어서 죽인다면 이는 어질지 않은 일이니, 차라리 강남으로 다 놓아 보내서 중국의 관대함을 보여 주느니만 같지 못하오리다."

---

1) 사람의 죽음을 애도하는 노래, 즉 만가(挽歌).
2) 중국 진(秦)나라 사람. 자립해서 제왕(齊王)이 되었는데, 한(漢)나라가 항우를 멸하자 자기 수하의 오백 명과 함께 바다 가운데 섬으로 들어갔는데, 한 고조의 핍박을 받아서 전횡이 자살하자 수하의 오백 명도 모조리 자살하고 한나라에 항복을 하지 않았다.

하고 말해서, 사마소는

"그 참 좋은 생각일세."

하고 드디어 오병을 다 놓아 주어 저희 본국으로 돌아가게 하였다.

당자는 손림이 두려워서 감히 저희 나라로 돌아가지 못하고 위에 항복하였는데, 사마소는 이러한 자들을 다 중하게 써서 삼하(三河)[3] 지방에 나누어 두었다.

회남이 이미 평정되어 사마소가 바야흐로 퇴병하려 하는데 홀연 보도가 들어왔다. 서촉 강유가 군사를 거느리고 와서 장성(長城)을 취하고 양초를 끊으려 하고 있다는 것이다.

사마소는 크게 놀라, 여러 관원들과 물리칠 계책을 상의하였다.

때에 촉한에서는 연호를 고쳐서 연희 이십년을 경요(景耀) 원년[4]이라 하였는데, 강유가 한중에서 천장 두 명을 뽑아 매일 군사를 조련하고 있었으니, 하나는 장서(蔣舒)요 또 하나는 부첨(傅僉)이다. 두 사람이 모두 담력이 있고 용맹해서 강유는 그들을 심히 사랑하였다.

그러자 홀연 보하되, 회남 제갈탄이 군사를 일으켜 사마소를 치매 동오 손림이 그를 도와서, 사마소는 양회 군사를 크게 일으켜 위 태후와 위주로 더불어 출정하였다 한다.

강유는 크게 기뻐하여

---

3) 하내(河內), 하남(河南), 하동(河東)의 세 고을을 삼하라 하는데, 황하(黃河)·회하(淮河)·낙하(洛河)를 또한 삼하라 한다.

4) 본문에 연희 이십년을 고쳐서 경요 원년이라 하였다고 있으나, 촉한에서 연호를 경요로 고친 것은 연희 이십일년, 즉 258년의 일이다. 그러나 다만 강유가 낙곡으로 나가서 위를 친 것은 확실히 연희 이십년, 즉 257년의 일이다.

"내 이번에는 대사를 이루리로다."

하고 드디어 후주에게 표문을 올리고 군사를 일으켜서 위를 치려
고 하니, 중산대부 초주가 듣고 탄식하며

"근래 조정에서는 주색에 빠지시고 중귀(中貴)[5] 황호(黃皓)를 신
임하셔서 나라 정사는 다스리시지 않으시고 오직 환락만 도모하
시는데, 백약이 번번이 정벌에만 주력하고 군사들을 도무지 어루
만지며 불쌍히 여길 줄을 모르니 나라가 장차 위태하리라."

하고 이에 수국론(讎國論) 한 편을 지어서 강유에게 보냈다. 강유
가 받아서 펴 보니 내용은 다음과 같은 것이었다.

　　누가 묻기를, 옛적에 약한 것을 가지고 능히 강한 것을 이긴
자는 그 법이 어떠하였느뇨. 대답하기를, 대국에 처하여 근심
이 없는 자는 항상 태만함이 많고, 소국에 처하여 근심이 있는
자는 항상 착한 것을 생각하니, 태만함이 많으면 난이 일어나
고 착한 것을 생각하면 나라가 다스려지는 것은 도리에 당연한
이치라. 그러므로 주 문왕은 백성을 길러 적은 것을 가지고 많
은 것을 취하였으며, 구천(句踐)[6]은 군사들을 어루만지고 불쌍
히 여겨 약한 것을 가지고 강한 것을 깨뜨렸으니 이것이 그 법
이니라.

---

5) 본래 내신(內臣) 중에서도 특히 천자의 신임이 두터운 자를 가리켜 하는 말이었는
데, 그 뒤 일반 환관을 중귀라고 부르게 되었다.

6) 중국 춘추시대의 월(越)나라 임금. 그의 부왕 윤상(允常)이 오(吳)나라 임금 합려
(闔閭)에게 패하자 구천이 드디어 합려를 쳐서 원수를 갚았더니, 합려의 아들 부차
(夫差)가 다시 군사를 일으켜서 구천을 회계에 포위하였다. 구천은 부차에게 강화
를 청한 다음, 십 년 동안 생산하고 재물을 모으며 백성을 가르치며 군사를 양성해
서 마침내 오나라를 멸하여 회계의 치욕을 씻었다.

누가 이르기를, 전에 초(楚)나라는 강하고 한(漢)나라는 약했을 때 홍구(鴻溝)[7]로써 경계를 나누기로 약속하였으나, 장량이 생각하기를 백성의 뜻이 이미 안정되면 움직이기 어렵다 하고 군사를 거느리고 항우를 쫓아서 마침내 그를 거꾸러뜨렸으니, 어찌 반드시 문왕과 구천의 일만 좇으리오.

대답하기를, 상나라·주나라 때는 왕과 제후를 세상에서 떠받들며 임금과 신하의 의리가 굳은 지 오래라, 이때를 당하여는 비록 한 고조가 계시다 하기로 어찌 능히 칼을 가지고 천하를 취할 수 있으리오. 진(秦)나라가 제후를 파하고 수령들을 둔 뒤 백성이 진나라의 부역에 지쳐서 천하가 토붕와해(土崩瓦解)하매, 이에 호걸들이 일시에 일어나 서로 다툰 것이라. 이제 우리와 저희는 모두 나라를 전해서 대가 바뀌었으니, 이미 진나라 말년의 천하가 크게 어지럽던 시절이 아니라, 실로 육국(六國)이 함께 할거하던 형세라, 그러므로 가히 문왕은 될 수 있어도 한 고조는 되기 어려우니라. 때가 이른 뒤에 움직이며 수가 맞은 뒤에 일을 할 것이라, 그러므로 탕임금과 무왕의 군사는 두 번 싸우지 않고 이겼으니 진실로 백성의 수고를 중히 여기고 때를 자세히 살핀 것이라, 만일에 군사의 위엄을 다해서 남을 치다가 불행히 곤란을 당하면 비록 지혜 있는 자라도 능히 도모하지 못하리로다.

---

7) 지금의 중국 하남성(河南省)에 있는 가로하(賈路河)가 바로 옛날의 홍구라 이르는데, 초한(楚漢) 시절에 항우가 유방과 천하를 양분하기로 하고, 홍구를 분계선으로 삼아 그로부터 서쪽 땅은 한나라, 동쪽 땅은 초나라로 정했다.

하나로 통일된 천하

강유는 보고 나자 크게 노하여

"이는 썩은 선비의 수작이다."

하며 땅에 던지고 드디어 천병을 거느리고 중원을 취하러 나가는데, 이에 부첨을 보고

"공의 소견에는 어디로 나가는 것이 좋겠소."

하고 물으니, 부첨이

"위가 양초를 모두 장성에 쌓아 두었으니, 이제 지름길로 해서 낙곡(駱谷)을 취하여 심령(沈嶺)을 지나 바로 장성에 이르러, 먼저 양초를 불사른 연후에 바로 진천(秦川)을 취한다면, 중원을 머지않아 얻을 수 있을 것입니다."

하고 말한다.

강유는

"공의 소견이 내 계책과 우연히도 같소그려."

하고 즉시 군사를 이끌고 지름길로 해서 낙곡으로 나가 심령을 지나 장성을 바라고 나아갔다.

이때 장성을 지키고 있는 장군은 사마망(司馬望)이니 곧 사마소의 족형이다. 성내에 양초는 심히 많았으나 군사는 적었다.

사마망은 촉병이 온다는 말을 듣고 급히 왕진(王眞) · 이붕(李鵬) 두 장수로 더불어 군사를 거느리고 성에서 이십 리를 나와 영채를 세웠다.

이튿날 촉병이 와서 사마망이 두 장수를 데리고 진 앞에 나서니, 강유가 말 타고 나와 사마망을 가리키며

"이제 사마소가 임금을 군중에 옮기니 반드시 이각 · 곽사의 뜻

이 있는 것이라. 내 이제 천자의 칙명을 받들어 죄를 물으러 왔으니 너는 빨리 항복하라. 만약에 어리석게도 진작 결단을 못하면 너의 집안이 도륙이 나리라."

하고 말하니 사마망이 큰 소리로 대답한다.

"너희들이 무례하여 여러 차례 상국을 범하니, 만일에 빨리 물러가지 않았다가는 한 놈도 돌아가지 못하게 해 놓겠다."

그 말이 미처 끝나기 전에 사마망의 배후에서 왕진이 창을 꼬나 잡고 말을 몰아 나오니, 촉진 가운데로부터 부첨이 내달아 맞는다.

서로 싸우기 십 합이 못 되어 부첨이 짐짓 파탄을 보이자 왕진이 바로 창을 들어 찌른다.

부첨은 번개같이 몸을 틀어 피하며 왕진을 마상에서 그대로 사로잡아 가지고 본진을 향하여 돌아갔다.

이붕이 크게 노하여 칼을 휘두르며 말을 놓아 왕진을 구하러 온다.

부첨은 일부러 천천히 오면서 이붕이 가까이 이르기를 기다려서 왕진을 힘껏 땅에다 내던지고 몰래 사릉철간(四楞鐵簡)[8]을 손에 들고 있다가, 이붕이 쫓아 들어와 칼을 번쩍 들고 막 내려치려 할 때 홱 몸을 돌치며 이붕의 얼굴을 겨누고 한 번 철간으로 치니 눈망울이 솟구쳐 나와 그대로 말 아래 떨어져 죽는다. 왕진 또한 촉병들의 어지러운 창끝에 찔려 죽었다.

강유는 군사를 휘동해서 거침없이 들어갔다. 사마망이 영채를

---

8) 철편에 유사한 병장기의 하나. 날은 없고 네모졌다.

버리고 성으로 들어가 문을 닫고 다시 나오지 않는다.

강유는 군중에 영을 내려서

"군사들은 오늘밤에 하룻밤 편히 쉬어 예기를 기르고 내일 성에 들어가도록 하라."

하였다.

이튿날 해가 뜰 무렵에 촉병들은 앞을 다투어 성 아래로 와짝 몰려 들어가자, 성중에다 화전과 화포를 쏘아 넣었다.

성 위에 있는 초막에 불이 붙어 위병들이 절로 혼란에 빠져 버렸다.

강유는 또 군사들로 하여금 마른 나무를 성 아래다 높다랗게 쌓아 놓고 일제히 불을 지르게 하였다. 화염이 사뭇 하늘을 찌른다.

성이 거의 함몰하게 되자 위병들이 성내에서 소리치며 통곡을 하니 울부짖는 소리가 멀리 들에까지 들렸다.

한창 촉병이 성을 치고 있을 때, 홀연 배후에서 함성이 크게 진동하였다. 강유가 말을 멈추어 세우고 돌아다보니 위병이 북 치고 고함지르고 기를 휘두르며 호호탕탕하게 쳐들어오고 있다.

강유는 드디어 후대로 전대를 삼고 몸소 문기 아래 말을 세우고 위병이 당도하기를 기다렸다.

그러자 위병 진중에서 한 명의 장수가 장속을 엄히 하고 손에 창을 들고 말을 놓아 나오는데, 나이는 약 이십여 세 되었고 얼굴은 분을 바른 것처럼 희며 입술은 연지를 칠한 듯 새빨간데 소리를 가다듬어

"네 등 장군을 아느냐."

하고 외치는 것이다.

강유는 혼자 속으로 '이게 필시 등애다' 하고 창을 꼬나 잡고 말을 놓아 나갔다.

두 사람이 정신을 가다듬어 서로 싸우기 삼사십 합에 이르도록 승부를 나누지 못하는데, 그 소장군의 창법에 반점도 빈틈이 없다.

강유는 마음속으로 '이 계책을 쓰지 않고서야 어찌 이길 수 있으랴' 하고 곧 말을 빼어 좌편 산길을 바라고 달아났다.

소장군이 말을 풍우같이 몰아서 뒤를 쫓아온다.

강유는 창을 걸어 놓자 슬며시 활에 살을 먹여 들며 바로 그를 겨누어 쏘았다.

그러나 소년 장군이 눈이 밝아서 어느 틈에 보고 시위 소리 울릴 때 얼른 몸을 앞으로 굽혀 머리 위로 화살을 흘려버린 다음, 강유가 다시 고개를 돌려 돌아볼 때에는 그의 등 뒤로 바짝 쫓아 들어와서 창을 다시 꼬나 잡자 그대로 내질렀다.

강유는 재빨리 몸을 틀어서 피하며 갈빗대 곁으로 흐르는 창을 번개같이 손을 놀려 꽉 잡아 버렸다.

소장군이 창을 놓고 말을 돌려서 저의 본진을 바라고 달아난다.

강유는

"아깝구나, 아까워."

하고 다시 말을 돌려 그 뒤를 쫓았다.

그가 위병 진문 앞까지 쫓아 이르렀을 때, 한 장수가 칼을 들고 나오며

"강유 필부야. 우리 아이를 쫓지 마라. 등애가 예 있다."

하고 외쳐서 강유는 크게 놀랐다.

원래 그 소장군은 등애의 아들 등충이었던 것이다.

강유는 속으로 은근히 칭찬하며 등애와 싸우려 하였으나, 말이 너무 지친 것이 염려스러워 손으로 등애를 가리키며

 "내 오늘 너희 부자를 알았으니, 각기 군사를 거두고 내일 싸움을 결단하자."

하고 말하였다.

 등애는 전장이 저희에게 불리한 것을 보고 저도 말을 멈추어 세우며

 "이미 그렇다면 각자 군사를 거두기로 하되, 뒤로 모략을 쓰는 자는 대장부가 아니니라."

하고 말해서, 이에 양군이 모두 물러가, 등애는 위수를 의지해서 하채하고 강유는 두 산 사이에 영채를 세웠다.

 등애는 촉병의 지리를 보고 나서 사마망에게 글을 써 보내되

 "우리는 결단코 촉병과 싸워서는 아니 되고, 오직 굳게 지키며 관중에서 군사가 이르기를 기다려 촉병의 양초가 다 떨어졌을 때 삼면으로 치면 반드시 이길 줄 아오며, 이제 장자 등충을 보내 장군을 도와 성을 지키게 하나이다."

하고 또 한편으로 사람을 사마소에게 보내서 구원을 청해 오게 하였다.

 한편 강유는 사람을 시켜 등애의 영채로 전서(戰書)를 가지고 가서 내일 크게 싸우기를 약속하고 오게 하였는데, 등애는 거짓 이를 응낙하였다.

 이튿날 오경에 강유는 삼군으로 하여금 밥을 짓게 하고, 해 뜰 무렵에 나가서 진을 치고 기다렸다.

그러나 등애의 영채에서는 기를 모두 뉘어 놓고 북소리도 내지 않아, 아무도 사람이 없는 것만 같았다.

　강유는 저녁이 되어서야 비로소 돌아왔다.

　다음 날 그는 또 사람을 시켜서 전서를 전하고, 약속을 지키지 않은 죄를 책망하게 하였다.

　등애는 주식을 내어 사자를 대접하고

“몸에 병이 있어 언약을 어기었거니와 내일 만나서 싸우기로 하자.”

하고 대답해 보냈다.

　이튿날 강유는 다시 군사를 거느리고 나갔다. 그러나 등애는 여전히 나오지 않았다. 이러기를 대여섯 번이나 거듭한 끝에 부첨이 강유를 보고

“이는 반드시 적에게 무슨 꾀가 있는 것이니 방비하시는 것이 좋겠습니다.”

하고 말해서, 강유가

“이는 필연 관중에서 군사가 이르기를 기다려 삼면으로 우리를 치려는 것이오. 내 이제 사람을 시켜 동오 손림에게 글을 전하고 힘을 아울러 위를 치도록 이르겠소.”

하고 말하는데, 홀연 탐마가 보하되

“사마소가 수춘성을 쳐서 제갈탄을 죽이고 동오 군사를 모두 항복받고 회군해서 낙양으로 돌아왔사온데, 이제 곧 군사를 거느리고 장성을 구하러 오리라고 합니다.”

한다.

　강유는 크게 놀라

"이번 출정도 또 그림의 떡이 되었구나. 이대로 돌아갈밖엔
없다."
하고 말하였다.

　　네 번째에도 성사 못해 한탄을 하였더니
　　다섯 번째 또 패를 보고 다시 한숨짓는구나.

어떻게 퇴군하려는고.

정봉은 계책을 정해서 손림을 베고
강유는 진법을 다투어 등애를 깨뜨리다

| *113* |

이때 강유는 구원병이 이르는 것을 두려워하여, 우선 병장기와 수레며 모든 군수 물자와 함께 보군을 먼저 물러가게 한 다음에 마군으로 하여금 뒤를 끊게 하였다.

세작이 등애에게 보하자 등애는 웃으며

"강유가 대장군의 대병이 이르는 것을 알고 먼저 물러가 버린 것이다. 그러나 뒤를 쫓을 것은 없다. 쫓으면 반드시 저의 계책에 떨어지고 만다."

하고 이에 사람을 보내서 초탐해 보게 하니 돌아와서 보하는데, 과연 낙곡 좁은 길에 시초를 쌓아 놓아 추병이 오면 불을 질러 태워 죽일 준비가 되어 있더라고 한다.

여러 장수들은 모두 등애를 보고

"장군은 참으로 귀신같이 일을 요량하십니다그려."

하고 칭찬하였다.

드디어 사자에게 표문을 주어 조정에 주문하니, 사마소는 크게 기뻐하여 또 등애에게 상을 내렸다.

한편 동오에서는 대장군 손림이 전단·당자의 무리가 위에 항복한 것을 알고 발연대로해서 그들의 가솔을 모조리 참하여 버렸다.

오주 손량은 이때 나이 바야흐로 십육 세이었는데 손림이 너무도 사람을 많이 죽이는 것을 보고 마음에 매우 못마땅해하였다.

손량이 어느 날 서원(西苑)에 나갔다가, 생매(生梅)를 먹으려고 환관에게 꿀을 가져오라 명하였다.

잠시 후에 환관이 꿀을 가져왔는데 보니 그 속에 쥐똥이 몇 개 들어 있다.

그는 꿀 맡은 아전을 불러서 책망하였다.

그러나 아전은 머리를 조아리며

"신이 단단히 봉해 둔 것이온데 어찌 쥐똥이 들어 있을 리가 있사오리까."

하고 말하는 것이다.

손량은 그에게 한마디 물었다.

"환관이 전에 혹시 너보고 꿀을 달란 일이 없었더냐."

아전이 대답한다.

"환관이 수일 전에 꿀을 달라고 한 일이 있사옵는데, 신이 감히 주지 못했소이다."

손량은 환관을 손으로 가리키며 말하였다.

"이는 필시 네가 꿀 안 준 것이 노여워서 고의로 꿀 속에다 쥐똥을 넣어 아전에게 죄를 들씌우려 한 짓이렷다."

그러나 환관이 수긍하지 않는다.

손량은 다시

"이것은 아주 알기 쉬운 일이다. 만약에 똥이 전부터 꿀 속에 들어 있었다면 속까지 푹 젖었을 것이고, 만약에 갓 넣어 놓은 것이라면 겉만 젖고 속은 말랐을 것이다."

하고 쥐똥을 쪼개게 해서 보니 과연 속은 보숭보숭하다.

마침내 환관이 죄에 복종하니, 손량의 총명하기가 대개 이와 같았다.

그러나 비록 총명은 하건만 손림에게 쥐어 지내는 신세라 능히 자기 주장대로 하지 못한다.

손림의 아우 위원장군 손거는 창룡(蒼龍)에 들어서 숙위하고, 무위장군 손은과 편장군 손간과 장수교위 손개가 다 여러 영문(營門)에 나뉘어 둔쳐 있는 형편이다.

하루는 오주 손량이 울적한 심사로 앉아 있는데, 곁에는 마침 황문시랑 전기가 있었으니, 그는 바로 황후의 오라비다.

손량은 울며 그에게 하소연하였다.

"손림이 제 마음대로 권세를 부리며 함부로 사람을 죽고 짐을 업신여김이 심하니, 이제 도모하지 않으면 반드시 후환이 될 것이오."

전기가 아뢴다.

"폐하께서 신을 쓰실 데가 있으시기만 하다면 신은 만 번 죽사와도 사양치 않사오리다."

손량이 곧

"경은 이제 금군을 거느리고 장군 유승으로 더불어 각기 성문을 지키면, 짐이 몸소 나가서 손림을 죽이겠소."

말하고 다음에,

"그러나 다만 이 일을 경의 모(母)에게는 결코 알리지 말 것이니, 경의 모는 곧 손림의 누이라, 만일에 누설이 되는 날에는 짐의 일이 낭패요."

하고 그를 신칙하니, 전기가

"폐하께서는 조서를 초하셔서 신에게 주십시오. 행사할 때에 신이 조서를 내어 보이면 손림의 수하에 있는 자들이 다들 감히 망동하지 못하오리다."

하고 아뢴다.

손량은 그의 말을 좇아서 즉시로 밀조를 써서 전기에게 주었다.

전기는 조서를 받아 가지고 집으로 돌아가자 그 아비 전상(全尙)에게 가만히 고하였다.

전상이 이 일을 알자 또 자기 아내를 보고 이야기하였다.

"삼일 내에 손림을 죽이기로 되어 있소."

그 말에 그의 아내는

"죽이는 것이 당연하죠."

하고 입으로는 그렇게 말을 하면서도, 뒤로 몰래 사람을 시켜서 글을 가지고 손림에게 가서 일러 주게 하였다.

손림은 크게 노하여 그날 밤으로 곧 네 아우를 불러 정병을 거느리고 먼저 대내(大內)[1]부터 포위해 놓고, 한편으로 전상·유승과 그들의 처자를 다 잡아 내었다.

해가 뜰 무렵에 오주 손량은 궁문 밖에서 징소리·북소리가 크게 진동하는 것을 들었는데, 이때 내시가 황망히 들어와서

"손림이 군사를 거느리고 내원을 에워쌌소이다."

하고 아뢴다.

손량이 듣고 대로하여 손으로 전 황후를 가리키며

"너의 아비와 오라비가 나의 대사를 그르쳐 놓았구나."

하고 꾸짖고, 이에 칼을 뽑아 손에 들고 그대로 나가려 든다.

전 황후와 시중 근신들이 모두 나서서 그의 옷자락을 잡고 울며, 손량을 나가지 못하게 붙들었다.

손림은 먼저 전상과 유승의 무리를 죽이고 나자, 문무백관을 묘당에 모아 놓고 영을 내렸다.

"천자가 주색에 빠져서 병이 든 지 오래요, 어둡고 어지러워 인도를 돌아보지 않으니 가히 종묘를 받들지 못할지라, 이제 마땅히 폐해 버리려니와 그대들 문무 관료 중에 감히 순종하지 않는 자 있으면 모반한 죄로써 논하겠소."

모든 사람이 두려워하여

"장군의 명령대로 좇으려 하나이다."

하고 응하는데, 이때 상서 환의(桓懿)가 대로하여 반부 가운데서 뛰어나오며 손을 들어 손림을 가리키고

"금상께서는 총명하신 임금이신데 네 어찌 감히 이런 어지러운 말을 내느냐. 나는 차라리 죽으면 죽었지 역적의 명에 순종하지

---

1) 황궁(皇宮)의 내원(內苑).

는 못하겠다."

하고 크게 꾸짖었다.

　손림은 대로해서 스스로 칼을 빼어 그를 죽이고, 즉시 대내로 들어가자 오주 손량을 손으로 가리키며

　"이 무도한 혼군(昏君)아, 내 마땅히 너를 베어 천하에 사례할 것이로되 선제의 안면을 보아서 너를 폐하여 회계왕(會稽王)을 삼고 내 덕이 있는 이를 가려서 임금으로 세우려 한다."

하고 꾸짖고, 중서랑 이숭(李崇)을 호령하여 그 인수를 빼앗으라고 해서 등정(鄧程)으로 하여금 간수하게 하였다. 손량은 통곡하며 떠났다.

　후세 사람이 탄식해서 지은 시가 있다.

　　간신 난적이 이윤 · 곽광의 이름을 빌매
　　총명한 어린 임금 자리에서 밀려나다.

　손림은 종정 손해(孫楷)와 중서랑 동조(董朝)를 호림(虎林)에 보내서 낭야왕 손휴를 임금으로 맞아 오게 하였다.

　손휴의 자는 자열(子烈)이니 손권의 여섯째아들이다. 그가 호림에서 밤에, 용을 타고 하늘에 올라가는 꿈을 꾸었는데 문득 돌아보매 용의 꼬리가 보이지 않아 깜짝 놀라 잠을 깨었더니, 바로 이튿날 손해와 동조가 이르러 서울로 돌아가기를 청하는 것이다.

　길을 떠나 곡아에 이르니, 웬 노인 하나가 자칭 성은 간(干)이요 이름은 휴(休)라고 하면서 머리를 조아리고 말하는 것이다.

　"일이 오래면 반드시 변하니, 원컨대 전하께서는 속히 가옵소서."

손휴가 사례하고 길을 다시 가 포색정(布塞亭)에 이르니 손은이 거가를 가지고 나와서 맞는다. 그는 감히 연에 오르지 못하고 작은 수레를 타고 들어갔다.

백관이 길가에 늘어서서 절하여 맞는다. 손휴는 황망히 수레에서 내려 답례하였다.

손림은 나와서 그를 붙들어 일으키게 하고, 대전으로 청해 들여 어좌에 올라 천자 위에 나아가게 하였다. 손휴가 재삼 겸사하다가 비로소 옥새를 받는다.

문관과 무장들이 조하(朝賀)를 마치자, 천하에 대사령을 내리고 연호를 고쳐서 영안(永安) 원년이라 하며, 손림을 봉해서 승상 형주목을 삼고, 모든 관원들에게 각각 봉작과 상사(賞賜)가 있었으며, 또 형의 아들 손호를 봉해서 오정후(烏程侯)를 삼았다.

이때 손림의 일문에서 후(侯)[2]가 다섯이 나고 모두 금군을 거느려 그 권세가 임금을 압도하는 형편이라, 오주 손휴는 안에서 무슨 변이 있을까 저어하여 겉으로 은총을 베푸나 속으로는 은근히 방비하는 바가 있었는데, 손림의 교만하고 방자함은 더욱 심해갈 뿐이다.

이해 겨울 십이월의 일이다.

손림이 소와 술을 받들고 궁중에 들어가서 상수(上壽)[3]하는데, 오주 손휴가 이를 받지 않았다.

손림은 노하여 그 소와 술을 가지고 좌장군 장포(張布)의 부중으

---

2) 공(公), 후(侯), 백(伯), 자(子), 남(男) 소위 오등작(五等爵)의 제2위.
3) 잔치 때 술잔을 바쳐서 장수(長壽)를 축하하는 것.

로 가서 함께 마셨다.

술이 취하자 손림이 장포를 향하여

"내 처음에 회계왕을 폐하였을 때 사람들이 모두 나더러 임금이 되라고 권하였으나 나는 금상을 어진 이로 생각해서 세웠던 것인데, 이제 내 상수하는 것을 받지 않으니 이는 나를 아주 소홀히 대접하는 것이라 내 이제 분풀이를 꼭 할 터이니 두고 보시오."

하고 지껄이는 것이다.

장포는 그 말을 듣고도 그 자리에서는 그냥

"예, 예."

하여 두었을 뿐이다.

그 이튿날 장포는 궁중으로 들어가 이 일을 가만히 손휴에게 아뢰었다.

손휴는 대단히 마음에 송구하여 낮이나 밤이나 불안하게 지냈다.

그로써 수일이 지나서다.

손림은 중서랑 맹종(孟宗)에게 중영 소속의 정병 일만 오천을 주어서 무창에 나가 둔치게 하고, 또 무기고 안의 병장기를 모조리 그들에게 내어 주었다.

이에 장군 위막(魏邈)과 무위사 시삭(施朔) 두 사람이 가만히 손휴에게

"손림이 군사를 외방에 내어 보내고 또 무고 안의 병장기를 모조리 옮겨 갔사오니, 머지않아 반드시 변이 있사오리다."

하고 아뢴다.

손휴가 크게 놀라 급히 장포를 불러서 계책을 물으니, 장포가

80

"노장 정봉이 계략이 남에게 뛰어나니 능히 대사를 결단할 수 있사오리다. 그에게 하문하옵소서."

하고 아뢴다.

손휴는 곧 정봉을 불러들여 은밀히 이 일을 이야기하였다. 정봉이

"폐하께서는 근심 마옵소서. 신에게 한 계책이 있사오매 나라를 위하여 도적을 없이 하오리다."

하고 아뢴다.

손휴가 어떤 계책이냐 물으니, 정봉이

"내일 납평(臘平)[4]날 아침에 문무백관을 다 모으시고 손림을 연석에 부르시면, 신에게 조처할 도리가 있소이다."

하고 말한다.

손휴는 듣고 크게 기뻐하였다.

정봉은 위막과 시삭으로 하여금 밖에서 할 일을 맡게 하고, 장포로 내응하게 하였다.

이날 밤 광풍이 크게 불어 모래를 날리고 돌을 굴리며 아름드리나무를 뿌리째 뽑아 놓았다.

날이 밝자 바람이 잦는데 사자가 칙지를 받들고 와서 손림에게 궁중에 들어와서 연석에 참여하라고 청한다.

손림이 막 와상에서 일어나는데, 흡사 누가 떼밀기라도 한 것처럼 평지에서 쓰러지니 마음에 몹시 불쾌하였다.

사자 십여 명이 그를 옹위하고 궁으로 들어가려 할 때 집안사

---

4) 동지가 지난 뒤 세 번째의 술일(戌日). 옛날에는 이날 제사를 지냈다.

하나로 통일된 천하

람이 나서서

"밤새껏 광풍이 불었고 아침에 또 아무 까닭 없이 놀라서 쓰러지셨으니, 아무래도 길한 조짐은 아닙니다. 연석에 나가시지 마시지요."

하고 만류하였다.

그러나 손림은

"우리 형제가 함께 금군을 거느리고 있는 터에 뉘 감히 가까이 오랴. 만일에 무슨 변이 있거든 부중에서 불을 놓아 군호를 삼으라."

하고 부탁하기를 마치자 수레에 올라 궐내로 들어갔다.

오주 손휴는 황망히 용상에서 내려 손림을 상좌로 올려 앉혔다.

술이 두어 순 돌았을 때 여러 사람이 놀라며

"궁성 밖에서 불이 일어납니다."

하고 고한다.

손림이 곧 몸을 일으키려 하는데, 손휴가 그를 멈추며

"승상은 안심하세요. 밖에 군사가 많은데 걱정하실 것이 뭬 있습니까."

하고 말하는데, 그 말이 미처 끝나기 전에 좌장군 장포가 칼을 빼어 손에 들고 무사 삼십여 인을 거느리고서 전상으로 급히 올라오며 목소리를 가다듬어

"조서를 받들어 반적 손림을 잡는다."

하고 외쳤다.

손림은 급히 달아나려 하였으나 바로 무사들에게 잡히고 말았다.

손림이 머리를 조아리며

"바라옵건대 교주(交州)로 옮겨 촌으로 돌아가게 하여 줍시사."

하고 아뢰니, 손휴는

"네 어찌하여 등윤 · 여거 · 왕돈은 귀양 보내지 않았더냐."

하고 꾸짖은 다음 끌어내어다 목을 베게 하였다.

이에 장포는 손림을 끌고 내려가 전각 동쪽에서 그를 참하였는데, 손림의 종자들은 아무도 감히 동하는 자가 없었다.

장포는 칙지를 전하여

"죄는 손림 한 사람에게 있으매 남은 무리는 다 묻지 않으리라."

하였다.

여러 사람들의 마음이 이에 안정되었다.

장포는 손휴를 청해서 오봉루(五鳳樓)에 오르게 하였다. 정봉 · 위막 · 시삭의 무리가 손림의 아우들을 잡아 가지고 왔다. 손휴는 그들을 모조리 저자에 내어다 참하게 하였다.

손림의 종족(宗族)과 도당의 죽은 자가 수백 인이다. 그 삼족을 멸하고 군사로 하여금 손준의 무덤을 파헤치고 그 시체를 베게 하였다.

그리고 손림에게 해를 입은 제갈각 · 등윤 · 여거 · 왕돈의 무리를 다시 분묘를 세워 그 충성을 표해 주며 그 연루(連累)로 멀리 정배갔던 사람들도 다 사(赦)를 내려서 각기 고향으로 돌아가게 하고, 정봉의 무리에게는 벼슬을 더해 주며 후히 상을 내렸다.

손휴는 성도로 글을 보내서 이 일을 보하고, 후주 유선이 사자를 보내서 하례하자 자기편에서도 설후를 보내서 답례하였다.

설후가 촉중으로부터 돌아오자 손휴가

"요즈음 촉중 형편이 어떠하던고."

하고 물으니, 설후가

"이즈음 중상시 황호가 권세를 잡아 공경들이 많이 그에게 아부하고 있는 까닭에 조정에 들어가서는 바른말 하는 것을 듣지 못하겠사옵고, 들을 지나며 보매 백성의 얼굴에는 주린 빛이 있사오니 이른바, '연작(燕雀)이 집에 있어 대하(大廈)가 장차 불에 탈 것을 알지 못한다'는 것일까 하나이다."

하고 아뢴다.

손휴는 듣고 나자

"만약 제갈무후가 생존해 있을 때라면 어찌 이 지경에야 이르렀겠느냐."

하고 탄식하며, 이에 다시 국서를 써서 사자에게 주어 성도에 들어가 보하게 하되, 사마소가 머지않아 위국을 찬탈하고 반드시 오와 촉을 침노하여 위엄을 보일 것이니 피차에 준비가 있는 것이 좋으리라 하였다.

강유는 이 소식을 듣자 흔연히 표문을 올리고 다시 군사를 내어 위를 칠 일을 의논하였다.

때는 경요(景耀) 원년 겨울이다.

대장군 강유는 요화·장익으로 선봉을 삼고, 왕함·장빈으로 좌군을 삼고, 장서·부첨으로 우군을 삼고, 호제로 후군을 삼고, 자기는 하후패로 더불어 중군을 거느려 함께 촉병 이십만을 일으켜 후주를 하직하고 바로 한중에 이르렀다.

강유가 하후패로 더불어

"먼저 어디를 쳐서 빼앗는 게 좋겠소."

하고 상의하니, 하후패가

"기산은 용무할 땅이라 가히 진병할 만한 까닭에 승상께서 예전에 여섯 번 기산을 나가셨던 것이니, 다른 데로는 나가지 못하오리다."

하고 말한다.

강유는 그의 말을 좇아 드디어 삼군에 영을 내려 일제히 기산을 바라고 나아가 골 어귀에 이르러서 하채하였다.

때에 등애는 바야흐로 기산 영채 안에서 농우병을 모아 점검하고 있었는데, 문득 유성마가 달려 들어와 촉병이 지금 골 어귀에다 영채를 세웠다고 보한다.

등애는 이 소식을 듣자 드디어 높은 데 올라가서 살펴보고 영채로 돌아와 장상에 올랐다.

그는 크게 기뻐하며

"바로 내가 요량했던 대로구나."

하고 말하였다.

원래 등애는 먼저 지맥(地脈)을 헤아려 촉병이 영채를 세울 곳을 찍어 놓고, 땅속으로 기산 본채에서 바로 촉병 영채에 이르는 굴을 미리 파 두고서 촉병이 오기를 기다려 일을 도모하려 한 것인데, 이때 강유가 골 어귀에다 영채 셋을 나누어 세운 중에 왕함과 장빈이 군사를 둔쳐 놓은 좌채가 바로 땅굴 위에 자리를 잡고 있었기 때문이다.

등애는 아들 등충에게 명하여 사찬으로 더불어 각기 일만 군을 거느리고 좌우에서 들이치게 하며, 일변 부장 정윤으로 하여금 굴 파는 군사 오백 명을 이끌고 이날 밤 이경에 바로 땅굴로 해서 촉병 좌영에 이르러 장막 뒤로 나오게 하였다.

한편 왕함과 장빈은 영채가 미처 온전히 서지 했으므로 혹시 위병이 겁채하러 오지나 않을까 저어하여 감히 갑옷을 벗지 못하고 그대로 입은 채 자고 있었는데, 홀연 중군이 크게 들레는 소리를 듣고서 급히 병장기를 들고 말에 오를 때 영채 밖에 등충이 군사를 거느리고 짓쳐 들었다.

위병이 안팎으로 끼고 쳐서 왕함·장빈 두 장수는 죽기로써 싸웠으나 끝내 당해 내지 못하고 그대로 영채를 버리고 달아났다.

강유는 장중에서 좌채 안에 함성이 크게 이는 것을 보자 내응 외합하는 군사가 있음을 짐작하고 드디어 급히 말을 타고 중군장 앞에 나가 서서 영을 내리되

"만일에 망동하는 자가 있으면 참하리라. 그리고 적병이 영채 가에 이르거든 물어볼 것 없이 그저 궁노로 쏘기만 하라."
하고 또 한편으로 우영에도 영을 전해서 역시 함부로 동하지 못하게 하였다.

이러므로 해서 과연 위병은 십여 차나 촉병 영채를 들이쳤으나 번번이 촉병의 화살과 쇠뇌를 맞고 물러나곤 하였다. 날이 훤히 밝을 녘까지 그냥 연거푸 들이쳤으나 위병은 감히 안으로는 범접을 못했던 것이다.

등애는 군사를 수습해 가지고 본채로 돌아와서

"강유는 깊이 공명의 법을 얻었도다. 군사들이 밤에 일을 당하고도 놀라지 않고, 장수가 변을 듣고도 동요하지 않으니 참말로 대장감이다."

하고 탄식하였다.

이튿날, 왕함과 장빈이 패한 군사를 수습해 가지고 대채 앞에 와서 땅에 엎드려 죄를 청한다.

강유는

"이것은 너희들의 죄가 아니라 내가 지맥에 밝지 못한 탓이다." 하고 다시 군사를 내어 주어 두 장수로 하여금 영채를 세우게 하고, 죽은 군사들의 시체는 다 땅굴 속에 묻고 흙으로 덮어 버렸다.

강유는 사람을 보내서 등애에게 전서를 전하고, 내일 둘이서 승패를 가리자 하였는데 등애는 흔연히 이에 응하였다.

이튿날 양군은 기산 앞에 진을 벌렸다.

강유가 제갈무후의 팔진법에 의해서 천(天)ㆍ지(地)ㆍ풍(風)ㆍ운(雲)ㆍ조(鳥)ㆍ사(蛇)ㆍ용(龍)ㆍ호(虎)의 형상으로 진을 치고 나자, 등애가 말 타고 나와서 강유가 팔괘를 이루어 놓은 것을 보고 저도 진을 펴 놓으니 전후좌우에 문이 있고 지게가 있는 것이 꼭 한모양이다.

강유는 창을 들고 말을 놓아 진전에 나서며

"네가 내 본을 떠서 팔진을 치기는 하였다마는 또 한 진을 변할 줄도 아느냐."
하고 큰 소리로 외쳤다.

등애가 웃으며

"너는 이 진을 너 혼자만 칠 줄 안다는 것이냐. 내 이미 칠 줄을 알거니, 어찌 변할 줄을 모르랴."
하고 곧 말을 돌려 진으로 들어가자, 집법관(執法官)으로 하여금 기를 좌우로 휘둘러 팔팔(八八)이 육십사 개의 문호(門戶)로 변해

놓고 다시 진 앞으로 나와서

"내 변하는 법이 어떠냐."

하고 묻는다.

강유는 말하였다.

"비록 틀리지는 않았다마는 네 감히 내 팔진으로 더불어 서로 에워 보겠느냐."

등애가 선뜻 응한다.

"내가 왜 못하겠느냐."

양군은 각기 대오를 따라서 나아갔다.

등애는 중군에서 군사들을 지휘하였다.

양군이 서로 충돌하여도 진법에는 아무 변동이 없었는데, 강유가 중간에 이르러 기를 한 번 휘두르자 문득 팔진이 변해서 '장사권지진(長蛇捲地陣)'이 되며 등애를 한가운데 넣고 에워싸더니 사면에서 함성이 크게 진동한다.

등애는 이 진을 알지 못해서 심중에 크게 놀랐다.

촉병이 점점 가까이 다가 들어온다.

등애가 수하 장수들을 거느리고 좌충우돌해 보나 뚫고 나가지 못하는데, 촉병들은 일제히 소리를 높여서

"등애는 빨리 항복하라."

하고 외치는 것이다.

등애는 하늘을 우러러

"내 한때 저의 능한 것을 자랑하다가 그만 강유의 계책에 빠지고 말았구나."

하고 길게 탄식하였다.

그러자 이때 홀연 서북각으로부터 한 떼의 군사가 짓쳐 들어왔다. 등애가 보니 바로 위병이라, 드디어 승세해서 포위를 뚫고 짓쳐 나갔다. 이때 등애를 구원해 낸 것은 바로 사마망이다.

　그러나 사마망이 등애를 구해 내었을 무렵에는 기산에 있는 위병의 영채 아홉 개가 모두 촉병의 수중에 들어가 있었다.

　등애는 패병을 이끌고 위수 남쪽으로 물러가서 하채하고, 사마망에게

　"공은 어떻게 이 진법을 알고 나를 구해 내셨소."

하고 물으니, 사마망이

　"내가 소년 시절에 형남에 유학하여, 최주평과 석광원으로 더불어 벗하며 이 진을 강론한 일이 있소이다. 오늘 강유가 변한 것은 곧 '장사권지진'이라 만약에 다른 데를 쳐서는 도저히 깨뜨리지 못하는 것인데, 그 머리가 서북에 있는 것을 본 까닭에 서북쪽으로부터 쳤더니 스스로 깨어지고 만 것이외다."

하고 말한다.

　등애는 그에게 사례하고 말하였다.

　"나는 비록 이 진법을 배웠으나 실상 변하는 법은 알지 못했는데, 공이 이미 이 법을 알고 있으니 내일 이 법을 써서 기산 영채를 다시 찾는 것이 어떠하오."

　사마망이 말한다.

　"내 배운 것을 가지고는 강유를 속이지 못할 것 같소이다."

　등애는 다시 말하였다.

　"내일 공은 진상에서 강유로 더불어 진법을 다투시오. 그러면 그 사이에 나는 일군을 거느리고 가만히 기산 뒤를 엄습할 것이

니, 양편으로 혼전하면 우리 영채들을 다시 뺏을 수 있으리다."

이에 정윤으로 선봉을 삼아 등애는 스스로 군사를 거느리고 기산 뒤를 엄습하기로 하는데, 한편으로 사람을 시켜서 강유에게 전서를 전하여 내일 진법을 다투자고 하였다.

강유는 회답해 보낸 다음에 여러 장수를 보고

"내 무후께 전수 받은 밀서에는, 이 진의 변하는 법이 모두 삼백예순다섯 가지이니 이는 주천(周天)[5]의 수를 응한 것인데, 이제 나더러 진법을 다투자고 청하니, 이는 곧 반문(班門)에서 도끼를 희롱[6]하는 격이오."

하고 말하고, 곧 이어서

"그러나 다만 그 사이에 반드시 속임수가 있는데 공들은 알겠소."

하고 물으니, 요화가

"이는 필시 우리를 속여 진법을 다투게 해 놓고는 일군을 내어 우리의 뒤를 엄습하려는 것이외다."

하고 대답한다.

강유는 웃으며

"바로 내 뜻과 같소그려."

하고 즉시 장익과 요화로 하여금 일만 병을 거느리고 산 뒤에 가서 매복하게 하였다.

이튿날 강유는 아홉 개 영채의 군사를 모조리 거두어 기산 앞

---

5) 천체(天體)가 그 궤도를 한 바퀴 도는 것.
6) 반문농부(班門弄斧). 중국 고대 노(魯)나라의 공수반(公輸班)이라는 일등 장색이 있었는데, 반문, 즉 그의 문전에서 도끼를 희롱한다 함은 저의 분수를 모르고 저의 조그만 재주를 자랑한다는 말이다.

에다 벌려 놓았다.

사마망이 군사를 거느리고 위수 남쪽 영채를 떠나 바로 기산 앞에 이르러 진전에 나서서 강유더러 나와 대답하라고 한다.

강유는 말하였다.

"네 편에서 나보고 진법을 다투자고 청했으니 네가 먼저 쳐서 나를 보게 하라."

사마망이 팔괘진을 벌려 놓는다.

강유가 보고

"이는 곧 내가 친 팔진법인데, 네가 이제 훔쳐다 했으니 무슨 기이할 것이 있느냐."

하니, 사마망이

"너도 역시 남의 법을 훔친 게 아니냐."

하고 응수한다.

강유가 물었다.

"이 진의 변하는 법이 대체 몇 가지냐."

사마망이 웃으며 대답한다.

"내 이미 칠 줄을 아는데 어찌 변하는 법을 모르랴. 이 진에는 구구(九九) 팔십일 변이 있느니라."

강유는 웃으며 한마디 하였다.

"네 어디 시험 삼아 변해 보아라."

사마망이 진으로 들어가서 두어 번 변하고 나자 다시 진전으로 나와서

"네가 내 변한 것을 아느냐."

하고 묻는다.

강유는 웃고 말하였다.

"내 진법은 주천을 응해서 삼백육십오 변이다. 너 같은 우물 안 개구리가 어찌 현묘한 도리를 알겠느냐."

사마망도 이 변하는 법이 있는 줄은 아나, 실은 온전히 배우지를 못했던 까닭에 억지 수작으로

"나는 믿지 않으니 네 시험 삼아 변해 보아라."

하고 말한다.

강유는

"네 등애를 불러 내오면 내 진을 쳐서 저를 보여 주겠다."

라고 한마디 하고, 이에 대답하여 사마망이

"등 장군은 좋은 꾀를 가지고 계시므로 진법은 좋아 안 하시느니라."

하고 말하자, 강유는 크게 웃으며

"무슨 좋은 꾀가 있겠느냐. 불과 너를 시켜서 나를 속여 이곳에서 진을 치라 하여 놓고, 저는 일군을 이끌고서 우리 산 뒤를 엄습하려고 할 뿐이지."

하고 발기를 집어 말했다.

사마망이 크게 놀라 막 군사를 끌고 나와 일장 혼전을 하려 하는데, 강유가 채찍을 들어 한 번 가리키자 양익병이 먼저 내달아 몰아치니, 위병은 갑옷을 버리며 창을 던지고 각기 목숨을 도망하였다.

이때 등애는 선봉 정윤을 재촉해서 산 뒤를 엄습하러 오는데, 정윤이 막 산모퉁이를 돌아 나가려 할 때 홀연 일성포향에 북소

리·각적소리가 하늘을 진동하며 복병이 짓쳐 나오니 거느리는 대장은 곧 요화다.

두 사람이 미처 수작을 건네어 볼 사이 없이 두 필 말이 맞붙었는데, 요화가 단지 한 칼에 정윤을 베어 말 아래 거꾸러뜨려서 등애가 크게 놀라 급히 군사를 거두어 물러가려 할 때 장익이 또 일군을 이끌고 짓쳐 들어왔다.

촉병에게 앞뒤로 협공을 받아 위병은 크게 패하였다.

등애가 목숨을 내어 놓고 그 속을 빠져 나오는데 몸에 화살을 넉 대나 맞았다. 그대로 말을 달려서 위수 남녘 영채에 이르렀을 때 사마망도 또한 돌아왔다.

두 사람이 군사를 물리칠 계책을 상의하는데 사마망이 있다가

"근자에 촉주 유선이 환관 황호를 총애하며 밤이나 낮이나 주색으로 낙을 삼고 있다 하니 반간계를 써서 강유를 소환하게 하면 위태로움을 가히 풀 수 있으리다."

하고 말해서, 등애가 여러 모사를 보고

"누가 촉에 들어가서 황호와 교섭을 가져 볼꼬."

하고 물으니, 말이 미처 끝나기 전에 한 사람이

"내가 가 보겠소이다."

하고 나선다. 등애가 보니 곧 양양 사람 당균(黨均)이다.

등애는 크게 기뻐하여 즉시 당균으로 하여금 황금 주옥과 보물을 가지고 지름길로 해서 성도에 이르러 황호와 결탁하고 유언을 퍼뜨리되, 강유가 천자를 원망하여 머지않아 위국으로 간다더라 하였다.

이에 성도 사람마다 하는 소리가 다 같다. 황호는 후주에게 상

주하고 즉시 사람을 시켜 밤을 도와 가서 강유를 불러 입조하게
하였다.

한편 강유는 연일 싸움을 돋우었으나 등애는 굳게 지키고 나오
지 않는다.

강유가 심히 의심하는 중에 홀연 사신이 와서 그에게 조서를
내리고 곧 입조하라고 한다. 강유는 무슨 일임을 알지 못하였으
나 회군하여 성도로 돌아갈밖에 없었다.

등애와 사마망이 강유가 계책에 빠졌음을 알고, 드디어 위수
남녘 영채의 군사를 빼어 가지고 그 뒤를 몰아친다.

제나라를 치던 악의 이간을 당하였고
적병을 깨친 악비 참소 만나 돌아왔네.

대체 승패가 어떻게 될 것인고.

조모는 수레를 몰아 남궐에서 죽고
강유는 양초를 버려 위병을 이기다

| *114* |

강유가 영을 전해서 군사를 물리는데, 요화가 나서서

"'장수가 밖에 있으면 임금의 명령도 듣지 않는 수가 있다'고 하였소이다. 이제 비록 조서가 내리기는 하였으나 아직 동해서는 아니 되오리다."

하고 말하니, 장익이 있다가

"대장군이 해마다 군사를 일으키시는 통에 촉나라 사람들이 모두 원망을 하고 있으니, 한 번 승전한 때를 타서 군사를 거두어 가지고 돌아가서 백성의 마음을 편안하게 하고 다시 좋을 도리를 생각하느니만 못할까 보이다."

하고 말한다.

강유는

"옳은 말이오."

하고 드디어 각 군을 법에 의해서 물러가게 하는데, 요화와 장익에게 명하여 뒤를 끊어 위병의 추격을 방비하게 하였다.

한편 등애가 군사를 거느리고 뒤를 쫓아와 보니 전면에 촉병의 기치가 정제하며 인마가 서서히 물러가고 있다.

등애는

"강유가 무후의 법을 깊이 얻었구나."

하고 탄식하였다.

이로 인하여 등애는 감히 뒤를 쫓지 못하고 군사를 수습하여 기산 영채로 돌아가 버렸다.

한편 강유가 성도에 이르러 궁중으로 들어가서 후주를 보고, 자기를 소환한 까닭을 물으니 후주가

"경이 변경에 나가 있어 오래 회군하지 않으므로 짐이 너무 군사를 수고로이 할까 저어하여 경을 부른 것이니 별로 다른 뜻은 없노라."

하고 말한다.

강유는 아뢰었다.

"신이 도적을 쳐서 나라 은혜에 보답하려 맹세한 터이오니 폐하께서는 소인의 말 들으시고 의심하시지 마옵소서."

하고 아뢰니, 후주가 한참만에야 하는 말이

"짐이 경을 의심하지 않으니 경은 한중으로 돌아가 위국에 변이 있기를 기다려서 다시 치는 것이 좋으리라."

한다.

강유는 탄식하고 물러나와 스스로 한중으로 돌아갔다.

한편 당균이 기산 영채로 돌아가서 이 일을 보하니 등애는 사마망으로 더불어

"임금과 신하가 불화하니 반드시 내변이 있으리라."

하고 곧 당균으로 하여금 낙양에 들어가서 사마소에게 보하게 하였다.

사마소는 크게 기뻐하여 바로 촉을 도모할 생각이 들어 중호군 가충을 보고 물었다.

"내 이제 촉을 치는 것이 어떠하겠나."

그러나 가충은

"아직 치셔서는 아니 될 것이, 천자가 바야흐로 주공을 의심하고 있으니 만약 일조에 경선히 나가셨다가는 내란이 반드시 일어날 것이외다. 지난해에 황룡이 두 번이나 영릉 우물 속에 나타나서 백관이 표문을 올려 경사스러운 일이라고 하례하였사옵는데, 천자의 말이 '이게 경사스러운 일이 아니로다. 용이란 것이 임금의 형상인데, 위로는 하늘에 있지 않으며 아래로는 밭 가운데 있지 않고 우물 가운데가 들어 있으니, 이는 갇혀 있을 조짐이라' 하고 드디어 잠룡시(潛龍詩) 한 수를 지었사옵는데 그 시 가운데 뜻은 분명히 주공을 두고 말한 것이오니다. 그 시에 이르기를

슬프다 용이 곤란을 당함이여 능히 깊은 못에 뛰어나지 못하도다
위로는 하늘에 날지 못하고 아래로는 밭에 보이지 않도다
우물 속에 서리고 있으매 미꾸라지와 두렁허리가 그 앞에서 춤을 추도다
어금니를 감추고 발톱을 숨겼으니 슬프다 나도 또한 그러하도다

하나로 통일된 천하

바로 이러하옵니다."

하고 아뢴다.

　들고 나자 사마소는 크게 노하여 가충을 보고

　"이 사람이 조방을 본받으려고 이러나. 만약 일찍 도모하지 않았다가는 제가 반드시 나를 해하겠다."

하니, 가충은

　"소인이 원컨대 주공을 위하여 수이 도모하오리다."

하고 말하였다.

　때는 위나라 감로 오년[1] 여름 사월이었다.

　사마소가 칼을 차고 전상에 오르자 조모는 용상에서 일어나 그를 맞았다.

　백관이 모두

　"대장군의 공덕이 높고도 높사오니, 진공(晉公)을 삼으시고 구석을 가하심이 합당할까 하옵니다."

하고 아뢴다.

　그러나 조모가 머리를 숙이고 대답하지 않아서, 사마소가 목소리를 가다듬어

　"우리 부자 형제 삼인이 위국에 큰 공로가 있는데, 이제 진공이 되는 것이 부당하단 말씀이오."

하고 말하니, 조모는 이에

　"감히 명과 같이 아니 하리까."

하고 대답한다.

---

1) 260년.

사마소는 다시 한마디 하였다.

"잠룡시에 우리를 미꾸라지와 두렁허리로 보았으니 이는 무슨 예절이오."

조모가 능히 대답을 못하니 사마소는 냉소하며 전각에서 내려간다. 모든 관원들이 다 송구해하였다.

조모는 후궁으로 돌아가자 시중 왕침, 상서 왕경, 산기상시 왕업 등 세 사람을 불러들여 일을 의논하였다.

조모가 울며

"사마소가 찬역할 뜻을 품고 있음은 누구나 다 아는 바라 짐이 능히 앉아서 폐함을 당하는 욕을 볼 수는 없으니 경 등은 부디 짐을 도와서 도적을 치도록 하오."

하고 말하니, 상서 왕경이

"그는 불가하옵니다. 옛적에 노 소공(昭公)[2]이 계씨(季氏)의 전횡을 참지 못하옵다가 패하여 달아나서 나라를 잃었소이다. 이제 모든 권세가 이미 사마씨에게 돌아간 지 오래여서 내외 공경들이 순역의 도리를 돌아보지 않사옵고 간적에게 아부하는 자가 한두 사람이 아니오며, 또한 폐하의 숙위가 많지 못하옵고 어명을 받들 사람이 없사옵니다. 폐하께서 만약에 은인자중하시지 않는다면 화가 실로 막대하오리니, 부디 서서히 도모하시고 급히 하시지 마옵소서."

---

2) 중국 춘추시대 노(魯)나라 임금. 대부 계손씨(季孫氏. 흔히 계씨라고 부른다)가 나라의 권세를 잡고 있어서 소공은 오직 빈자리를 지키고 앉았을 뿐이라 마음에 불복하여 마침내 군사를 일으켜서 계씨를 쳤다가 패하여 제나라로 도망하는 신세가 되어 버렸다.

하고 아뢰었다.

그러나 조모는

"이것을 참는다면 무엇은 못 참겠소. 짐은 이미 뜻을 결했으매 곧 죽는대도 두려울 것이 없소."

하고 말을 마치자, 즉시 태후에게 고하러 안으로 들어가는 것이다.

왕침과 왕업은 왕경에게 말하였다.

"사세가 이미 급하게 되었는데 우리가 멸문의 화를 스스로 취할 수는 없으니, 마땅히 사마공 부하에 가서 자수하고 죽는 것이나 면해야 할까 보오."

왕경은 대로하여 꾸짖었다.

"임금이 근심하면 신하는 욕되고, 임금이 욕되면 신하는 죽는 법인데 감히 두 마음을 품으랴."

왕침과 왕업은 왕경이 듣지 않는 것을 보자 저희들만 그 길로 사마소에게 보하러 갔다.

그로써 조금 지나 위주 조모는 안에서 나와 호위 초백(焦伯)으로 하여금 궁중의 숙위(宿衛) · 창두(蒼頭) · 관동(官僮)[3] 삼백여 명을 모아서 북 치고 고함지르며 나가게 하는데, 조모는 칼을 들고 연에 올라 좌우를 꾸짖으며 바로 남궐(南闕)로 나간다. 왕경은 임금이 탄 연 앞에 엎드려서 크게 울며 간하였다.

"이제 폐하께서 수백 인을 거느리시고 사마소를 치려 하시니, 이는 양을 몰아 범의 아가리에 넣으시는 것이라 헛되이 죽사옵지 아무 유익함이 없소이다. 신은 목숨을 아끼는 것이 아니라 실로

---

3) 옛적에 중국에서는 군사들이 머리를 푸른 수건으로 쌌으므로 군사를 창두라 하는데, 또 하인도 창두라고 한다. 관동도 궁중에서 부리는 하례(下隸)이다.

일이 행할 수 없음을 알기 때문이옵니다."

그러나 조모는

"내 군사가 이미 나갔으니 경은 막지 마라."

하고 드디어 용문(龍門)을 바라고 나가는데, 이때 가충이 융복을 입고 마상에 높이 앉아 좌편의 성수와 우편의 성제로 수천 명 철갑 금병을 거느리고 아우성치며 짓쳐 들어왔다.

조모는 칼을 번쩍 들며 큰 소리로 호통 쳤다.

"나는 천자다. 너희들이 궁중으로 돌입하니 임금을 죽이려고 이러느냐."

금군들이 조모를 보고는 모두들 감히 동하지 못한다.

가충은 성제를 향해서 한마디 하였다.

"사마공이 너를 무엇에다 쓰려고 기르셨겠느냐. 바로 오늘 일을 위해서니라."

성제는 곧 극(戟)을 꼬나 잡으며 가충을 돌아보고 물었다.

"죽이리까 잡아 묶으리까."

가충이 한마디 뱉는다.

"사마공 분부 내에 오직 죽이란 말씀만 계셨다."

성제는 극을 틀어쥐자 바로 연 앞으로 달려들었다.

조모가

"필부가 언감 무례히 구느냐."

하고 불호령을 내렸다.

그러나 말이 채 맺기도 전에 성제가 극으로 그의 앞가슴을 찔러 연에서 떨어지자, 재차 찌른 창끝이 그대로 등을 꿰뚫고 나가자 연 곁에 가 쓰러져 죽었다. 초백이 창을 꼬나 잡고 대어 들었으나 역시 성제의 한 극에 찔려서 죽고 나머지 무리들은 모두 도망해 버렸다.

왕경이 뒤쫓아 이르자 가충을 향해서

"역적이 언감 임금을 시(弑)하느냐."

하고 꾸짖었다.

가충은 크게 노하여 좌우를 호령해서 그를 묶게 하고 사마소에게 기별하였다.

사마소는 궁중으로 들어와 조모가 이미 죽은 것을 보고 짐짓 소스라쳐 놀라는 모양을 하고 머리로 연을 들이받으며 울고, 사람으로 하여금 각 대신에게 알리게 하였다.

이때 태부 사마부가 궁중에 들어와 조모의 시체를 보자 그 머리를 들어 자기 무릎 위에 놓고 울며

"폐하를 시살케 한 것은 신의 죄로소이다."

하고 드디어 조모의 시체를 관곽에 넣어 편전 서쪽에다 모셔 놓았다.

백관이 모두 들어왔는데 홀로 상서복야 진태만이 오지 않았다.

사마소는 진태의 외숙인 상서 순의(荀顗)로 하여금 그를 불러오게 하였다.

진태는 크게 울며

"말하는 사람들은 나를 외숙에게다 견주더니 이제 보매 외숙이 실상 나만 못하구나."

하고 상복(喪服)을 입고 들어와서 영전에 절하고 곡을 하였다.

사마소가 또한 거짓 곡을 하며 진태에게 물었다.

"오늘 일을 어떻게 처리하여야 하겠소."

진태가

"오직 가충을 참해야만 적이 천하에 사례할 수 있으리다."

하고 대답하니, 사마소가 한동안 침음하다가 다시

"다시 그 다음을 생각해 보오."

하고 물으니, 진태가

"오직 그보다 더 올라갈 수는 있어도 그 다음은 모르겠소이다."

한다.

사마소는

"성제가 대역부도하니 그 살을 발라내고 삼족을 멸해야겠소."

하고 말하였다.

그 말을 듣자 성제는 큰 소리로 사마소를 꾸짖었다.

"내 죄가 아니라 가충이 네 명령을 전해서 한 것일 뿐이다."

사마소는 그 혀부터 먼저 자르게 하였다.

성제는 죽기에 이르기까지 억울하다고 소리 지르기를 마지않았는데 그 아우 성수도 역시 저자에 끌려 나가 참을 당하였고, 그 삼족이 모두 멸망당하였다.

후세 사람이 탄식해서 지은 시가 있다.

우습고 가증할손 당년의 사마소라
가충을 시켜 남궐에서 임금을 시살하고
죄는 성제에게 씌워 삼족을 멸했으니
세상 사람을 그는 모두 귀머거리로 알았는가.

사마소는 또 사람을 시켜 왕경의 전 가족을 다 잡아 옥에 가

두었다.

왕경이 마침 정위청(廷尉廳) 아래 있다가 문득 보니 자기 모친을 묶어 가지고 온다. 왕경은 머리를 땅에 대고

"불효자식이 어머님에게까지 누를 끼치고 말았습니다그려."

하고 크게 울었다.

그러나 그의 모친은 크게 웃으며

"사람이 누구는 안 죽으랴. 다만 죽을 곳을 얻지 못할까 두려워할 뿐인데, 이제 이렇게 목숨을 버리니 무슨 한이 있으랴."

하고 말하는 것이다.

이튿날 왕경의 온 집안 식구들 모두 동쪽 저자로 압령해 내어갔는데, 왕경의 모자가 웃음을 머금고 형벌을 받으니 온 성내의 선비나 서민이나 눈물을 아니 흘리는 자가 없었다.

후세 사람이 지은 시가 있다.

한 초에 복검(伏劍)[4]을 자랑터니 한 말에 와 왕경을 본다
매읍구나 그 마음이여 굳세어라 그 의지여.
절개는 무겁기 태산이요 일신은 가볍기 우모(羽毛)로다
모자의 꽃다운 이름 천지로 더불어 무궁하리.

태부 사마부가 왕의 예로 조모를 장사지내자고 청해서 사마소는 이를 허락하였다.

가충의 무리는 사마소를 보고서 위의 선위를 받아 천자의 위에 오르라고 권하였다.

---

4) 제 손으로 목을 찔러 죽는 것.

그러나 사마소는

"옛적에 문왕은 삼분천하의 그 둘을 가지고 있었으면서도 은나라를 섬겼으므로 성인께서 가장 높으신 덕이라고 칭송하셨네. 위무제가 한나라의 선위를 받으려고 아니 한 것이 바로 내가 위나라의 선위를 받으려고 아니 하는 것이나 일반일세그려."

하고 말하는 것이다.

가충의 무리는 이 말을 듣자 사마소가 자기 아들 사마염(司馬炎)에게 뜻을 두고 있음을 알고 드디어 다시 권하지 않았다.

이해 유월에 사마소는 상도향공(常道鄕公) 조황(曹璜)을 세워 천자를 삼고, 연호를 경원(景元) 원년으로 고쳤다.

조황이 개명해서 조환(曹奐)이라 하니 자는 경소(景召)라, 곧 무제 조조의 손자요 연왕 조우(曹宇)의 아들이다.

조환은 사마소를 봉해서 승상 진공(晉公)을 삼고 돈 십만 냥과 비단 만 필을 내리며 문무 관료들에게도 각각 봉작과 상사가 있었다.

세작이 벌써 이 일을 탐지해다가 촉중에 보하였다.

강유는 사마소가 조모를 시살하고 조환을 세웠다는 말을 듣자 기뻐하여

"내 오늘 위를 치매 또 명분이 있게 되었다."

하고, 드디어 동오로 글을 보내서 군사를 일으켜 사마소의 임금 시살한 죄를 묻게 하고, 일변 후주에게 표주한 다음 군사 십오만을 일으키고 수레 수천 채를 동원하는데 수레 위에는 모두 궤짝을 놓고 요화와 장익으로 선봉을 삼아, 요화로는 자오곡을 취하

고 장익으로는 낙곡을 취하게 하며 강유 자기는 야곡을 취하여 모두 기산 앞으로 나가서 만나기로 하고, 삼로병이 일시에 길을 떠나 기산을 향해서 짓쳐 나갔다.

이때 등애는 기산 영채에서 군사를 훈련하고 있다가 촉병이 세 길로 쳐들어온다는 말을 듣고, 이에 여러 장수를 모아 상의하니 참군 왕관(王瓘)이 있다가

"저에게 한 계책이 있으나 입 밖에 내어 말씀할 수는 없고 여기 글로 적었으니 장군은 한 번 보아 주십시오."

하고 글 한 통을 바친다.

등애는 받아서 펴 보고 나자 웃으며

"이 계교가 비록 묘하기는 하나 다만 강유를 속이지는 못할 것 같구려."

하고 말하였으나, 왕관이

"저는 한 목숨 내어 놓고 가 보겠습니다."

하고, 굳이 말하자

"공의 뜻이 굳기만 하면 반드시 성공을 할 수 있으리다."

하고 드디어 오천 병을 내어 왕관에게 주었다.

왕관은 밤을 도와 야곡으로 해서 마주 나가, 바로 촉병의 전대 초마와 만나자

"우리는 위국에서 항복하러 오는 군사니 대장께 보하여 달라." 하고 외쳤다.

초마가 강유에게 보해서, 강유는 영을 내려 군사들은 그 자리에 다 남아 있고 거느리는 장수만 오라 하였다.

왕관은 강유 앞에 나오자 절하고 땅에 엎드려

"저는 왕경의 조카 왕관이올시다. 근자에 사마소가 임금을 시살하며 저의 숙부 일문을 도륙해서 한이 골수에 맺혔사온데, 이제 다행히 장군께서 군사를 일으켜 죄를 물으려 하시므로 제가 특히 본부병 오천을 거느리고 와서 항복을 드리는 터이오니, 바라건대 수하에 거두시고 써 주시어 간사한 무리를 초멸하고 숙부의 원한을 갚게 하여 주십시오."
하고 말하였다.

강유는 크게 기뻐하여 왕관에게

"네가 이미 성심으로 와서 항복하는 바에는 내 어찌 성심으로 대하지 않겠느냐. 우리 군중에서 근심하는 바는 불과 양초일 뿐이다. 이제 양초가 바로 천구에 있으매 네 가서 운반해다가 기산에 부리도록 하여라. 나는 곧 기산의 위병 영채를 취하러 가겠다."
하니 왕관이 마음에 크게 기뻐하여 그가 저의 계책에 빠졌다 하고 흔연히 응낙한다.

강유는 말하였다.

"네가 양초를 운반하러 가는 데는 오천 명을 다 쓸 것이 없으니 다만 삼천 명만 데리고 가고, 이천 명은 남겨 두어 길을 인도해서 기산을 치게 하여라."

왕관은 혹시나 강유가 의심할까 두려워서 이에 삼천 명만 거느리고 갔다.

강유가 부첨으로 하여금 남은 위병 이천 명을 거느리고 영을 듣게 하는데, 홀연 하후패가 이르렀다고 보한다.

하후패는 강유를 보고 말하였다.

"도독은 어찌하여 왕관의 말을 믿으십니까. 내가 위국에 있을 때 비록 자세한 것은 알지 못하나, 왕관이 왕경의 조카라는 말은 못 들었으니 거짓이 많은 것 같소이다. 장군은 부디 잘 살피시지요."

강유는 크게 웃었다.

"내 이미 왕관의 거짓 항복함을 알고 있는 까닭에 그 병세를 나누어 장계취계해서 행하려는 것이오."

하후패가

"어디 말씀해 보시지요."

하고 청한다.

강유는 말하였다.

"사마소는 조조에게 비할 간웅이오. 제가 이미 왕경을 죽이고 그 삼족을 멸한 터에 어찌 그 친조카를 남겨 두어 관 밖에서 군사를 거느리고 있게 하겠소. 그래서 나는 제가 거짓임을 알았는데, 중권이 보시는 바가 나와 우연히 맞았소그려."

이에 강유는 야곡을 나가지 않고, 몰래 군사를 길에다 매복해 두어 왕관의 세작이 위병 영채로 가는 것을 방비하게 하였다.

열흘이 못 되어 과연 매복해 있던 군사가 왕관이 등애에게 보내는 글월을 가지고 가는 자를 잡아서 끌고 왔다.

강유가 그자에게 전후 사정을 묻고 편지를 찾아내어 읽어 보니, 오는 팔월 이십일에 왕관 제가 소로로 해서 양초를 운반해 가지고 기산 대채로 돌아가려 하니 그날 군사를 담산(墰山) 골짜기로 보내서 접응해 달라고 등애에게 부탁하는 서찰이다.

강유는 편지 가지고 가던 자를 죽이고, 사연을 고쳐서 날짜를 팔월 십오일로 해 놓고 바로 등애더러 친히 대병을 영솔하고 담산 골짜기로 접응하러 와 달라 한 다음 사람 하나를 위병 복색을 꾸며 위병 영채에 가서 편지를 전하게 하고, 일변 군량 수레 수백 채를 내어 그 위에 실린 양미는 다 내리고 대신 마른 나무와 시초와 불 댕길 물건들을 실은 다음 푸른 베로 덮어 놓고, 부첨으로 하여금 이천 명의 항복해 온 위병들을 거느리고 운량 기호를 세우게 하였다.

그리고 강유는 하후패로 더불어 각기 일군을 거느리고 산곡간으로 들어가서 매복하고, 장서로 하여금 야곡으로 나가고 요화, 장익으로 모두 진병해서 기산을 취하게 하였다.

한편 등애는 왕관의 서신을 받고 크게 기뻐하여, 곧 답서를 써서 온 사람에게 주어 돌아가 보하게 하였다.

약속한 팔월 십오일이 되었다.

등애는 오만 명 정병을 거느리고 지름길로 해서 담산 골짜기로 가자 멀리서 사람을 시켜 높은 데 올라가 초탐해 보게 하였다. 돌아와 보하되 무수한 군량 수레가 산골짜기 속에서 연접해 끊이지 않고 오고 있다 한다.

등애가 나서서 친히 바라보니 과연 모두가 위병들이다.

좌우가 말한다.

"날이 이미 저물었으니 속히 왕관을 접응해서 골짜기를 나가도록 하시지요."

그러나 등애는

"전면의 산세가 중중첩첩하니 만일 복병이라도 있으면 졸연히 뒤로 물러나기 어렵다. 그냥 예서 기다리는 것이 좋으니라."

하고 말하는데, 이때 홀연 말 탄 군사 두 명이 들이닥치며 급히 보하는 말이

"왕 장군이 양초를 영거해 지경을 지나오는데 등 뒤에서 군사가 쫓아오고 있으니 빨리 구응해 주시기를 바랍니다."

한다.

등애는 크게 놀라 급히 군사를 재촉해서 앞으로 나아갔다.

때는 마침 초경이라 달이 밝기가 낮과 같았다.

산 뒤에서 함성이 들려온다.

등애는 왕관이 그곳에서 촉병과 싸우고 있는 줄만 여겨 그대로 말을 달려 산 뒤로 돌아가는데, 이때 홀연 수림 뒤에서 한 떼의 군사가 내달으니 앞을 선 촉장은 부첨이라, 말을 놓아 나오며 큰 소리로

"등애 필부야. 네 이미 우리 주장의 계책에 빠졌거늘, 어찌하여 빨리 말에 내려 죽음을 받지 않는다."

하고 외친다.

등애가 크게 놀라 말을 돌려 달아나는데, 수레 위에 불이 모두 붙으니 이것이 바로 군호로 올리는 불이라, 양편에서 촉병이 모두 짓쳐 나와 몰아치매 위병은 수습 못할 혼란 속에 빠지고 말았다.

이때 산상 산하에서 오직 들리는 것이

"등애를 잡아오는 자는 천금상에 만호후를 봉하리라."

하고 외치는 소리다.

등애는 기절초풍을 해 갑옷도 투구도 다 벗어 던지고 말에서 뛰어 내리자 보군 틈에 섞여서 산을 타고 영을 넘어 도망하였다.

강유와 하후패는 오직 말 타고 앞선 사람만 바라보며 잡으려

들었지, 등애가 보군 속에 끼어서 빠져 달아나는 것은 생각도 못했었다.

강유는 승전한 군사를 거느리고 왕관의 군량 수레를 접응하러 갔다.

이때 왕관은 등애와 비밀히 약속하고 기일에 앞서 양초와 수레를 다 정비해 놓고 전혀 거사할 날이 오기만 기다리고 있었는데, 홀연 심복인이 보하되

"일이 이미 누설되어 등 장군이 대패하셨는데 생사가 어찌 되었는지 모른답니다."

한다.

왕관이 크게 놀라 사람을 보내서 초탐해 보게 하였더니 돌아와서 하는 말이, 삼로병이 에워싸고 짓쳐 들어오며 등 뒤에서도 티끌이 자욱하게 일어나니 아무 데로도 빠져나갈 길이 없다고 한다.

왕관은 좌우에 호령하여 불을 놓아 양초와 수레들을 모조리 살라 버리게 하였다.

삽시간에 화광이 뻗치며 맹렬한 불길이 하늘을 찌른다. 왕관은 큰 소리로

"사세가 급하니 너희들은 다들 죽기로 싸우라."

하고 외치며 군사를 이끌고 서쪽을 향해서 짓쳐 나갔다.

등 뒤로 강유의 삼로병이 쫓는데, 강유는 오직 왕관이 목숨을 내어 놓고 혈로를 뚫어 위국으로 돌아갈 줄만 알았지, 설마 제가 도리어 한중으로 쳐들어가리라고는 생각을 못했다.

왕관은 군사가 적으므로 추병이 저희를 쫓아 잡을 것을 두려워

하여 잔도와 각처의 관액을 다 불살라 버렸다.

강유는 한중이 실수할까 저어하여 마침내 등애의 뒤는 쫓지 않고, 군사를 이끌고 밤을 도와 소로로 해서 왕관의 뒤를 추격하였다.

왕관은 사면으로 촉병의 공격을 받자 흑룡강에 몸을 던져서 죽어 버렸다. 남은 군사들은 모두 강유의 손에 생매장을 당하였다.

이번 싸움에 강유가 비록 등애를 이기기는 하였으나, 허다한 양초를 소실하였고 잔도도 다 망가지고 말았다. 그는 군사를 이끌고 그대로 한중으로 돌아갔다.

한편 등애는 수하의 패병들을 이끌고 기산 대채 안으로 도망해 돌아가자 표문을 올려서 죄를 청하고, 스스로 저의 벼슬을 깎아 내렸다.

그러나 사마소는 등애가 여러 차례 큰 공을 세운 것을 생각해서 차마 그의 벼슬을 깎지 못하고 도리어 상급을 후히 내렸다.

등애는 제가 상으로 받은 재물들을 죽은 장병의 집에 모조리 나누어 주었는데, 사마소는 촉병이 또 나올까 보아 두려워 드디어 군사 오만을 더 주어 등애로 하여금 방어하게 하였다.

강유는 밤을 도와서 잔도를 수리하고 다시 출정할 일을 의논하였다.

연방 잔도 수리하여 연방 군사는 또 나간다.
중원을 아니 치고는 죽어도 아니 쉬리.

대체 승패가 어찌 될 것인고.

회군하라고 조서를 내려 후주는 참소를 믿고
둔전한다 칭탁하고 강유는 화를 피하다

| *115* |

촉한 경요 오년 겨울 시월에 대장군 강유는 사람을 보내서 밤을 도와 잔도를 수리하게 하며 군량과 병장기를 정돈하고, 또 한중의 수로에 선척들을 준비하여 모두 완비하자 표문을 올려서 후주에게 아뢰었다.

신이 누차 출전하와 비록 큰 공은 아직 이루지 못하였사오나, 이미 위나라 사람들의 심담을 다 꺾어 놓았사옵니다. 이제 군사를 기른 지 날이 오래라 싸우지 않은즉 게을러지며 게을러진즉 병이 나는 법이온데, 항차 이제 군사들은 죽음을 본받으려 생각하옵고 장수들은 명령을 받들려 생각하고 있나이다. 신이 만일에 이기지 못하옵거든 마땅히 죽을죄를 받아지이다.

후주가 표문을 보고 마음에 주저해서 결단을 못 내리는데, 초주가 반열에서 나와

"신이 밤에 천문을 보매 서촉 분야에 장성이 어두워 빛이 밝지 못하온데, 이제 대장군이 또 출사하려 하니 이번 길이 심히 불리할 것으로 아옵니다. 폐하께서는 가히 조서를 내리시와 나가지 말게 하옵소서."

하고 아뢴다.

그러나 후주는

"우선 이번에 보내 보아서 과연 실수가 있거든 그때 막으리라."

하고 초주가 재삼 간하여도 듣지 않았다. 이에 초주는 집으로 돌아와 탄식하기를 마지않으며, 드디어 병을 칭탁하고 나가지 않았다.

이때 강유가 군사를 일으키려 하며 요화를 보고

"내 이번 출사에는 맹세코 중원을 회복하려 하거니와, 먼저 어디를 취하는 것이 마땅하겠소."

하고 물으니, 요화 또한 이번 출사를 탐탁하게 생각지 않아서

"해마다 출정하느라 군사와 백성이 다 편안하지 못하고 겸하여 위의 등애가 지모가 남에 뛰어나 도저히 등한히 대할 자가 아닌데, 장군께서 그대로 억지의 일을 행하려 하시니 이는 내가 독단할 수 없는 일이외다."

하고 말한다.

강유는 발연대로해서

"전일에 승상께서 여섯 차례 기산을 나가신 것이 또 한나라를 위해 하신 일이거니와, 내 그 사이 여덟 번 위를 친 것이 어찌 내

한 몸을 위해서 한 것이라 하겠는가. 이제 마땅히 도양(洮陽)을 먼저 취하려 하거니와, 만일 내 명을 거역하는 자 있으면 용서 없이 참하리라."

하고 드디어 요화를 남겨 두어 한중을 지키게 하고, 몸소 여러 장수들과 더불어 군사 삼십만을 거느리고 바로 도양을 취하러 나아 갔다.

천구에 있는 사람이 벌써 이것을 기산 영채에 보하였다.

이때 등애는 마침 사마망으로 더불어 군사에 관해서 이야기하고 있었는데, 이 소식을 듣자 드디어 사람을 시켜서 자세한 것을 초탐해 오게 하였다.

돌아와서 보하기를, 촉병이 모조리 도양 길로 나오고 있다 한다.

사마망이 있다가

"강유가 계책이 많으니 짐짓 도양을 취한다 하고 실상은 기산을 치러 오는 것이나 아닐까요."

하고 한마디 하니,

"이번은 강유가 실상 도양을 취하러 나오는 것이오."

하고 등애가 말한다.

사마망은 물었다.

"공은 그걸 어떻게 아십니까."

등애가 대답한다.

"전자에는 강유가 여러 차례 우리 양초를 둔 곳으로 나왔었는데, 이제 도양에는 양초가 없으매 강유는 우리가 오직 기산만을 지키고 도양은 방비가 없으리라 요량해서 바로 도양을 취하러 오는 것이라, 만일에 이 성을 얻으면 거기다 양초를 쌓아 놓고 강인(羌人)과 결탁해서 장구한 계책을 도모하려는 것일 게요."

사마망은 다시 물었다.

"만약 그러하면 어떻게 하시렵니까."

등애가 계책을 말한다.

"이곳 군사를 모조리 거두어 가지고 두 길로 나누어 도양을 구하러 가기로 하되, 도양성 이십오 리 밖에 후하(侯河)라는 작은 성이 하나 있으니 이는 바로 도양의 인후(咽喉)요, 공은 일군을 거느리고 도양으로 들어가기를 뉘어 놓고 북소리를 내지 말며 사대문을 활짝 열어 놓고 이러저러하게 행하시오. 나는 일군을 거느리고 후하에 가 있을 것이니, 이리 하면 반드시 크게 이길 수 있으리다."

계책이 정해지자 각각 계교에 의해서 행하는데, 뒤에는 다만 편장 사찬을 남겨 두어 기산 영채를 지키게 하였다.

한편 강유는 하후패로 전부를 삼아 먼저 일군을 거느리고 나아가 바로 도양을 취하게 하였다.

하후패가 군사를 이끌고 앞으로 나아가 도양성 가까이 이르러 바라보니 성 위에는 기 한 개 꽂혀 있지 않고 성문 넷이 모두 다 활짝 열려 있다.

하후패가 마음에 의혹이 들어 감히 성으로 들어가지 못하고 여러 장수들을 돌아보며

"무슨 간계나 아닐까."

하고 물으니, 장수들의 말이

"아무리 보나 분명한 빈 성이외다. 다만 백성이 좀 남아 있다가 대장군이 군사를 거느리고 오신다는 말을 듣고 아마 모조리 도망해 버렸나 보이다."

한다.

하후패는 믿지 않고 몸소 말을 놓아 성 남쪽으로 가서 살펴보았다. 성 뒤로서 늙은이와 어린아이들이 무수히 서북쪽을 바라고 도망해 가고 있다.

하후패는 크게 기뻐서

"과연 빈 성이로구나."

하고 드디어 앞을 서서 짓쳐 들어가니 남은 무리들이 그 뒤를 따라 나아갔다.

그러자 바야흐로 옹성 가에 이르렀을 때 홀연 일성 포향에 성 위에서 북소리·각적소리가 일제히 일어나고 정기가 두루 꽂히며 조교가 번쩍 들려 버렸다.

하후패가 크게 놀라

"아차, 계책에 빠졌구나."

하고 황망히 뒤로 물러나려 할 때 성 위로서 화살과 돌이 비 퍼붓듯 쏟아졌다.

애달프다.

하후패와 수하의 오백 명 군사들은 모두 성 아래서 죽고 말았다.

후세 사람이 탄식해서 지은 시가 있다.

　　강유의 묘한 계책 귀신이 곡하련만
　　등애가 미리 알고 방비할 줄 몰랐구나.

애달파라 한나라에 항복을 한 저 하후패
경각에 성 아래서 화살 맞고 쓰러지다.

　사마망이 성내에서 짓쳐 나와 촉병이 크게 패하여 도망하는데,
뒤미처 강유가 접응하는 군사를 거느리고 들이닥쳐서 사마망을
쳐 물리치고 성 가에다가 하채하였다.
　강유는 하후패가 화살에 맞아 죽었다는 말을 듣고 슬퍼하기를
마지않았다.
　이날 밤 이경이다.
　등애가 후하성 안으로부터 가만히 일군을 거느리고 나와 촉병
영채로 짓쳐 들어왔다.
　촉병이 일대 혼란에 빠져서 강유가 이루 수습하지 못하는데, 성
위에서 북소리ㆍ각적소리가 하늘을 뒤흔들더니 사마망이 군사를
거느리고 쏟아져 나와 양편에서 끼고 치는 통에 촉병은 크게 패하
였다.
　강유는 좌충우돌하며 죽기로써 싸워 겨우 벗어나자 이십여 리
를 물러 나가서 하채하였다.
　두 번씩이나 패한 끝이라 촉병들 사이에 동요하는 빛이 보였다.
　강유는 장수들을 보고 호령하였다.
　"승패는 병가지상사다. 이제 비록 군사를 잃고 장수를 없앴으나
크게 근심할 것은 없다. 성패가 이번 한 번 싸움에 있으니 너희들
은 시종이 여일하게 하라. 만일에 물러가겠다고 말하는 자가 있
으면 그 자리에서 참하리라."
　이때 장익이 나서서 계책을 드린다.

"위병이 모두 이곳에 있으니 기산이 필연 비었을 것이라, 장군은 군사를 정돈하여 등애와 더불어 싸우시며 도양과 후하를 치시면, 내가 일군을 거느리고 가서 기산을 취하오리다. 기산의 영채 아홉을 취한 다음에 바로 군사를 몰아 장안으로 향하는 것이 상책일까 보이다."

강유는 그의 계책을 좇아서 즉시 장익으로 하여금 후군을 거느리고 가서 기산을 취하게 하고, 자기는 몸소 군사를 영솔하고 후하로 가서 등애에게 싸움을 청하였다.

등애가 군사를 거느리고 나와서 맞는다.

양군이 진을 치고 대하자 두 사람은 서로 어우러져 싸웠다.

그러나 수십여 합을 싸우도록 서로 승부를 나누지 못하여, 각기 군사를 거두어 가지고 영채로 돌아갔다.

이튿날 강유는 또 군사를 거느리고 나가서 싸움을 돋우었다. 그러나 등애가 군사를 머물러 두고 나오지 않으니 강유는 군사들을 시켜 욕질을 하게 하였다.

이것을 보고 등애는 가만히 생각하였다.

'촉병이 내게 한 진을 크게 패하고도 전연 물러가지 않고 도리어 연일 와서 싸움을 돋우고 있으니, 이는 필시 군사를 나누어 기산 영채를 엄습하려는 것일 게다. 영채를 지키는 사찬이 군사도 많지 않고 지모도 적으니 필연 패할 것인즉 내 마땅히 친히 가서 구해야겠다.'

그는 아들 등충을 불러서

"네 조심해서 이곳을 지키되, 저희들로 하여금 마음대로 싸움을 돋우게 두어 두고 행여 경솔히 나가지 마라. 나는 오늘밤에 군사를 거느리고 기산을 구하러 가겠노라."

하고 말하였다.

이날 밤 이경에 강유가 바야흐로 영채 안에서 계책을 생각하고 있노라니까 홀연 영채 밖으로서 함성이 땅을 진동하고 북소리 · 각적소리가 하늘을 뒤흔드는데 사람이 보하기를, 등애가 삼천 정병을 거느리고 야전(夜戰)을 하러 왔다고 한다.

장수들은 그 즉시 싸우러 나가려 하였으나, 강유는

"함부로 동해서는 아니 되느니라. 아마 계책이 있을 게다."

하고 만류하였다.

원래 등애가 군사를 거느리고 촉병 영채 앞까지 와서 한 차례 수선을 떨고는 등애는 기산을 구하러 떠나고, 등충은 다시 성으로 들어가 버렸던 것이다.

강유도 장수들을 불러 놓고

"등애가 짐짓 야전하러 온 체하고는 필연 기산 영채를 구하러 갔을 것이다."

하고, 이에 부첨을 불러 분부하되

"네 이 영채를 지키되 경선히 대적하지 마라."

하고 부탁하기를 마치자, 강유는 스스로 삼천 병을 거느리고 장익을 도우러 기산으로 갔다.

한편 장익은 바야흐로 기산에 이르러 위병 영채를 치고 있었다.

영채를 지키고 있는 장수 사찬이 군사가 적어서 지탱해 내지를 못한다.

성이 거의거의 무너지려 하는데, 홀연 등애가 군사를 거느리고 들이닥쳐서 한 진을 몰아치니 촉병은 크게 패하였다.

등애가 장익을 산 뒤로 몰아넣고 그의 돌아갈 길을 끊어 버려서 한창 위급할 즈음에 홀연 함성이 크게 진동하고 북소리·각적 소리가 하늘을 뒤흔들더니, 위병들이 분분히 뒤로 물러 나가며 좌우가 보하되

"대장군 강백약이 짓쳐 들어오십니다."

한다.

장익은 이 기세를 타서 군사를 몰아 호응하였다.

양편에서 끼고 쳐서 등애가 한 진을 패하고 급히 퇴군해 기산 영채 안으로 들어가서 나오지 않으니, 강유는 군사들로 하여금 사면으로 에워싸고 치게 한다.

이야기는 두 머리로 나뉜다.

이때 성도에서는 후주가 환관 황호의 말만 믿으며 또 주색에 빠져서 정사를 다스리지 않았다.

때에 대신 유염의 처 호씨(胡氏)가 매우 자색이 빼어났는데, 궁중에 들어가 황후에게 조현하였더니 황후가 그를 궁중에 머물러 두어서 한 달 만에야 나왔다.

유염은 자기 아내가 후주와 사통한 줄로 의심해서, 이에 장하 군사 오백 명을 불러 앞에 늘여 세운 다음에 아내를 결박 지워 끌어내다가 군사마다 신짝으로 그 얼굴을 수십 대씩 때리게 해서 호씨는 거의 다 죽었다가 다시 살아났다.

후주가 듣고 대로하여 법을 맡은 율사들로 하여금 유염의 죄를 다스리라 하니, 율사들은

"군사란 아내를 매질할 사람이 아니며 얼굴은 형벌을 받을 자리가 아니니, 마땅히 저자에 내어다 참해야 한다."

하고 결안(結案)[1]을 꾸며 내어, 유염은 드디어 참을 당하였다.

이 일이 있은 뒤로 명부(命婦)[2]들은 일절 궁중에 들어오지 못하게 하였으나, 한때 관료들 가운데는 후주의 황음무도한 데 대해서 많이 의심하고 원망하는 자들이 있었다.

이에 어진 사람은 점점 물러가고 소인들의 발호가 점점 심해갔다.

때에 우장군 염우(閻宇)는 몸에 털끝만 한 공로도 없으면서 오직 황호에게 아부해서 드디어 그렇듯 높은 작위를 얻었던 것인데, 강유가 기산에서 군사를 통영하고 있다는 말을 듣자, 이에 황호를 달래서 후주에게

"강유가 여러 차례 싸웠사오나 이렇다 할 아무 공이 없사오니 염우로 하여금 그 자리를 대신하게 하심이 가할까 하나이다."

하고 상주하게 하였다.

후주는 황호의 말을 좇아 사자로 하여금 조서를 가지고 기산에 가서 강유를 소환하게 하였다.

강유는 바야흐로 기산에 위병 영채를 치고 있었는데, 문득 하루에 세 번씩이나 조서가 내려와 회군하라고 하는 것이다.

강유는 하는 수 없이 칙명을 받들어 먼저 도양에 있는 군사부터 철퇴하게 하고, 다음에 장익으로 더불어 서서히 물러갔다.

등애가 영채 안에 있는데 어느 날 밤새도록 북소리·각적소리

---

1) 사형(死刑)을 결정한 문안(文案).
2) 황제에게 봉호(封號)를 받은 부인.

가 천지를 진동해서 웬 까닭인지를 몰랐는데, 해가 뜰 무렵에 사람이 보하되 촉병이 모조리 물러가고 다만 빈 영채만 남아 있다고 한다.

그러나 등애는 혹시 무슨 계책이 있지나 않은가 의심해서 감히 뒤를 쫓지 못하였다.

강유는 바로 한중으로 돌아가 군사를 멈추어 놓고, 자기는 사신과 함께 후주를 뵈러 성도로 들어갔다.

그러나 후주는 연하여 열흘을 두고 조회를 보지 않았다.

강유는 마음에 의아해하였는데, 이날 동화문에 이르러 비서랑 극정을 만나서

"천자께서 유로 하여금 회군하게 하신 까닭을 공은 혹시 아시나요."

하고 물으니, 극정이 웃으면서

"대장군은 어찌하여 아직도 모르게 계십니까. 황호가 염우로 하여금 공을 세우게 하려고 천자께 상주하여 마침내 칙지로써 장군을 소환한 것인데, 뒤늦게 등애가 용병에 능하다는 말을 권해 듣고는 그로 인해 이 일이 유야무야되고 만 것이외다."

하고 일러 준다.

강유는 대로하여

"내 반드시 이 내시 놈을 죽여 버리리라."

하고 말하니, 극정이 급히 만류하며

"대장군이 무후의 하시던 일을 계승하시어 그 소임이 크고 직책이 중하신데, 어찌 일을 경솔히 하려 하십니까. 만일에 천자께서 용납하지 않으신다면 도리어 일이 아름답지 못하게 되오리다."

하고 일러 준다.

강유는 듣고 나자

"고맙습니다. 선생의 말씀이 옳소이다."

하고 그에게 사례하였다.

이튿날 후주가 황호로 더불어 후원에서 술자리를 벌이고 있는데, 강유가 두어 사람을 데리고 바로 그리로 들어갔다.

누가 있다가 재빨리 황호에게 일러 주어서, 황호는 급히 호산(湖山) 곁으로 몸을 피하였다.

강유는 정자 아래 이르러 후주에게 절하고 울며 아뢰었다.

"신이 천신만고 끝에 등애를 기산에서 포위하고 있는 중에 폐하께서 연하여 조서를 세 번씩이나 내리셔서 신더러 회조(回朝)하라 하셨으니, 성의가 어떠하신지를 알지 못하겠나이다."

후주는 묵연히 아무 말도 안 한다.

강유는 다시 아뢰었다.

"황호가 간교하와 나라 권세를 제 마음대로 하오니 곧 영제 때의 십상시라, 폐하께서 가까이는 장양을 보시고 멀리는 조고(趙高)[3]를 보시와, 하루빨리 이자를 죽이시면 조정이 자연 태평하고 중원을 비로소 회복할 수 있을까 하나이다."

후주는 웃으며

"황호 따위는 한갓 심부름하는 소인배나 다름없고 설사 권세를 마음대로 하게 하더라도 또한 능히 할 능력이 없는 자로다. 전일에 동윤이 매양 황호에게 한을 품어 절치부심하기에 짐이 심히

---

3) 중국 진(秦)나라 이세(二世) 때의 환관으로서 권신(權臣) 나라의 권세를 제 마음대로 하다가 나라를 그르친 자.

괴이하게 여겼거니와, 또한 구태여 개의할 것이 무엇이뇨."

하고 말한다.

강유는 머리를 조아리며 다시 아뢰었다.

"폐하께서 오늘날 황호를 죽이지 않으시면 화가 머지않사오리다."

그러나 후주는

"사랑하는 이는 그 살기를 바라고 미워하는 이는 그 죽기를 바란다 하는데, 경은 어찌하여 일개 환관을 용납하지 못하느뇨."

하고 근시로 하여금 호산 곁에 가서 황호를 불러내다가 정자 아래로 오게 하여, 강유에게 절하고 사죄하라 명하였다.

황호가 울며 강유에게 절하고

"소인이 이제부터는 성상을 모실 뿐이옵지 나라 정사에는 도무지 참견하지 않겠사오니, 장군께서는 외인의 말을 들으시고 소인을 죽이려 마옵시오. 소인의 목숨이 장군에게 달렸사오니 부디 장군께서는 어여삐 여겨 주사이다."

하고 말을 마치자 머리를 조아리며 눈물을 흘린다.

강유는 분개하며 물러나와 그 길로 극정에게 가서 이 일을 자세히 이야기하였다.

극정이 듣고 나더니

"장군의 화가 머지않소이다. 장군이 만약에 위태하시면 국가가 따라서 망하고 마오리다. 부디 자중하시오."

하고 말한다.

강유는 그에게 청하였다.

"선생은 부디 내게 보국안신(保國安身)할 계책을 가르쳐 주소서."

극정이 말한다.

"농서에 답중(沓中)이란 곳이 있는데 땅이 아주 살지고 기름지외다. 장군은 천자께 무후의 둔전하던 일을 본받으려 합니다 아뢰고, 한 번 답중에 가서서 둔전을 해 보시지요. 그러면 첫째는 보리를 거두어 군량을 도울 수 있고, 둘째는 가히 농서의 여러 고을을 도모할 수 있으며, 셋째는 위나라 사람들이 감히 한중을 바로 보지 못할 것이요, 넷째는 장군이 밖에서 병권을 장악하고 계시매 남이 능히 도모하지 못할 것이라 가히 화를 피할 수 있으니, 이것이 바로 국가를 보전하며 일신을 편안히 하는 계책이외다. 장군은 어서 빨리 행하시는 것이 좋겠소이다."

강유는 크게 기뻐하여

"선생은 참으로 금옥 같은 말씀을 해 주셨소이다."

하고 그에게 사례하였다.

그 이튿날 강유가 후주에게 표문을 올려, 답중에 둔전해서 무후의 일을 본받고자 함을 아뢰니, 후주가 이를 윤허한다.

강유는 드디어 한중으로 돌아가 여러 장수들을 모아 놓고

"내 여러 차례 출사하였으나 양초가 부족함으로 해서 아직 성공하지 못하였다. 이제 내 군사 팔만을 거느리고 답중에 가서 보리를 심어 둔전을 하며 서서히 진취하기를 도모하려 하거니와, 너희들이 그간 오래 싸우느라 수고들이 많았으니 이제 군사를 수습하고 양초를 모아 한중을 지키도록 하라. 위병이 천 리에 양초를 나르느라고 험산을 지나며 준령을 넘노라면 자연 그 형세가 약해질 것이요 형세가 약해지면 반드시 물러갈 것이라, 그때에 적의 허한 틈을 타서 뒤를 엄습하면 이기지 않을 법이 없으리라."

하고 드디어 호제로 한수성(漢壽城)을 지키게 하며, 왕함으로 낙성(樂城)을 지키게 하고, 장빈으로 한성(漢城)을 지키게 하며, 장서와 부첨으로는 각처의 관문과 애구를 함께 지키게 하였다.

이렇게 분별을 하여 다 보내고 나자 강유는 몸소 군사 팔만을 거느리고 답중으로 가서 보리를 심으며 장구한 계책을 취하였다.

한편 등애는 강유가 답중에서 둔전하며 길에 영채 사십여 개를 세워 놓고 연락이 서로 끊이지 않아 마치 장사(長蛇)의 형세와 같이 하고 있다는 말을 듣고, 드디어 세작을 시켜서 지형을 자세히 살펴 오게 해서 도본을 만들어 표문을 갖추어 조정에 신주하였다.

진공 사마소가 보고 크게 노하여

"강유가 여러 차례 중원을 범했건만 능히 소멸하지 못했으니 이는 내 심복지환(心腹之患)이로다."

하니, 가충이 있다가

"강유가 깊이 공명의 전수함을 얻어 졸연히 물리치기가 어렵소이다. 모름지기 지모 있고 용맹한 장수 하나를 얻어 답중에 가서 강유를 찔러 죽이게 하오면, 가히 군사를 동하는 수고를 면할 수 있을까 하나이다."

하고 말한다.

그러나 종사중랑 순욱은

"그렇지 않소이다."

하고 말하는 것이다.

"이제 촉주 유선이 주색에 빠지고 황호를 신임해서, 대신들이 모두 화를 피하려는 마음을 가졌으니, 강유가 답중에서 둔전하고 있는 것도 바로 화를 피하자는 계책이올시다. 만약 대장을 보내서 치게 하오면 이기지 못할 법이 없을 터인데 구태여 자객을 쓸 일이 무엇입니까."

사마소는 순욱의 말을 듣자 크게 웃으며

"이 말이 가장 좋군. 내 촉을 치려 하는데, 누가 가히 장수가 됨직한고."

하고 물었다. 순욱이 대답한다.

"등애는 천하의 좋은 장수 재목이온데, 다시 종회로 부장을 삼으신다면 대사를 이루실 수 있사오리다."

사마소는 크게 기뻐하여

"이 말이 바로 내 뜻과 맞는군."

하고 이에 종회를 불러들여서 묻는다.

"내 자네를 대장을 삼아서 동오를 치러 보낼까 하는데 한 번 가겠나."

종회가 말한다.

"주공의 본의는 원래 오를 치시려는 것이 아니라 실상 촉을 치시려는 것이 아니옵니까."

사마소는 크게 웃었다.

"자네가 참으로 내 마음을 아네그려. 그래 자네가 가서 촉을 친다면 무슨 계책을 쓸 작정인가."

종회는 이에 대답하여

"시생이 주공께서 촉을 치시려 하심을 짐작하고 있었으므로 이미 도본을 그려 둔 것이 여기 있사옵니다."

하고 소매 속에서 도본을 내어 놓았다.

128

사마소가 펴 놓고 보니 지도에 영채를 세울 곳, 양초를 쌓아 둘 자리, 어디로 해서 나아가고 어디로 해서 물러나고 할 것이 낱낱이 씌어 있는데 그 하나하나가 모두 법도가 있었다.

보고 나서 사마소는 크게 기뻐하여

"참으로 좋은 장수로고. 자네, 등애와 군사를 합해서 촉을 취하는 것이 어떻겠나."

하고 물으니, 종회가

"촉천(蜀川)이 땅이 넓어서 한 길로만 나갈 것이 아니오니 마땅히 등애와 군사를 나누어 각각 나아가는 것이 가할 줄로 아옵니다."

하고 대답한다.

사마소는 드디어 종회로 진서장군을 삼고 절월을 빌려 관중의 인마를 모두 거느리게 하되 청주·서주·연주·예주·형주·양주 등 각처 인마를 조발하게 하며, 한편으로 사람을 시켜 절을 가지고 기산으로 가서 등애를 봉해 정서장군을 삼고 관외와 농상의 모든 인마를 거느리게 하되 기일을 약속하여 촉을 치게 하였다.

이튿날 사마소가 조정에서 이 일을 의논하는데 전장군 등돈(鄧敦)이 나서서

"강유가 여러 차례 중원을 범해서 우리 군사들의 죽고 상한 자가 심히 많으니, 이제 방어만 하자고 하여도 오히려 보전하기가 어려울 형편이온데, 어찌 산천이 위험한 땅으로 깊이 들어가서 스스로 화란을 취하려고 하십니까."

하고 간한다.

사마소는 노하여

"내 인의(仁義)의 군사를 일으켜 무도한 임금을 치려 하는데, 네

어찌 감히 내 뜻을 거역하느냐."

하고 무사를 꾸짖어 끌어내어다 목을 베게 하였다.

조금 지나 무사가 등돈의 수급을 계하에 갖다 올린다. 여러 사람들은 모두 낯빛이 변하였다. 사마소가 말한다.

"내가 동오를 치러 갔다 온 뒤로 육 년을 쉬며 군사를 조련하고 갑옷을 수리해서 이렇게 다 완비하였으매 동오와 서촉을 치려고 마음먹은 지가 이렇듯 오래요. 이제 먼저 서쪽을 평정한 다음 순류를 탄 형세로 수륙 병진하여 동오를 병탄하려 하니, 이는 괵(虢)을 멸하고 우(虞)를 취하는 길[4]이요. 내 요량컨대, 서촉 군사라는 것이 성도를 지키는 자가 팔구만쯤 되고, 변경을 지키는 자가 사오만에 불과할 것이며, 또 강유가 데리고 둔전하는 군사가 불과 육칠만일 것이라, 이제 내 이미 등애로 하여금 관외와 농우의 군사 십여만을 거느리고 가서 강유를 답중에 붙잡아 놓아 동편을 능히 돌아보지 못하게 하고, 종회로 하여금 관중의 정병 이삼십만을 거느리고 바로 낙곡에 이르러 세 길로 한중을 엄습하게 하면, 촉주 유선이 어둡고 용렬하여, 변성(邊城)이 밖에서 깨어지자 백성은 안에서 떨어 그 멸망할 것은 필연한 형세요."

그 말에 모두들 배복하였다.

한편 종회가 진서장군의 인(印)을 받고 군사를 일으켜 촉을 치는데, 혹시 기모가 누설될까 저어하여, 동오를 친다는 이름을 내

---

4) '괵'과 '우'는 다 중국 주(周)나라 때 제후국(諸侯國). 두 나라가 서로 이웃하여 순치의 형세를 이루고 있었는데, 강성한 진(晉)나라가 계책을 써서 먼저 괵을 멸하고 다음에 우마저 멸해 버렸다.

걸고 청주·연주·예주·형주·양주 등 다섯 지방에 영을 내려 각각 큰 배를 짓게 하며, 또 당자를 등주·내주 등 해변 고을로 보내서 해선(海船)들을 모아 놓게 하였다.

사마소가 그 뜻을 알 수 없어서 드디어 종회를 불러

"그대가 육로로 서천을 취하는데, 배는 지어서 무엇 하려는 것인가."

하고 물으니, 종회의 대답이

"촉에서 만약 우리 군사가 크게 나온다는 말을 들으면 반드시 동오에다 구원을 청할 것입니다. 그래 먼저 소문을 퍼뜨려 놓고 동오를 칠 형세를 보이는 것이오니, 이리하면 동오에서 필연 감히 망령되이 동하지 못할 것이요 일 년 안으로 촉이 망하자 배가 다 될 것이매, 그때 오를 치면 일이 순하지 않겠습니까."

하는 것이다.

사마소는 크게 기뻐하여 날을 가려서 출사하게 하였다.

때는 위나라 경원 사년[5] 추칠월 초삼일이다.

종회가 출사하여 사마소는 그를 성 밖 십 리까지 나가 바래주고 돌아왔는데, 서조연 소제(邵悌)가 가만히 사마소를 보고

"이제 주공께서 종회로 하여금 십만 병을 거느려 촉을 치게 하시거니와, 저의 어리석은 생각에는 종회가 뜻이 크고 마음이 엉뚱해서 혼자 대권을 장악하게 하셔서는 아니 될까 하옵니다."

하고 말한다.

사마소가

---

5) 263년.

"내 어찌 그것을 모르겠소."

하고 웃는다.

소제는 다시

"주공께서 이미 알고 계시면, 어찌하여 사람을 시켜 그 직책을 함께 맡게 아니 하십니까."

하고 물었으나, 사마소가 그 대답으로 말을 몇 마디도 하지 않아서 소제는 심중의 의혹이 곧 풀어지고 말았다.

바야흐로 군사를 몰아 적을 치려 하는 날에
벌써 장군이 발호할 줄을 알았구나.

대체 그 몇 마디 말이란 어떠한 것인고.

종회는 한중 길에서 군사를 나누고
무후는 정군산에서 현성하다

116

　사마소가 서조연 소제를 보고

　"조정의 신하들이 모두 촉은 치지 못하리라고 말하니 이는 겁이 있기 때문이라, 만약에 억지로 싸우게 한다면 반드시 패하고 말리다. 이제 종회는 홀로 촉을 칠 계책을 세웠으니 이는 겁이 없기 때문이라, 겁이 없고 보면 반드시 촉을 깨뜨릴 것이요 촉이 이미 깨어지면 촉나라 사람들의 담은 다 찢어지고 말 것이오. 옛말에도 이르기를 '패군한 장수는 가히 용맹을 말하지 못하고, 망국의 대부는 가히 일어서기를 도모하지 못한다' 하였으니, 종회가 곧 딴 뜻이 있다 하더라도 촉나라 사람들이 어찌 능히 그를 도울 수 있겠소. 또 만약에 위병들이 이기면 고국에 돌아가기를 생각하여, 반드시 종회를 따라 반하지 않을 것이매 조금도 염려할 것이 없소. 이 말은 나와 그대만 아는 일이니 결코 누설해서는 아니 되오."

하고 말하니, 소제는 배복하였다.

한편 종회는 하채하고 나자 장상에 올라 장수들을 다 모아 놓고 명령을 듣게 하였다.

이때 장수는 감군 위관, 호군 호열, 대장 전속, 방회, 전장, 언정, 구건, 하후함, 왕매, 황보개, 구안 등 팔십여 명이다.

종회가 묻는다.

"반드시 한 대장으로 선봉을 삼아 산을 만나면 길을 열며 물을 만나면 다리를 놓게 해야겠는데, 뉘 감이 이 소임을 담당할꼬."

한 사람이 소리에 응해서

"제가 하겠소이다."

하고 나선다.

종회가 보니 그는 바로 호장 허저의 아들 허의(許儀)다. 여러 사람이 모두

"이 사람이 아니고는 선봉을 삼지 못하오리다."

하고 말한다.

종회는 허의를 앞으로 불러

"너는 호체원반(虎體猿班)[1]의 장수로 부자가 다 유명하고, 이제 모든 장수들이 또한 너를 마땅하다 하였으매 너는 선봉 인을 걸고 마군 오천과 보군 일천을 거느리고 바로 한중 길로 나가거라. 군사를 세 길로 나누어, 너는 중로를 거느려 야곡으로 나가고 좌

---

1) 사납고 날랜 장수를 형용해서 한 말.

군은 낙곡으로 나가며 우군은 자오곡으로 나가되, 이는 모두 험준하고 기구한 곳이라 마땅히 군사들을 시켜 길을 닦고 다리를 고치며 산을 뚫고 돌을 깨뜨려 막히는 바가 없게 하라. 만일에 어기는 때는 군법으로 다스리리라."

하고 영을 내렸다.

허의는 명을 받아 군사를 거느리고 나아갔다.

종회는 뒤따라 십만여 명의 군사를 영솔하고 밤을 도와 길에 올랐다.

이때 등애는 농서에서 촉을 치라는 조서를 받자, 일변 사마망으로 하여금 나가서 강인을 막게 하고, 일변 옹주자사 제갈서와 천수태수 왕기와 농서태수 견홍과 금성태수 양흔으로 하여금 각기 본부병을 거느리고 와서 청령(聽令)하게 하였다.

각처 군마들이 구름처럼 모여들 무렵 등애는 밤에 꿈을 하나 꾸었는데, 꿈에 높은 산에 올라가서 한중을 바라보고 있노라니까 홀연 발아래 샘이 하나 나서 물이 위로 솟아오른다. 곧 놀라서 깨니 온 몸에 땀이 쪽 흘렀다.

등애는 그대로 앉아서 날이 밝기를 기다려 호위 완소를 불러서 물어보았다. 완소는 본디 주역에 밝은 사람이다.

등애가 꿈 이야기를 자세히 하니 완소가 이렇게 말하는 것이다.

"역에 이르기를 '산 위에 물이 있는 것을 건(蹇)이라 한다' 하였는데, 건괘(蹇卦)는 '서남에 이롭고 동북에 불리'하외다. 공자께서는 '건이 서남에 이로우니 가는 데는 공이 있으나, 동북에 이롭지 않으니 그 길이 막힌 것이라'고 말씀하셨소이다. 장군께서 이번 길에 필연 촉을 이기시겠지만, 다만 건체(蹇滯)[2]해서 돌아오시지 못할 것이 애석하외다."

등애는 그 말을 듣고 추연히 즐겁지 않았는데 홀연 종회에게서 격문이 왔다. 등애더러 군사를 일으켜 한중에서 합세하도록 하자고 약속해 온 것이다.

등애는 드디어 옹주자사 제갈서로 하여금 군사 일만 오천 인을 거느리고 가서 먼저 강유의 돌아갈 길을 끊게 하고, 다음에 천수태수 왕기로 하여금 군사 일만 오천 인을 거느리고 좌편으로부터 답중을 치게 하며, 농서태수 견홍으로는 일만 오천 인을 거느려 우편으로부터 답수(沓水)를 치게 하고, 또 금성태수 양흔으로는 일만 오천 인을 거느리고 나가 감송(甘松)에서 강유의 뒤를 가로막게 하고, 등애 자기는 군사 삼만을 거느리고 왕래 접응하기로 하였다.

한편 종회가 출사할 때 백관이 성 밖에 나가 그를 배웅하는데, 정기는 해를 가리고 갑옷은 번쩍이며 인마가 웅장하여 자못 위풍이 늠름하다.

사람들이 모두 칭찬하며 부러워하는 가운데 오직 상국 참군 유식(劉寔)이 미미히 웃으며 아무 말이 없다.

태위 왕상이 있다가 유식이 냉소하는 것을 보고 마상에서 그의 손을 잡으며

"종회 · 등애 두 사람이 이번에 가면 촉을 평정할 수 있으리까."

---

2) 일이 생각한 대로 되지 않는 것.

하고 한마디 물으니, 유식이

"촉을 깨뜨릴 것은 틀림없겠지요. 그러나 다들 돌아오지는 못할걸요."

하고 말하는 것이다.

왕상이 그 까닭을 물었으나 유식은 다만 웃을 뿐으로 대답을 아니 한다. 왕상은 드디어 다시 묻지 않았다.

위병이 이미 나오자 세작이 벌써 알아다가 답중에 있는 강유에게 보하였다.

강유는 즉시 표문을 갖추어 후주에게 신주하되

"청컨대 조서를 내리셔서 좌거기장군 장익으로 군사를 거느려 양안관을 수호하게 하시며, 우거기장군 요화로 군사를 거느려 음평교두(陰平橋頭)를 지키게 하옵소서. 이 두 곳이 가장 요긴하오니 만약 이 두 곳을 잃사오면 한중을 보전하지 못하오리다. 그러시고 한편으로 사신을 동오로 보내셔서 구원을 청하옵소서. 신은 한편으로 답중의 군사를 일으켜 적을 막으려 하나이다."

하였다.

때에 후주는 경요 육년을 고쳐서 염흥(炎興) 원년이라 하였는데 매일 환관 황호로 더불어 궁중에서 유락에만 잠겨 있었다.

그러자 문득 강유의 표문을 받고 즉시 황호를 불러서

"이제 위국이 종회와 등애로 하여금 군사를 크게 일으켜 길을 나누어 들어오니 어찌하면 좋으냐."

하고 물으니, 황호가

"이는 강유가 공명을 세우고 싶어서 이 표문을 올린 것이오니,

폐하께서는 마음을 편히 가지고 아무 심려 마옵소서. 신이 듣자오매 성중에 무당이 하나 있사온데, 한 귀신을 섬겨 능히 길흉을 안다고 하오니 한번 부르셔서 물어보심이 가할까 하나이다."

하고 아뢴다.

후주는 그의 말을 좇아서 후전에다가 향화지촉(香花紙燭)과 온갖 제물을 차려 놓고, 황호로 하여금 작은 수레에 무당을 태워서 궁중으로 청해 들여다가 용상 위에 앉히게 하였다.

후주가 분향하고 빌기를 마치자 무당이 홀연 머리 풀고 발 벗고 전상에서 수십 번이나 길길이 뛰며 책상 위로 돌아다닌다.

이때 황호가

"이는 신인(神人)이 내린 것이오니 폐하께서는 좌우를 물리치시고 친히 비옵소서."

하고 말해서 후주는 사신들을 모조리 물리친 다음 재배하고 빌었다.

무당이 큰 소리로

"나는 서천 토신(土神)이외다. 폐하께서 태평을 즐기고 계신데, 무엇 하러 다른 일을 물으시나이까. 수년 후에 위국 강토도 다 폐하께 돌아올 것이니 폐하는 아무 근심 마사이다."

하고 외치더니 말을 마치며 정신을 잃고 땅에 쓰러졌다가, 한동안이 지나서야 비로소 깨어났다.

후주는 크게 기뻐하여 후하게 상사를 내리고, 이로부터 무당의 말을 깊이 믿어 드디어 강유의 말을 듣지 않고 매일 궁중에서 주연을 베풀며 환락에만 잠겼다.

강유는 여러 차례나 위급을 고하는 표문을 올렸으나 모두 황호가 감추고 후주에게 올리지 않아서, 이로 인하여 마침내 대사를 그르치고 말게 된 것이다.

한편 종회가 거느리는 대군이 길게 열을 지어 한중을 바라고 나아가는데, 이때 전군 선봉 허의는 첫째가는 공훈을 세워 보려 먼저 군사를 거느리고 남정관에 이르자 수하 장수들을 보고
"이 관을 지나면 곧 한중이다. 관 위에 군사가 많지 않으니, 우리는 한 번 분발해서 관을 쳐 뺏자."
하고 말하였다. 수하 장수들은 영을 받자 일제히 힘을 다해서 앞으로 나아갔다.

원래 관을 지키고 있는 촉나라 장수 노손(盧遜)은 벌써 위병이 이를 것을 알고 미리 관 앞에 있는 나무다리 좌우편에 무후가 전수한 십시연노(十矢連弩)를 걸어 놓고 군사들을 매복해 둔 터이라, 허의의 군사가 관을 뺏으러 짓쳐 들어가자 목탁 소리가 울리며 화살과 돌이 비 퍼붓듯 한다. 허의는 군사를 급히 뒤로 물렸으나 벌써 수십 기가 화살과 돌을 맞아 쓰러졌다. 위병은 크게 패하였다.

허의가 종회에게 보해서, 종회는 몸소 장하의 갑옷 입은 군사 백여 기를 이끌고 와 보았다. 종회가 성 가까이 이르자 과연 화살과 포석이 성 위로서 일제히 쏟아진다.

종회가 곧 말을 돌려 돌아오는데, 관 위에서 노손이 오백 군을 거느리고 짓쳐 내려왔다.

종회는 급히 말을 몰아 다리를 건너려 하였다. 그러나 다리 위의 흙이 무너지며 말굽이 그 속에 빠져서 하마터면 말에서 떨어

질 뻔하였는데, 말이 종시 일어나지를 못해서 종회는 말을 버리고 뛰었다.

종회가 줄달음질을 놓아서 다리를 다 건너왔을 때 노손이 쫓아 들어오며 한 창에 찔러 죽이려 하는 판에, 위병 가운데 순개(荀愷)라는 자가 있다가 몸을 돌려 한 살로 노손을 쏘아 맞혀 말 아래 떨어뜨렸다.

종회는 곧 승세해서 군사를 휘몰아 관 앞으로 짓쳐 들어갔다. 관을 지키는 군사들이 관 앞에 촉병들이 있어서 감히 활을 못 쏘고 있는 틈을 타 종회는 그대로 들이쳐서 다 쫓아 버리고 남정관을 빼앗았다.

그는 곧 순개로 호군(護軍)을 삼고 안장말과 갑옷 한 벌을 상으로 내리고, 허의를 장하로 불러들여

"네 선봉이 되었으니 마땅히 산을 만나면 길을 열며 물을 만나면 다리를 놓아 전혀 교량과 도로를 수리해서 행군에 지장이 없도록 해야 할 일이거늘, 내 겨우 다리 위에 이르자마자 말굽이 빠져서 하마터면 다리에서 떨어질 뻔하였으니 만약 순개가 아니었다면 내 이미 죽었을 것이라. 네 이미 군령을 어겼으니 마땅히 군법으로 다스려야겠다."

하고 호령하고 좌우를 꾸짖어 끌어내다가 참하라 하였다.

여러 장수들이 나서서

"그 아비 허저가 조정에 유공한 사람이니, 도독께서는 부디 용서해 주시지요."

하고 말해 보았으나, 종회는 노하여

"군법이 밝지 않으면 무엇으로 여러 사람을 호령하겠느냐."

하고 드디어 허의의 머리를 베어 내다 걸어 놓으니, 장수들이 놀라지 않는 자가 없다.

때에 촉장 왕함은 낙성을 지키고 장빈은 한성을 지키고 있었는데, 위병의 형세가 큰 것을 보고는 감히 나와서 싸우지 못하고 오직 성문을 굳게 닫고 지킬 뿐이었다.

종회는 군중에 영을 내려

"군사는 신속한 것을 귀히 여기나니, 잠시도 지체해서는 아니 되리라."

하고 이에 전군 이보로 하여금 낙성을 에우게 하며, 호군 순개로 한성을 에우게 하고 종회 자기는 대군을 거느리고 양안관을 치러 갔다.

관을 지키는 촉장 부첨이 부장 장서로 더불어 나가서 싸울 것인가 들어앉아 지킬 것인가를 상의하니, 장서가

"위병이 심히 많아서 형세가 당하지 못하겠으니, 아무래도 굳게 지키는 것이 상책일 것 같소."

하고 말한다.

부첨은

"그렇지 않으이."

하였다.

"위병이 멀리 왔으매 필연 지쳤을 것이라, 비록 많다 하나 족히 두려울 것이 없네. 더욱이 우리가 만약 관에서 나가 싸우지 않으면 한성·낙성 두 성이 함몰하고 말 것일세."

그러나 부첨의 말에 장서는 잠잠히 아무 대답이 없었는데 문득

보하되, 위병의 대대가 이미 관 앞에 이르렀다고 한다. 부첨·장서 두 사람은 관 위로 올라가서 보았다.

종회가 채찍을 높이 들고 큰 소리로

"내 이제 십만의 무리를 거느리고 이곳에 이르렀으니, 만일에 일찌감치 나와서 항복하면 각각 품계에 따라 벼슬을 주려니와, 그렇지 아니 하고 그대로 고집해 항복을 않는다면 관을 쳐 부시고 모조리 도륙을 내어 버리리라."

하고 외친다.

부첨은 크게 노하여 장서로 하여금 관을 지키고 있게 한 다음, 스스로 삼천 병을 거느리고 관에서 짓쳐 나왔다.

종회가 곧 달아나니 위병이 모조리 물러간다.

부첨이 승세해서 뒤를 쫓는데 한참을 달리다가 문득 사방을 살피니 위병들이 다시 돌아오며 무리를 짓고 있다.

부첨이 급히 군사를 돌려 관으로 들어가려 할 때 관 위에는 이미 위나라 기가 꽂히고 장서가 내려다보며

"내 이미 위국에 항복하였다."

하고 외친다.

부첨은 대로하여 소리를 가다듬어서

"은혜를 잊어버리고 의리를 배반하는 도적놈아. 네 무슨 면목으로 천하를 보려 하느냐."

하고 꾸짖고, 말을 돌려 다시 위병으로 더불어 싸웠다.

위병들이 사면에서 나와 부첨을 한가운데 넣고 에워싼다.

부첨은 좌충우돌하며 죽기로써 싸웠다. 그러나 능히 포위를 뚫고 나오지 못하는데, 수하 군사들이 상한 자가 열에 열아홉이다.

부첨은 이에 하늘을 우러러 길이 탄식하며

"내 살아서 촉나라 신하가 되었으니, 죽어서도 마땅히 촉나라 귀신이 되리라."

하고 다시 말을 몰아서 닥치는 대로 들이쳤다.

한 마당 싸움에 몸에는 서너 곳이나 창을 맞아 피가 갑옷과 전포를 빨갛게 물들였는데, 타고 있던 말마저 쓰러져 버린다. 부첨은 마침내 스스로 목을 찔러 죽어 버렸다.

후세 사람이 탄식해서 지은 시가 있다.

> 하룻날 충의를 떨쳐 천추에 그 이름 전하네.
> 차라리 부첨이 되어 죽지 장서같이는 살지 않으리.

이리하여 종회는 양안관을 수중에 거두었는데, 관내에 쌓아 놓은 양초와 병기가 극히 많다. 그는 크게 기뻐하여 드디어 삼군을 호궤하였다.

이날 밤 위병들이 양안 성중에서 묵는데, 문득 들으니 서남쪽에서 함성이 크게 진동한다.

종회는 황망히 장막에서 나와 살펴보았다. 그러나 도무지 아무 동정이 없다. 위병들은 밤새도록 감히 잠을 못 잤다.

그 다음 날 삼경이다. 서남편에서 함성이 다시 일어났다.

종회는 놀라고 의아하여, 날이 밝을 녘에 사람을 내어 보내서 알아보게 하였다.

그러나 돌아와서 보하는 말을 들어 보니,

"멀리 십여 리 밖까지 나가서 살펴보았사옵는데 아무도 없소이다."

한다.

종회는 놀라고 의심하기를 마지않으며, 수백 기를 튼튼히 무장시켜 몸소 거느리고 서남편을 향하여 나가 보았다.

한 곳에 이르니 산 하나가 있는데, 살기가 사면에서 일어나며 참담한 구름이 하늘을 덮고 안개가 산머리를 에둘렀다.

종회는 말을 멈추어 세웠다. 향도관을 돌아보고

"이게 무슨 산이냐."

하고 물으니,

"이것이 정군산이온데, 전에 하후연이 이곳에서 전몰하였소이다."

하고 대답한다.

종회가 듣고 창연히 마음에 즐겁지 않아서, 드디어 말을 돌려 귀로에 올랐다.

그러자 산언덕을 돌아 나오려 할 때다. 홀연 광풍이 크게 일어나더니 등 뒤에서 수천 기가 뛰어나와 바람을 따라 짓쳐 들어오는 것이다.

종회는 소스라쳐 놀라 수하 장병을 거느리고 말을 몰아 달아났다. 장수들 중에 말에서 떨어진 자가 무수하다.

그러나 양안관까지 돌아와 보니 일인 일기도 상한 사람은 없고, 오직 얼굴이 좀 깨어졌거나 투구가 떨어져 나갔거나 했을 뿐이다.

모두들 하는 말이

"다만 구름 가운데서 인마가 짓쳐 나오는 것을 보았는데, 몸에 가까이 와서는 도리어 사람을 상하지 않고 그저 일진선풍(一陣旋風)일 뿐이더군요."

한다.

종회는 항복한 장수 장서에게 물었다.

"정군산에 무슨 신묘(神廟)가 있는가."

장서가 대답한다.

"신묘라고는 없사옵고 오직 제갈무후의 무덤이 있소이다."

종회는 듣고 놀라며

"그러면 이것은 반드시 무후가 현성하신 것이로다. 내 마땅히 친히 가서 제를 지내리라."

하고 말하였다.

이튿날 종회는 제물을 갖추고 대뢰(大牢)를 잡아, 몸소 무후 묘 앞에 가서 분향재배하고 제를 지냈다.

제를 다 지나고 나자 광풍이 뚝 그치고 참담한 구름이 사면으로 흩어지더니, 문득 맑은 바람이 솔솔 불고 가는 비가 부슬부슬 내리다가 한동안이 지나자 날이 활짝 들었다. 위병들은 크게 기뻐하여 모두 무후 묘에 절을 해 사례하고 영채로들 돌아왔다.

이날 밤이다.

종회가 장중에서 서안에 의지하여 자고 있으려니까 홀연 일진청풍이 지나며 한 사람이 나타나는데, 머리에는 윤건을 쓰고 손에는 우선을 들고 몸에는 학창의를 입고, 허리에는 검은 띠를 띠고, 발에는 흰 신을 신고, 얼굴은 관옥 같고, 입술은 주사를 칠한 듯하고, 미목이 청수하며 신장이 팔 척이니 표연히 신선 같은 느낌이 있다.

그 사람이 장중으로 걸어 들어와서, 종회가 몸을 일어 막으며

"공은 누구시오니까."

하고 물으니, 그 사람이

"오늘 아침에는 그처럼 돌아보아 주어 내 마음에 느껍다. 이제 내 한마디 이를 말이 있어서 왔으니, 그는 다름이 아니라 비록 한나라의 기수가 이미 쇠해서 천명을 어기기는 어렵다 하나, 양천의 백성이 애매하게 난리를 겪게 되니 참으로 민망한 일이다. 네부디 지경에 들어간 뒤 함부로 백성을 죽이는 일이 있어서는 아니 되리라."

하고 신칙하고, 말을 마치자 곧 소매를 떨치고 사라진다. 종회가 그를 붙들려 하다가 문득 놀라서 깨니 곧 한 마당의 꿈이다.

종회는 그것이 무후의 혼령임을 알고 마음에 놀랍고 기이함을 이기지 못하며, 이에 전군에 영을 전해서 흰 기를 하나 세우게 하되 그 위에는 '보국안민'의 넉 자를 쓰고, 이르는 곳마다 만일에 한 사람이라도 무고한 백성을 함부로 죽이는 자는 대살(代殺)[3]을 당하기로 하니, 이에 한중 백성이 모두 성에서 나와 맞는다. 종회는 그들을 일일이 어루만져 위로하며 추호도 범하지 않았다.

후세 사람이 칭찬해서 지은 시가 있다.

> 수만 음병(陰兵)이 정군산을 에두르니
> 위장 종회가 신령께 참배하네.
> 살아서는 계책을 써 유씨를 돕더니
> 죽어서도 말을 남겨 서촉 백성을 보호하누나.

---

3) 살인한 자를 사형에 처하는 것.

이때 강유는 답중에서 위병이 크게 이르렀다는 말을 듣고, 요화·장익·동궐에게 격문을 전해서 군사를 거느려 접응하게 하고 한편으로 자기도 군사를 일으켜 적이 이르기를 기다렸다.

그러자 홀연 위병이 이르렀다는 보도를 받고 그는 군사를 거느리고 가서 맞았다.

위병 진중의 우두머리 되는 대장은 곧 천수태수 왕기다. 그가 진전에 말을 내어

"우리가 이제 대병 백만과 상장 천 명으로 이십 로(路)로 나뉘어 들어와서 이미 성도에 이르렀는데, 네 빨리 항복할 것은 생각지 않고 오히려 항거하려고 하니 어찌하여 천명을 아지 못하느냐."

하고 크게 외친다.

강유는 대로하여 창을 꼬나 잡고 왕기에게로 달려들었다.

서로 싸우기 삼합이 못 되어 왕기가 크게 패해서 달아난다.

강유가 군사를 몰아 그 뒤를 엄살하며 이십여 리를 쫓아갔을 때 징소리·북소리가 일제히 일어나며 한 떼의 군사가 앞으로 벌려 서는데, 기 위에는 '농서태수 견홍'이라 크게 씌어 있다.

강유는 웃으며

"이런 쥐 같은 무리는 내 적수가 아니다."

하고 드디어 군사를 재촉해서 뒤를 쫓았다. 다시 십 리나 쫓아갔을 때 등애가 군사를 거느리고 짓쳐 나오는 것과 마주쳤다.

양군은 서로 뒤섞여서 싸웠다.

강유가 정신을 가다듬어 등애로 더불어 서로 싸우기 십여 합에 승부를 나누지 못하는데, 이때 뒤에서 징소리·북소리가 또 일어났다.

강유가 급히 물러나는데, 이때 후군이

"감송의 여러 영채들이 금성태수 양흔의 손에 모조리 소실되었답니다."

하고 보한다.

강유는 크게 놀라 급히 부장으로 하여금 거짓 기호를 세워서 등애와 상지하고 있게 하고, 강유는 스스로 후군을 걷어 가지고 밤을 도와 감송을 구하러 와서 바로 양흔을 만났다.

양흔이 감히 그와 싸우지 못하고 산길을 바라고 달아난다.

강유가 그 뒤로 쫓아가는데 큰 바위 아래 이르자, 바위 위에서 나무와 돌이 사뭇 비처럼 쏟아져 내려 강유는 앞으로 더는 나갈 수가 없었다.

그대로 돌아오는데 길을 반쯤 왔을 때 촉병은 이미 등애에게 패하였고, 위병의 대대 인마가 짓쳐 들어와서 강유를 에워싸 버렸다.

강유는 수하 마군들을 거느리고 겹겹이 둘린 속을 뚫고 나오자 대채로 달려 들어가서 굳게 지키며 구병이 오기만 기다렸다.

그러자 문득 유성마가 들어와서 보하는데

"종회가 양안관을 쳐서 지키던 장수 장서는 항복하고 부첨은 전사해서 한중은 이미 위에 속해 버렸사오며, 낙성을 지키던 왕함과 한성을 지키던 장수 장빈이 한중이 이미 적의 손에 떨어진 것을 알고 역시 문을 열고 나가서 항복을 하였고, 호제는 적과 싸우다가 당해 내지 못하고 구원을 청하러 성도로 도망해 돌아갔소이다."

한다.

강유는 크게 놀라 즉시 영을 전해서 영채를 빼어 이날 밤 군사를 거느리고 물러나 강천구(彊川口)에 이르니, 전면에 일군이 벌려 섰는데 우두머리 되는 장수는 바로 금성태수 양흔이다.

강유는 대로하여 말을 놓아 그에게로 달려들었다.

단지 한 합에 양흔이 패해 달아나서, 강유는 곧 그를 겨누어 활을 쏘았는데, 연달아 석 대를 쏜 것이 다 빗나가고 맞지 않았다.

강유가 홧김에 활을 분질러 버리고는 다시 창을 꼬나 잡고 뒤를 쫓아가는데, 전마가 앞발을 헛디디고 고꾸라지는 바람에 강유는 땅에 가 떨어지고 말았다.

양흔이 급히 말머리를 돌려서 강유를 취하러 다가든다.

강유는 벌떡 뛰어 일어나자 그대로 창을 내지른 것이 정통으로 말머리를 찔렀는데, 이때 등 뒤에서 위병이 풍우같이 몰려와서 양흔을 구해 가지고 간다.

강유가 다른 말을 얻어 타고 그 뒤를 쫓으려 할 때 문득 보하되 후면에서 등애가 군사를 거느리고 왔다 한다.

강유는 머리와 꼬리가 서로 돌아볼 수 없이 되어서, 드디어 군사를 수습해 가지고 다시 한중을 탈환하려 하였다.

그러나 이때 초마가 또 들어와서

"옹주자사 제갈서가 이미 돌아갈 길을 끊어 버렸소이다."

하고 보한다. 강유는 험한 산을 점거하여 영채를 세웠다.

위병이 음평교두에 둔치고 있다.

강유는 나아가려 하나 길이 없고, 물러가려 하나 또한 길이 없이 되어서

"하늘이 나를 망하게 하시는구나."

하고 길게 탄식하는데, 부장 영수(寧隨)가 있다가

"위병이 비록 음평교두를 끊고는 있사오나 옹주에는 필연 군사가 적을 것이오니, 장군께서 만약에 공함곡(孔函谷)으로 해서 바로 옹주를 취하시면 제갈서가 필시 음평을 지키던 군사를 걷어 가지고 옹주를 구하러 갈 것입니다. 그때 장군께서 뒤쪽으로 군사를 거느리시고 검각으로 달려가 그곳을 지키시면 한중을 가히 회복하실 수 있사오리다."

하고 계책을 드린다.

강유는 그의 말을 좇아서 즉시 군사를 내어 공함곡으로 들어가며 거짓 옹주를 취하러 간다 하였다.

세작이 제갈서에게 보하자, 제갈서는 크게 놀라

"옹주는 바로 내가 지키고 있어야 할 땅이니, 만일에 그곳을 잃는 일이 있으면 조정에서 필연 죄를 물을 것이 아닌가."

하고 급히 대병을 걷어 남쪽 길로 해서 옹주를 구하러 가는데, 교두에는 다만 일지병을 남겨 두어 지키고 있게 하였다.

강유는 북도(北道)로 들어가 한 삼십 리쯤 가다가, 이제는 위병이 옹주를 바라고 떠났으리라 생각하고, 곧 군사를 돌려서 후대로 전대를 삼아 바로 교두로 갔다.

과연 위병의 대대는 이미 떠나간 뒤요, 다만 약간의 군사들이 남아서 지키고 있을 뿐이다.

강유는 일진을 몰아쳐서 다 쫓아 버리고 그 채책을 모조리 불살라 없앴다.

제갈서가 교두에서 불이 일어난다는 말을 듣고 다시 군사를 이끌고 돌아왔을 때는, 강유의 군사가 지나간 지 이미 반나절이나 경과한 뒤라 감히 뒤를 쫓아볼 엄두를 못 내었다.

한편 강유가 군사를 거느리고 교두를 지나 한창 행군하는 중에 전면에서 일군이 들어오니 곧 좌장군 장익과 우장군 요화다.

강유가 어떻게 오는가를 물으니 장익이

"황호가 무당이 하는 말만 믿고 군사를 내려고 안 하고 있는데, 내 한중이 위급하다는 말을 듣고서 스스로 군사를 일으켜 가지고 왔더니, 양안관은 이미 종회에게 빼앗긴 뒤요, 이제 들으매 장군이 곤란을 겪고 계시다 하기에 특히 접응하러 오는 길이외다."

하고 말한다.

강유는 군사를 한곳에 합해 가지고 백수관(白水關)으로 나아갔는데, 요화가

"이제 사면으로 적을 받아 양도가 통하지 않으니, 물러가서 검각을 지키며 다시 좋을 도리를 생각하느니만 같지 못할까 보이다."

하고 말한다.

강유가 마음에 주저하여 결단을 내리지 못하고 있을 때 홀연 보하되, 종회와 등애가 군사를 십여 길로 나누어서 짓쳐 들어온다고 한다.

강유는 장익과 요화로 더불어 군사를 나누어 가지고 맞아 싸우려 들었으나, 요화가 다시

"백수가 땅은 협착하고 길은 많아서 싸움을 할 자리가 못 되니, 물러가서 검각을 구하느니만 못하오리다. 만일에 검각을 한 번 잃고 보면 길은 아주 끊어지고 맙니다."

하고 말해서 강유는 그의 말을 좇아 드디어 군사를 거느리고 검각을 바라고 왔다.

그러나 관 앞에 거의 다 왔을 때 홀연 북소리·각적소리가 일

제히 울리고 함성이 크게 일어나며 관 위에 정기가 두루 꽂히더니 한 떼의 군사가 관 어귀를 나와서 막는다.

한중의 요해처를 이미 다 뺏긴 이제
검각에서 난데없는 풍파가 또 이는구나.

이것이 대체 어디 군사인고.

등사재는 가만히 음평을 넘고
제갈첨은 싸우다가 면죽에서 죽다
| 117 |

한편 보국대장 동궐은 위병이 십여 길로 나뉘어 지경 안으로 들어왔다는 말을 듣고 군사 이만을 거느리고 검각을 지키고 있었는데, 이날 티끌이 크게 일어나는 것을 보고 위병이나 아닌가 의심하여 급히 군사를 이끌고 나와서 관 어귀를 파수한 것이었다.

동궐이 몸소 군전에 나서서 살펴보니 바로 강유와 요화와 장익이라, 동궐은 크게 기뻐하여 관 위로 맞아들이고 인사를 마치자 울면서 후주와 황호의 일을 호소하였다.

"장군, 나랏일이 큰일이외다. 간신 황호가 갖은 수단으로 폐하를 농락하고 있소이다."

강유가 말한다.

"경은 근심하지 마오. 내가 있는 한 결단코 위로 하여금 촉을 삼키게는 하지 않을 것이니, 우선 검각을 지키고 있으며 서서히 적을 물리칠 계책을 쓰도록 합시다."

동궐은 그래도 걱정이 되어

"이 관은 비록 지킨다고 하지만 성도에 사람이 없으니, 만일 적에게 엄습당하면 대사는 와해하고 말 것이외다."

하니, 강유가 다시

"성도가 산이 험하고 지대가 높아서 취하기가 용이하지 않으니 근심할 것이 없으리다."

하였다.

이처럼 이야기하고 있을 때 홀연 제갈서가 군사를 거느리고 관 아래로 쳐들어 왔다고 보한다.

강유는 크게 노하여 급히 오천 군을 거느리고 관에서 짓쳐 내려가자 바로 위병의 진중으로 뛰어들어 좌충우돌하였다.

살기를 띠고 달려드는 강유의 기세에 눌려 제갈서는 크게 패하여 그대로 달아나 수십 리 밖으로 물러나가 하채하였는데 위병의 죽은 자가 수가 없이 많았다.

이 싸움에서 촉병이 노획한 말과 병장기가 심히 많다. 강유는 군사를 수습해 가지고 관으로 돌아갔다.

이때 종회는 검각에서 상거 이십오 리 되는 곳에 영채를 세우고 있었는데, 제갈서가 스스로 와서 죄를 청하자 그는 노하였다.

"내 네게 영을 내려 음평교두를 지켜 강유의 돌아갈 길을 끊으라고 하였는데, 어찌하여 잃었으며, 이제 또 내 영도 얻지 않고 마음대로 나갔다가 이런 패를 보았단 말이냐."

제갈서가 아뢴다.

"강유가 원체 궤계가 많사와, 짐짓 옹주를 취할 듯이 하옵기에 제가 그만 옹주 잃는 것을 두려워하여 군사를 끌고 구하러 간 것이온데 강유가 그 틈을 타서 빠져 달아난 것이오며, 제가 그 뒤를 쫓아서 관 아래까지 간 노릇이 뜻밖에도 또 이처럼 패하고 말았소이다."

종회가 대로해서 무사를 꾸짖어 베라고 하니 감군 위관이 나서서

"제갈서가 비록 죄는 있사오나 등 정서장군 휘하에 있는 사람이니, 장군께서 죽이시면 서로 간에 화기(和氣)를 상하지나 않을까 두렵소이다."
하고 말한다.

그러나 종회는

"무슨 소리들이냐. 내 천자의 명조와 진공의 균명을 받들었으매 등애도 죄가 있으면 또한 참할 수 있는 것이거늘."
하고 듣지 않다가, 여러 사람이 모두 나서서 만류하자 종회는 제갈서를 함거(檻車)에 실어 낙양으로 보내서 진공의 처분을 기다리게 하고, 그가 거느리던 군사는 모두 자기 부하로 거두어 버렸다.

누가 이 일을 등애에게 고하자

"내가 저로 더불어 관품이 일반이요 내 또 오래 변경을 지켜 국가에 공로가 적지 않은데, 제가 어찌 감히 그처럼 혼자만 잘난 체를 한단 말이냐."
하니, 아들 등충이

"작은 일을 참지 못하면 큰 일을 그르친다 하옵니다. 부친께서 만약에 그와 화목하시지 못하면 반드시 국가 대사를 그르치시게

될 것이오니 부디 고정하시지요."
하고 간한다.

등애는 아들의 말을 좇았으나, 그래도 끝내 노여움이 풀리지 않아 그는 십여 기를 거느리고 종회를 보러 갔다.

종회는 등애가 왔다는 말을 듣자 곧 좌우에게 물었다.

"등애가 군사를 얼마나 데리고 왔느냐."

좌우가 대답한다.

"다만 십여 기뿐입니다."

종회는 이에 장상장하에 무사 수백 명을 늘어 세워 놓았다.

등애가 말에서 내려 들어와 본다. 종회는 그를 장중으로 맞아들여 피차 인사 수작을 마쳤다.

등애는 군중의 기율이 심히 엄숙한 것을 보고 심중에 불안해서 이에 한마디 건네어 보았다.

"장군이 한중을 얻으셨으니 조정에 이만 다행이 없는데, 가히 계책을 세워 빨리 검관을 취하시지요."

종회가

"장군의 고명하신 생각에는 어떠하십니까."
하고 되묻는다.

등애는 자기는 모르겠노라고 재삼 겸사하였으나, 종회가 굳이 묻는 바람에

"어리석은 소견에는 일군을 거느리고 음평 소로로 해서 한중 덕양정(德陽亭)을 나가 기병(奇兵)을 써서 바로 성도를 취하면, 강유가 반드시 군사를 걷어 가지고 구하러 올 것이니 장군이 그 허한 틈을 타서 검관을 취하시면 가히 온전한 공을 세우실 수 있으

리라 생각합니다."

하고 대답하였다.

　종회가 듣고 크게 기뻐하여

　"장군의 그 계책이 참으로 묘하오니다. 그럼 곧 군사를 거느리고 떠나시지요. 나는 이곳에서 첩보가 이르기만 기다리겠소이다."

하고 말한다. 두 사람은 술을 마시고 서로 헤어졌다.

　종회는 본장으로 돌아오자 여러 장수를 보고

　"사람들이 모두 등애를 유능하다고 하던데, 오늘 보니 용렬한 재목이로군."

하고 말하였다.

　여러 사람이 그 까닭을 묻자, 그는

　"음평 소로라는 것이 모두 고산준령이니, 만약 촉에서 백여 명만 가지고 요해처를 지켜 그 돌아갈 길을 끊게 한다면, 등애의 군사들은 다 굶어 죽고 말 것이라. 나는 그저 정도(正道)로만 행하더라도 어찌 촉 땅을 깨뜨리지 못할까 보냐."

하고, 드디어 운제와 포가(礮架)를 놓고 오직 검문관을 쳤다.

　한편 등애는 원문을 나와서 말에 오르자 종자를 돌아보며

　"종회가 나를 대하는 모양이 어떻더냐."

하고 물었다. 종자가 아뢴다.

　"그 안색을 보면 조금도 장군의 말씀을 옳다고는 생각지 않는 모양이면서, 다만 입으로만 그렇다고 하시는 것 같더군요."

　등애는 웃으며

　"저는 내가 능히 성도를 취하지 못할 줄로 알고 있는 모양이지

만, 나는 기어코 취하고야 말 터이다."

하고 본채로 돌아왔다.

사찬과 등충 등 모든 장수들이 그를 맞으며

"오늘 종 진서로 더불어 어떤 말씀들이 있으셨습니까."

하고 묻는다.

등애는 말하였다.

"나는 진심에서 제게 말을 했건만 저는 용렬한 재목으로 나를 보더라. 제가 지금 한중을 얻고 그만 다시없이 큰 공으로 알지만, 만약에 내가 답중에 군사를 둔치고 강유를 꼼짝 못하게 붙들어 두지 않았다면 제가 어떻게 공을 이룰 수 있었겠느냐. 내 이제 만약 성도를 취하고 보면 한중을 취한 것보다 나으리라."

등애는 이날 밤으로 영을 내려서 영채를 모조리 걷어 가지고 음평 소로를 바라고 나아가 검각에서 칠백 리 떨어진 곳에 가서 하채하였다.

누가 종회에게

"등애가 성도를 취하러 갔소이다."

하고 보하니, 종회는 등애를 지혜가 없다고 웃었다.

이때 등애는 일변 밀서를 써서 사자를 주어 사마소에게 보하게 하고, 일변 장수들을 장하에 모아 놓고 물었다.

"내 이제 허한 틈을 타서 이 길로 가 성도를 취하여 너희들로 더불어 불후의 공명을 세우려 하거니와 너희들은 즐겨 나를 쫓겠느냐."

모든 장수들이

"원컨대 군령을 받들어 만 번 죽사와도 사양하지 않사오리다."
하고 대답한다.

등애는 먼저 아들 등충으로 하여금 오천 정병을 거느리고 나가게 하되 모두 갑옷은 벗고 각기 도끼와 정 따위 연장을 가지고 높고 위태로운 곳을 만나면 산을 뚫어 길을 내며 다리를 놓아서 행군에 편하게 하라 하고, 군사 삼만을 뽑아 각각 마른 양식과 노와 새끼를 들려 가지고 나아가는데 약 백여 리를 가서 삼천 명을 가려서 그 자리에 둔치게 하고 다시 백여 리를 가서 또 삼천 명을 가려서 하채하게 하였다.

이리하여 이해 시월에 군사를 거느리고 출발한 뒤 심산궁곡 속을 무릇 이십여 일 동안에 칠백여 리를 나아갔으니, 이렇게 심산준곡을 지나는 동안 사람 사는 데를 보지 못했다.

연도에 차례로 영채 수십 개를 세워 놓아 이제 남은 군사가 다만 이천 명인데, 한 높은 영에 다다르니 이름은 마천령(摩天嶺)이라 하는데, 게서부터는 말이 못 간다.

등애는 걸어서 영마루로 올라갔는데, 이르러 보니 등충이 길 내는 장사들로 더불어 모두 앉아서 울고 있는 것이 아닌가.

등애가 우는 까닭을 물으니, 등충이

"이 영마루의 서쪽 잔등이는 모두가 층암절벽이라 길을 낼 도리가 없어, 이제까지 해 온 일이 다 헛수고가 되었기에 그래 운답니다."
하고 아뢰는 것이다.

듣고 나자 등애는

"우리 군사가 여기까지 이르는데 이미 칠백여 리를 왔고, 여기만 지나면 곧 강유(江油)인데 어찌 도로 물러갈 법이 있겠느냐."

하고, 이에 모든 군사를 앞에 불러 놓고

"범의 굴에 들어가지 않으면 어떻게 범의 새끼를 얻으랴. 내 너희들로 더불어 이곳에 이르렀으매 만약에 공을 이루기만 하면 부귀를 한가지로 하리라."

하니, 모든 군사가 일제히

"원컨대 장군의 명을 좇으려 하나이다."

하고 대답한다.

등애는 먼저 병장기들을 절벽 아래로 굴러 떨어뜨리게 하고, 다음에 담요로 제 몸을 싸고 남 먼저 아래로 굴러 내려갔다.

부장들 가운데 담요를 가진 자는 그것으로 몸을 싸서 굴러 내려가고, 담요가 없는 자는 각각 노와 새끼로 허리를 동여 나무에 매고 뒤를 이어 절벽을 타고 내려, 등애·등충과 이천 군사와 또 길 내는 장사들이 모두 마천령을 넘어섰다.

일행이 비로소 의갑과 병장기들을 다시 정돈해 가지고 가는데, 문득 길가에 비석이 하나 서 있어서 보니 위에는 '승상 제갈무후는 쓰노라'라 새겨져 있고, 그 글은 다음과 같았다.

두 불이 처음 일 제[1] 여길 넘을 자 있으련고.　二火初興有人越此
두 선비 다투다가 미구에 다 죽으리라.　二士爭衡不久自死

등애는 보고 나자 소스라쳐 놀라 황망히 비석을 향해서 재배하고

---

1) 두 불[二火]은 불 화(火)자 둘한 불꽃 염(炎)자, 곧 촉한 후주의 마지막 연호인 염흥(炎興. 기원 263년)을 가리킨다.

"무후께서는 참으로 신령 같으신 어른이십니다. 애가 스승으로 섬기지 못하온 것이 못내 애석합니다."

하고 말하였다.

후세 사람의 시가 있다.

음평 높은 영이 하늘과 가지런하다
두루미도 배회하며 겁이 나서 못 나는 곳.
담요로 몸을 싸고 여길 등애가 내렸으나
공명이 먼저 알고 있을 줄 그 누가 뜻했으랴.

이리하여 등애가 가만히 음평을 넘어 군사를 거느리고 가는데, 또 보니 커다란 빈 영채 하나가 있다.

좌우가 고하되

"무후 생존 시에는 군사 일천 명으로 이 애구를 지키게 했는데, 이제 촉주 유선이 폐해 버린 모양이올시다."

한다.

등애는 경탄하기를 마지않으며 이에 여러 사람들을 보고

"우리들이 오는 길은 있어도 돌아갈 길은 없다. 앞으로 강유성(江油城) 안에 양식이 넉넉하매, 너희들이 앞으로 나아가면 살려니와 뒤로 물러나다가는 곧 죽나니, 모름지기 힘을 아울러 성을 쳐야 하리라."

하고 말하였다.

여러 사람이 모두

"원컨대 죽기로써 싸우겠나이다."

하고 응한다.

이에 등애는 걸어서 이천여 인을 거느리고 밤을 도와 배도하여 강유성을 뺏으러 갔다.

이때 강유성을 지키고 있던 장수는 마막(馬邈)이란 사람이니, 동천이 적의 손에 이미 들어갔다는 소식을 듣고 비록 준비는 하나 다만 대로만을 방비하고 있었을 뿐이요, 또 강유가 전군을 거느리고 검문관을 지키고 있는 것을 믿고서, 드디어 군정에 대해서는 중히 알지 않고 있었다.

이날 그는 군사를 조련하고 집으로 돌아와 아내 이씨(李氏)로 더불어 화로를 끼고 앉아 술을 마시는데, 아내가 있다가

"변방의 형세가 심히 급하다는 소리를 자주 듣는데, 장군은 조금도 근심하시는 빛이 없으니 웬일이에요."

하고 물어서, 마막은

"군국 대사는 강백약이 장악하고 있는데 내게 무슨 근심이 있겠소."

하고 대답하였다.

아내는 다시

"비록 그렇기는 하지만 장군이 지키고 계신 성지가 중하지 않다고는 못하겠지요."

하고 말하는데, 마막이

"천자께서 황호의 말을 믿으시며 주색에만 빠져 계시니, 내 보기에 아무래도 화(禍)는 머지않았소. 위병이 이르는 날에는 항복해 버리면 그만인데, 구태여 근심할 게 뭐 있겠소."

하고 말하니, 이 말을 듣자 이씨는 발끈하여 남편의 얼굴에 침을 탁 뱉으며

"네가 남자 명색으로 먼저 불충불의한 마음을 품고 외람되게도 나라의 작록(爵祿)을 받고 있으니, 내 무슨 면목으로 너와 서로 보겠느냐."

하고 꾸짖었다.

마막이 마음에 참괴해서 아무 말을 못하는데, 홀연 집안 사람이 황망히 들어와서

"위장 등애가 대체 어디로 해서 왔는지 모르게 이천여 명 군사를 거느리고서 성내로 그대로 밀고 들어왔소이다."

하고 보한다.

마막은 소스라쳐 놀라 황망히 나가서 항복을 드리고 공당(公堂) 아래 절하고 엎드려 울며

"제가 항복할 마음을 먹은 지가 오랩니다. 이제 성중 백성과 본부 군사들을 모조리 데리고 장군께 항복하겠습니다."

하고 고하였다.

등애는 그의 항복을 받아 주고, 드디어 강유성의 군마를 자기 부하에 거두어서 쓰기로 하며, 마막은 그 자리에서 향도관을 삼아 버렸다.

그러자 마막의 부인이 목을 매고 죽었다는 말이 들려왔다.

등애가 어찌된 사연을 물어서 마막이 사실대로 고하니, 등애는 그 어진 마음에 감동하여 후한 예로 장사지내 주게 하고 친히 가서 제를 지냈다. 위나라 사람들로서 감탄하지 않는 이가 없었다.

후세 사람이 칭찬해서 지은 시가 있다.

후주가 어리석어 사직이 기우니
하늘이 등애 보내 서천을 뺏게 하다.
슬프다 파촉 땅에 명장들도 많다 하나
아무도 이씨만치 어질지는 못하더라.

등애는 강유성을 취하고 나자 드디어 음평 소로에 둔쳐 두었던 모든 군사들을 다 불러서 강유에 와 모이게 하고, 그 길로 부성을 치러 가려 하였다.

이때 부장 전속이 나서서

"우리 군사가 험산준령을 넘어 오느라 심히 피로했사오니, 우선 수일 동안 휴양한 연후에 진병하는 것이 마땅할까 하나이다."

하고 말하였다.

등애는 대로하여

"군사는 신속한 것을 귀히 여기는데, 네 감히 내 군심을 어지럽히려 드느냐."

하고 좌우에 호령해서 끌어내다가 목을 베라고 하였다. 그것을 여러 장수들이 나서서 가까스로 빌어 그만두게 되었다.

등애는 몸소 군사를 몰아 부성으로 갔다. 성내의 관리와 군민들이 하늘로부터 내려온 것이나 아닌가 의심해서 모두 나와 항복한다.

촉나라 사람이 이 소식을 나는 듯이 성도에 보하였다.

후주가 듣고 황망히 황호를 불러서 물으니, 황호가

"이것은 거짓말이올시다. 신인(神人)이 결단코 폐하를 잘못 되시게는 아니 하오리다."

하고 아뢴다.

후주는 또 무당을 불러다가 물어보려 하였다. 그러나 무당은 이미 어디로 가 버렸는지 찾을 길이 없었다.

이때 원근에서 위급함을 고하는 표문이 눈송이처럼 날아들고, 왕래하는 사자가 줄 대어 끊이지 않았다.

후주는 조회를 베풀고 계책을 의논하였다. 그러나 문무백관이 면면상고할 뿐으로 한마디도 말을 내는 자가 없다.

이때 극정이 반열에서 나와

"사세가 이미 급하오니 폐하께서는 무후의 아들을 부르셔서 적병을 물리칠 계책을 상의하심이 옳을까 하나이다."

하고 아뢰었다.

원래 무후의 아들 제갈첨(諸葛瞻)의 자는 사원(思遠)인데 그 모친은 황씨(黃氏)니, 곧 황 승언의 딸이다.

모친 황씨가 용모는 심히 추하나 기이한 재주가 있어서, 위로는 천문을 통하고 아래로는 지리를 알며 무릇 육도삼략과 둔갑제서들을 통달하지 않은 것이 없다. 무후가 남양에 있을 때 그 어질다는 말을 듣고 청해서 아내를 삼았던 것이니, 무후의 학문은 그 부인이 도운 바가 많았다.

무후가 돌아간 뒤에 부인도 얼마 아니 있다가 세상을 떠났는데, 임종시에 아들 첨에게 끼친 교훈은 오직 충효를 힘쓰라는 것이었다.

제갈첨이 어려서부터 총명하고 민첩하였으며, 후주의 공주에게 장가들어 부마도위가 되고, 뒤에 부친 무향후의 작을 이어받았다.

경요 사년에 행군호위장군으로 벼슬이 옮았는데 당시 황호가
권세를 잡고 있었음으로 해서 그는 병을 칭탁하고 나오지 않았던
것이다.

이때 후주는 극정의 말을 좇아 즉시 연해서 조서 세 통을 내려
제갈첨을 불렀다.

그가 전각 아래 이르자 후주가 울며

"등애가 이미 부성에 군사를 둔치하고 있으매 성도가 위태하니,
경은 선군의 낯을 보아 짐의 목숨을 구하라."

하고 호소하니 제갈첨이 또한 울면서

"신의 부자가 선제의 두터우신 은혜와 폐하의 각별하신 대우를
받자와, 비록 간뇌도지하온대도 보답할 길이 없사옵니다. 바라옵
건대 폐하께서는 성도의 군사를 모조리 내시어 신에게 주옵시면
신이 거느리고 나가서 한 번 죽기로써 싸워 보겠나이다."

하고 아뢴다.

후주는 곧 성도의 군사 칠만을 내어 제갈첨에게 주었다.

제갈첨은 후주를 하직하고 물러나와 군마를 정돈한 다음, 모든
장수들을 모아 놓고 물었다.

"뉘 감히 선봉이 될꼬."

말이 미처 끝나지 않아서 한 소년 장군이 나서며

"부친께서 이미 대권을 잡으셨으니, 원컨대 아이가 선봉이 되어
지이다."

하고 말한다.

모든 사람들이 보니 그는 바로 제갈첨의 장자 제갈상(諸葛尙)
이다.

상이 이때 나이 열아홉 살이었는데, 병서를 널리 읽고 무예를 많이 익혔다.

제갈첨은 크게 기뻐하여 드디어 상으로 하여금 선봉을 삼고, 이 날 대군이 성도를 떠나서 위병을 맞아 싸우러 나갔다.

한편 등애는 마막이 바친 지리도(地理圖)를 보았는데, 부성에서 성도에 이르는 삼백육십 리 어간 산천과 도로의 험준한 것과 넓고 좁은 것이 하나하나 분명하게 씌어 있다.

등애는 지리도를 보고 나자 크게 놀라

"만약에 부성만 지키고 있다가 촉병이 앞산을 점거한다면 어떻게 공을 이룰 수 있으랴. 만일에 시일을 천연하다가 강유의 군사가 이르면 우리 군사가 위태롭다."

하고, 급히 사찬과 아들 등충을 불러서

"너희들은 일군을 거느리고 밤을 도와 바로 면죽으로 가서 촉병을 막아라. 내 뒤따라 곧 가겠다. 결단코 지체해서는 아니 되느니라. 만약에 촉병이 먼저 요해처를 점거하게 했다가는 용서 없이 너희들 머리를 벨 줄 알아라."

하고 분부하였다.

사찬·등충 두 사람이 군사를 거느리고 면죽에 이르자 바로 촉병을 만나서, 양군은 각기 진을 쳤다.

사찬·등충 두 사람이 문기 아래 말 타고 나서서 바라보니, 촉병이 팔진을 쳐 놓았는데 북소리 세 번 울리고 나자 문기가 양쪽으로 나뉘며 수십 명의 장수들이 사륜거 한 채를 옹위하고 나오는데, 수레 위에는 한 사람이 머리에 윤건 쓰고 손에 우선 들고 몸에 학창의 입고 단정히 앉아 있으니 수레 곁에 따라 나오는 황기(黃旗) 위에는 '한 승상 제갈무후'라 씌어 있다.

사찬·등충 두 사람은 너무나 놀라서 전신에 땀을 쫙 흘리며 군사들을 돌아보고

"공명이 아직도 살아 있으니 우리는 죽었구나."

하고 급히 군사들을 뒤로 물리는데, 촉병이 그 뒤로 덮쳐들어서 위병은 크게 패하여 달아났다.

촉병이 그대로 뒤를 몰아쳐서 이십여 리나 갔을 때 등애가 구원병을 거느리고 접응하러 왔다.

양군은 각각 군사를 거두었다. 등애는 장상에 올라 앉아 사찬과 등충을 불러들여서 꾸짖었다.

"너희 두 사람이 싸우지 않고 그냥 물러난 것은 웬 까닭이냐."

등충이 아뢴다.

"황송하오나, 촉병 진중에 제갈공명이 군사를 거느리고 있는 것을 보옵고 그만 도망해 돌아오고 만 것이올시다."

등애는 듣고 노하여

"설사 공명이 다시 살아났다 하기로 내 어찌 두려워하랴. 너희들이 경솔하게 물러나 이처럼 패하고 말았으니 곧 너희들을 참해서 군법을 밝혀야 하겠다."

하고 호령하였다.

그러나 여러 사람이 모두들 굳이 만류해서 등애가 비로소 노여움을 가라앉히고 사람을 시켜 초탐해 오게 하였더니, 돌아와 보하는 말이 촉병의 대장은 공명의 아들 제갈첨이요 선봉은 첨의 아들 제갈상인데, 수레 위에 앉아 있던 것은 바로 공명의 목상이

었다고 한다.

들고 나자 등애는 사찬과 등충에게

"성공과 실패의 기틀이 바로 이 한 번 싸움에 있다. 너희 두 사람이 이번에도 이기지 못하면 용서 없이 목을 베겠다."

하고 호령하였다.

사찬과 등충 두 사람은 또 군사 일만을 거느리고 싸우러 나갔다.

제갈상이 필마단창으로 정신을 가다듬어 두 사람을 상대로 싸워서 물리자 제갈첨이 곧 양익병을 지휘하여 바로 위병 진중으로 짓쳐 들어갔다.

들며 나며 좌충우돌하며 몰아치기를 수십 차례나 하니 위병이 크게 패해서 죽는 자가 부지기수다.

사찬과 등충이 몸에 상처를 입고 도망한다.

제갈첨은 군사를 휘몰아 그 뒤를 쫓아가며 치기를 이십여 리나 하고 그 자리에 영채를 세웠다.

사찬과 등충이 돌아가서 등애를 보니, 등애는 두 사람이 모두 상처를 입은 것을 보고는 책망할 수가 없어서 이에 여러 장수들로 더불어

"촉에는 제갈첨이 제 부친의 뜻을 잘 이어 두 번 싸움에 우리 군사 만여 명을 무찔렀으니 이제 만약 속히 깨뜨리지 않았다가는 뒤에 반드시 화가 될 것이다."

하고 의논하니, 감군 구본이

"왜 글을 보내서 달래 보시지 않습니까."

하고 말한다.

등애는 그 말을 좇아 드디어 한 통 글월을 써서 사자에게 주어

촉병 영채로 들여보냈다.

진문을 지키는 장수의 인도를 받아 사자는 장하에 이르러 그 글월을 바쳤다. 제갈첨이 봉한 것을 뜯고 읽어 보니, 내용은 다음과 같다.

정서장군 등애는 글월을 행군호위장군 제갈 사원 휘하에 올리나이다.

간절히 보건대, 근래 현명한 재능을 가진 분으로는 아직까지 선장 같은 이가 없사오리다. 옛적에 초려를 나올 때부터 한마디로 이미 삼국을 나누고, 형주와 익주를 평정하여 드디어 패업을 이루셨으니 고금에 이에 미칠 자가 드물 것이라, 뒤에 여섯 번 기산을 나오신 것은 그 지혜가 부족하심이 아니라 곧 천수일 뿐이외다.

이제 후주가 암약하고 왕기(王氣)가 이미 끝났으매, 애가 천자의 명을 받들고 대병을 거느려 촉을 쳐서 이미 그 땅을 다 얻어 성도의 위급함이 조석에 있는 터에, 공은 어찌 하늘 뜻에 응하고 사람의 뜻에 순종하여 의리를 의지해서 돌아오지 않으시나뇨.

애가 마땅히 표문을 올려, 공으로 낭야왕을 삼아 조종(祖宗)을 빛내시게 하오리다. 이는 결단코 거짓 말씀이 아니오니, 다행히 밝히 살피소서.

보고 나자 제갈첨은 발연대로해서 그 글월을 찢어 버리고 무사를 꾸짖어 그 자리에서 사자의 목을 베어, 종자로 하여금 수급을 가지고 위병 영채로 돌아가서 등애에게 보이게 하였다.

등애가 대로하여 곧 나가서 싸우려 하니 구본이

"장군은 경선히 나가시는 것이 옳지 않으니, 기병(奇兵)을 써서 이기시도록 하시지요."

하고 간한다.

등애는 그 말을 좇아서 드디어 천수태수 왕기와 농서태수 견홍으로 하여금 양군을 뒤에 매복하게 하고, 자기는 군사를 이끌고 나갔다.

이때 제갈첨이 바야흐로 싸움을 돋우려 하고 있었는데, 문득 보하되 등애가 몸소 군사를 거느리고 이르렀다 한다. 제갈첨은 크게 노하여 즉시 군사를 이끌고 나가서 바로 위병 진중으로 짓쳐 들어갔다.

등애가 패해서 달아난다.

제갈첨이 그 뒤를 좇아 군사를 휘몰아서 쳐 들어가는데, 홀연 양편에서 복병이 일시에 짓쳐 나왔다.

촉병은 크게 패하여 면죽으로 들어가 버렸다.

등애가 포위하라는 영을 내려 이에 위병들은 일제히 함성을 올리며 면죽성을 철통같이 에워싸 버렸다.

제갈첨은 성중에서 사세가 이미 절박한 것을 보고, 이에 팽화(彭和)로 하여금 글월을 가지고 포위를 뚫고 나가 동오에 가서 구원을 청해 오게 하였다.

팽화가 동오에 이르러 오주 손휴를 보고 위급함을 고하는 글월을 바치니, 오주는 보고 나서 모든 신하들과 상의하고

"이미 촉중이 위급하다면 내 어찌 구하지 않고 앉아서 보고만

있겠느냐."

하고 즉시 노장 정봉(丁奉)으로 주장을 삼고, 정봉(丁封)과 손이로 부장을 삼아 군사 오만을 거느리고 가서 촉을 구원하게 하였다.

　정봉이 칙지를 받들고 출사하는데, 부장 정봉과 손이에게 각각 군사 일만씩을 주어 면중을 향해서 나아가게 하고 자기는 스스로 군사 삼만을 거느려 수춘을 향하고 나아가, 군사를 세 길로 나누어 가지고 구원하러 갔다.

　한편 제갈첨은 구원병이 이르지 않는 것을 보자 여러 장수들에게

　"오래 지키고 있는 것은 좋은 계책이 아니다."

하고 드디어 아들 제갈상을 남겨 두어 상서 장준으로 더불어 성을 지키게 하고 자기는 갑옷 입고 말에 올라 삼문을 크게 열고 삼군을 거느리고 짓쳐 나갔다.

　성에서 군사가 나오는 것을 보고 등애는 퇴군령을 내렸다.

　제갈첨이 그 뒤를 몰아치는데, 홀연 일성 포향에 사면의 군사가 합해서 제갈첨을 한가운데 넣고 에워싸 버렸다.

　제갈첨은 군사를 이끌고 좌충우돌하며 수백 인을 쳐 죽였다.

　이것을 보고 등애는 군사들로 하여금 활을 쏘게 하였다.

　촉병이 사면으로 흩어지는데 제갈첨은 화살에 맞아서 말에서 뚝 떨어졌다. 이에 그는 큰 소리로

　"내 힘이 다 했으매 한 번 죽어 나라에 보답하련다."

하고 외치고 드디어 허리에 찬 칼을 빼어 스스로 목을 찔러 죽었다.

　이때 성 위에서 그의 아들 제갈상이 부친이 군중에서 죽은 것

을 보고 발연대로해서 드디어 갑옷 입고 말에 오르니, 장준이 있다가

"소장군은 경선히 나가려 마오."

하고 간한다.

그러나 제갈상은 한숨지으며

"우리 부자조손(父子祖孫)은 나라의 두터운 은혜를 입은 터에, 이제 부친이 이미 적과 싸우시다 돌아가셨으니 내 살아 있어 무얼 하리까."

하고 드디어 말을 채찍질해서 짓쳐 나가 자기도 진중에서 죽었다.

후세 사람이 시를 지어서 제갈첨과 제갈상 부자를 칭찬하였다.

　　　충신이 꾀가 없어 그 지경에 이렀으랴
　　　창천이 한나라를 멸하려 하신 것을.
　　　당년에 제갈 문중 자손을 잘도 두어
　　　그 의리 그 절개로 무후 뒤를 잇도다.

등애는 그 충성을 어여삐 생각해서 부자를 합장해 주고, 허한 틈을 타서 면죽성을 들이쳤다.

장준 · 황숭 · 이구 세 사람은 각기 일군을 거느리고 짓쳐 나갔다.

그러나 촉병은 얼마 안 되고 위병은 많았다. 세 사람도 전사하고 말았다.

이리하여 등애는 면죽성을 수중에 거두었다. 그는 군사들을 위로하고 나자 드디어 성도를 취하러 나섰다.

국난을 당한 날의 후주 거동 볼작시면
유장이 핍박받던 그때와 방불하다.

대체 성도를 어떻게 지키려는고.

소열 묘에 통곡하며 한왕은 효도에 죽고
서천을 들어가매 두 선비는 공을 다투다

| *118* |

후주는 성도에서 면죽성이 등애의 손에 떨어지고 제갈첨 부자가 이미 죽었다는 말을 듣고 크게 놀라 급히 문무백관을 불러서 상의하였다.

이때 근신이

"성 밖에서는 백성이 늙은이를 부축하고 어린것들을 데리고 각자 목숨을 도망해 가는데, 곡성이 진동한다고 하옵니다."

하고 아뢰어서, 후주는 놀라고 당황하여 어찌할 바를 모르는데 문득 초마가 들어와서, 위병이 머지않아 성 아래 이르리라고 보한다.

여러 관원들이

"군사는 적고 장수는 약하여 적을 맞아서 싸우기는 어렵사오매, 빨리 성도를 버리시고 남중 칠군으로 파천하시느니만 못하오리다. 그곳이 땅이 험준해서 가 지킬 수 있사옵고, 인하여 만병(蠻兵)을 빌려 다시 와서 회복함이 늦지 않을 줄로 아나이다."

하고 아뢰는데, 광록대부 초주가 나서며

"그는 불가하옵니다. 남만 사람들이 반한 지 오랜 데다가 평소에 은혜를 베푼 것이 없사오니, 이제 만약 찾아가신다면 반드시 큰 화를 만나시게 되오리다."

하고 말한다.

여러 관원들은 다시

"촉과 오는 이미 동맹을 맺은 사이라, 이제 사세가 급하오니 동오로 가심이 가할까 하나이다."

하고 아뢰었다.

그러나 초주가 또 간한다.

"자고로 다른 나라에 몸을 부친 천자란 없사옵니다. 신이 요량하옵건대, 위는 능히 오를 삼킬 수 있어도 오는 능히 위를 삼킬 수 없사오리니, 만약 오에 칭신하시면 이는 이미 한 번 욕을 보심인데, 만약에 오가 위에게 삼키는 바 되어 폐하께서 다시 위에 칭신하시게 되오면 이는 두 번 욕을 보시는 것이라, 오로 가시지 마시고 위에 항복하시느니만 같지 못하오리다. 위가 반드시 땅을 찢어 폐하를 봉해 드릴 것인즉 위로는 능히 종묘를 지키실 수 있으며 아래로는 가히 백성을 편안히 하실 수 있사오니 바라옵건대 폐하께서는 이를 생각하옵소서."

후주는 결단을 내리지 못하고 물러나 궁중으로 들어가 버렸다.

그 이튿날이다.

여러 사람들의 의논이 분분하다.

초주는 사세가 급한 것을 보고 다시 상소하여 간하였다.

후주가 초주의 말을 좇아서 바야흐로 나가서 항복하려 할 때 문득 병풍 뒤에서 한 사람이 나오며 초주를 향하여

"살고 싶어 안달하는 썩은 선비 놈이 어찌 함부로 사직 대사를 의논하느냐. 자고로 항복한 천자가 어디 있다더냐."

하고 소리를 가다듬어 꾸짖는다. 후주가 보니 바로 다섯째아들 북지왕(北地王) 유침(劉諶)이다.

후주가 칠형제를 두었으니, 장자는 유선(劉璿)이요 둘째아들은 유요(劉瑤)요 셋째아들은 유종(劉倧)이요 넷째아들은 유찬(劉瓚)이요, 다섯째아들은 곧 북지왕 유침이요, 여섯째아들은 유순(劉恂)이요 일곱째아들은 유거(劉璩)라, 칠형제 중에 오직 유침이 어려서부터 총명하여 그 영특하고 민첩함이 남에 뛰어났고 다른 아들들은 모두 천성이 나약했다.

후주가 유침을 보고

"이제 대신들이 모두 항복함이 마땅하다 이르고 있거늘, 네 홀로 혈기지용(血氣之勇)을 믿고 성내 백성으로 하여금 피를 흘리게 하려느냐."

하고 말하니, 유침이

"옛적에 선제께서 생존해 계실 때 초주가 일찍이 나라 정사에 간예한 일이 없사온데, 이제 함부로 대사를 의논하며 문득 어지러운 말을 내니 이는 아주 도리에 어긋난 일이올시다. 신이 생각하옵건대, 성도에는 군사가 아직도 수만 명이 있사옵고 또 강유가 전군을 거느려 검각에 있사오매 만약 위병이 궁궐을 범함을 아오면 제 반드시 와서 구응하오리니, 안팎으로 치면 가히 온전

한 공을 얻을 수 있을 터이온데 어찌 썩은 선비의 말을 들으시고 경솔히 선제의 기업을 버리서서 될 일이오니까."

하고 아뢴다.

후주는 꾸짖었다.

"네 어린아이가 어찌 천시를 알겠느냐."

유침은 머리를 조아리고 울며 말하였다.

"만약에 세궁역진해서 화가 장차 미치려 할 때는 곧 부자와 군신이 성을 의지하고 한 번 싸워 사직을 위해서 함께 죽어 선제를 뵈옵는 것이 마땅한 일이온데, 어찌 항복을 한단 말씀이오니까."

그래도 후주가 들으려고 아니 하니 유침은 목을 놓아 통곡하며

"선제께서 기업을 창립하신 것이 용이한 일이 아니온데 이제 하루아침에 버리시니, 신은 차라리 죽으면 죽사옵지 욕을 보지는 않겠나이다."

그러나 후주는 근신으로 하여금 그를 궁문 밖으로 내치게 한 다음, 드디어 초주로 하여금 항서를 짓게 하고 사서시중 장소와 부마도위 등량으로 초주와 함께 옥새를 받들고 낙성으로 가서 항복하기를 청하게 하였다.

때에 등애는 매일 수백 철기로 하여금 성도로 가서 초탐하게 하고 있었는데, 이날 성 위에 항기를 세운 것을 보고 크게 기뻐하였다.

얼마 안 있어 장소의 무리가 이르렀다. 등애는 사람을 시켜서 그들을 맞아들이게 하였다.

세 사람이 계하에 절하고 엎드려 항서와 옥새를 바친다.

등애는 항서를 펴 보고 크게 기뻐하여 옥새를 받고 장소·초주·등량의 무리를 정중히 대접한 다음 답서를 써서 세 사람에게 주어, 가지고 성도로 돌아가서 사람들의 마음을 편안하게 해 주게 하였다.

세 사람은 등애에게 절을 해 하직을 고하고 그 길로 성도로 돌아와서 후주를 들어가 보고 답서를 바치며, 등애가 좋게 상대해 주더라는 말을 자세히 하였다.

후주는 등애의 답서를 펴 보고 크게 기뻐하여 즉시 태복 장현을 시켜 조서를 가지고 가서 강유로 하여금 빨리 항복하게 하는 한편 상서랑 이호에게 문부(文簿)를 가져다가 등애에게 바치게 하니, 호(戶)가 이십팔만이요 남녀가 구십사만이요, 갑옷 입은 장사(將士)가 십만 이천이요, 관원과 이속이 사만이요, 태창(太倉)의 양미가 사십여만이요, 금은이 이천 근이요, 금(錦)·기(綺)·사(絲)·견(絹)[1]이 각각 이십만 필이요, 그 밖의 곳간에 들어 있는 물건들은 일일이 들 것도 없다.

이리하여 섣달 초하룻날로 택일해서 임금과 신하가 나가서 항복하기로 되었다.

이것을 알자 북지왕 유침은 노기충천하여 이에 칼을 차고 궁으로 들어가니, 그의 아내 최 부인이

"대왕께서 오늘 신색이 심상치 않으시니 웬일이십니까."
하고 묻는다.

유침이 이에 대답하여

---

1) 금, 기, 사, 견은 모두 비단의 종류.

"위병이 가까이 들어와서 부황께서는 이미 항서를 바치셨으며, 내일은 임금과 신하가 함께 나가 항복한다 하니 사직은 이로써 망하고 만 것이라, 그래서 내 먼저 죽어 선제를 지하에 가서 뵈옵고 결단코 남에게 무릎을 꿇지 않으려는 것이오."

하고 말하니, 최 부인이 듣고

"어지시도다, 어지시도다, 죽을 곳을 얻으셨구나. 청컨대 첩이 먼저 죽사오리니 대왕은 그 뒤에 돌아가신대도 늦지는 않사오리다."

하고 말한다.

"부인은 무슨 일로 죽으려 하오."

하고 유침이 한마디 묻자, 최 부인은

"대왕은 부황의 일로 돌아가시고 첩은 지아비의 일로 죽으니 그 뜻은 다 같소이다. 지아비 가시자 아내가 죽는데 구태여 물으실 일이 무엇이오니까."

하고 말을 마치자 기둥에 머리를 부딪쳐 죽는다.

유침은 이에 자기 손으로 세 아들을 죽이고 아내의 머리도 함께 베어 들고 소열 묘 안으로 들어가 땅에 엎드려서 울며

"신은 기업이 남에게 넘어가는 것을 보기 부끄러운 까닭에 먼저 처자를 죽여 마음에 걸리는 것이 없게 하옵고 이 한 목숨으로 조부님께 보답하려 하오니, 조부님께서 만일 신령이 계시거든 손아(孫兒)의 마음을 알아주시옵소서."

하고 한바탕 통곡하니 눈에서 피가 흐른다. 그는 마침내 목을 찔러 죽었다.

촉 땅의 사람들이 이 소문을 듣고 애통해하지 않는 자가 없다.

후세 사람이 시를 지어서 그를 칭찬하였다.

　　임금과 신하들이 모두 즐겨 무릎 꿇을 제
　　한 아들 홀로 남아 마음 아파하였어라.
　　아아! 서천이 망하던 그날에
　　장하여라 그대 북지왕이여.
　　머리를 쥐어뜯어 하늘에 통곡하고
　　제 한 몸 내어 던져 조부께 보답하니
　　늠름할사 그 사람을 눈앞에 두고 보는 듯
　　뉘 감히 말하는가 한나라가 망했다고.

　후주는 북지왕이 스스로 목을 찔러 죽었다는 말을 듣자, 사람을 시켜서 장사지내 주게 하였다.
　이튿날 위병이 대거하여 이르렀다.
　후주는 태자와 여러 왕과 문무 관료 육십여 인을 거느리고 나가는데, 스스로 뒷결박을 하고 수레 위에 관(棺)을 싣고 북문 밖 십 리에 나가서 항복하였다.
　등애는 후주를 붙들어 일으키고 친히 그 묶은 것을 풀어 주며 관과 관을 싣고 온 수레를 불살라 버린 다음 수레를 나란히 하여 성으로 들어갔다.
　후세 사람이 탄식해서 지은 시가 있다.

　　위병 수만 명이 서천으로 들어오자
　　후주는 목숨 아껴 항복을 하였어라.
　　황호가 나라 속일 뜻을 종시 품었거니

강유의 세상 건질 재주를 뭣에 쓰랴.
충의의 장수들은 어이 그리 열렬하며
절개 지킨 왕손의 뜻 참으로 애달파라.
소열의 경영함이 용이한 일 아니건만
하루아침 그 공업이 재로 화해 버리다니.

이에 성도 사람들이 모두 향화(香花)를 갖추어 영접한다.

등애는 후주를 봉해서 표기장군을 삼고 그 밖의 문무 관료들은 각기 고하에 따라서 벼슬을 주고 후주에게 청해서 환궁하게 하며, 방을 내어 붙여 백성을 안돈시키고 창고를 물려받았다.

등애는 또 태상 장준과 익주별가 장소로 각 군의 군민들을 초안(招安)²⁾하게 하며, 사람을 보내 강유를 달래서 항복하러 오게 하고, 한편으로 낙양에 사자를 보내 첩보를 올리게 하였다.

등애는 황호의 간사하고 음험함을 듣고 그를 참하려 하였다. 그러나 황호는 금은보화로 등애 좌우에 있는 사람들에게 뇌물을 써서 죄를 면할 수가 있었다. 이리하여 한나라는 망하였다.

후세 사람이 한나라가 망한 것을 보고 무후를 생각해서 지은 시가 있다.

어조(魚鳥)도 오히려 의심하여 간서(簡書)³⁾를 두려워하고
풍운이 길이 저서(儲胥)⁴⁾를 호위하다
헛되이 상장으로 하여금 신필(神筆)을 휘두르게 하였으나

---

2) 군사와 백성을 어루만져 안도하게 하는 것.
3) 문서(文書) 주로 군사(軍事)에 관한 명령서.
4) 여러 가지 뜻이 있으나 여기서는 군중(軍中)에 둘러쳐 놓은 울타리를 가리킨다.

마침내 항왕(降王)이 전거(傳車)[5]를 달림을 보도다.
재주는 실로 관중, 악의를 욕되게 하지 않으나
관우·장비가 명이 없으니 어이 하리요.
뒷날 금리(錦里)[6]의 승상 사당을 지나니
즐겨 읊으시던 양보음(梁父吟)[7]에 한이 길이 남도다.

한편 태복 장현이 검각에 이르러 강유를 들어가 보고, 후주의 칙명을 전하고 위에 항복한 일을 말하니, 강유는 소스라쳐 놀라 말을 못한다.

장하의 모든 장수들이 이 소식을 듣고는 일제히 원망하며 이를 갈고 눈을 부릅뜨니 수염과 머리털이 모두 하늘로 뻗친다.

칼을 뽑아 들고 돌을 치며

"우리는 죽기로써 싸우고 있는데 어째서 먼저 항복했단 말인가."

하고 크게 외치고 우니, 울부짖는 소리가 수십 리 밖에까지 들린다.

강유는 사람들의 마음이 한나라를 생각하는 것을 보고, 이에 좋은 말로 위로해 어루만지며

"그대들은 근심 마라. 내게 한 계책이 있으니 그대로만 하면 가히 한실을 회복할 수 있소."

하고 말하였다.

---

5) 고대 중국에서 역전(驛傳)에 말을 사용하기 이전에는 말 대신 수레를 썼다. 이 수레를 전거라 한다.
6) 금성(錦城)이라고도 하니 곧 제갈무후의 사당이 있는 금관성(錦官城)으로서 지금의 중국 사천성 성도현 남쪽에 있다.
7) 중국의 곡조 이름. 만가(挽歌)의 하나로, 공명이 즐겨 읊었다고 이른다. 작자에 대해서는 제갈량이라는 설도 있고, 증자라는 설도 있어서 자세치 않다.

장수들이 모두 무슨 계책이냐고 묻는다. 강유는 그들의 귀에 입을 대고 가만히 계책을 들려주었다.

그리고 강유는 검문관 위에 두루 항기를 꽂아 놓고, 먼저 사람을 시켜 종회의 영채에 가서 보하게 하되, 강유가 장익·요화·동궐의 무리를 거느리고 와서 항복한다 하였다.

종회는 크게 기뻐하여 사람으로 하여금 강유를 장중으로 영접해 들이게 하고

"백약은 어찌하여 오시는 것이 이리 늦었소."

하고 한마디 하였다.

강유는 정색하고 눈물을 흘리며

"나라의 전군(全軍)이 내게 있는 터이니, 오늘 온 것도 오히려 빠르다 하오리다."

하고 말하였다.

종회는 이를 심히 갸륵하게 생각하여 자리에서 내려 서로 절하고 그를 상빈으로 대접한다.

강유는 종회를 보고 말하였다.

"내 들으매, 장군이 회남에서부터 계책이 하나도 맞지 않는 것이 없어 사마씨의 성(盛)함이 모두 장군의 힘이라고 하니, 그러므로 내 진심으로 복종하거니와 만일 등사재라면 마땅히 죽기로써 한 번 싸움을 결단해 보지, 어찌 이처럼 항복할 법이 있으리까."

종회가 드디어 화살을 꺾어 맹세를 하고, 강유로 더불어 형제의 의를 맺어 심히 친밀하게 지내며 인하여 강유로 하여금 전 대로 군사를 거느리게 하여 주었다.

강유는 속으로 은근히 기뻐하며, 드디어 태복 장현으로 하여금

성도로 돌아가게 하였다.

이때 등애는 사찬을 봉해서 익주자사를 삼고, 견홍과 왕기의 무리로 각각 주와 군들을 거느리게 하며, 한편으로 면죽에다가 대(臺)를 쌓아 전공을 기념하고, 촉중의 모든 관원들을 크게 모아 연석을 베풀었다.

연석에서 등애는 술이 거나하게 취하자 여러 관원들을 손으로 가리키면서

"그대들이 다행히 나를 만났기에 오늘이 있는 것이지, 만약에 다른 장수를 만났더라면 반드시 다 죽고 말았으리다."

하고 말하였다. 여러 관원들은 모두 자리에서 몸을 일으켜 절을 하고 사례하였다.

그러자 문득 검각으로 갔던 장현이 돌아와서, 강유가 종진서에게 항복한 일을 이야기한다.

등애는 이로 인해서 종회에게 크게 한을 품었다.

등애는 드디어 글을 닦아 사자에게 주어 낙양에 올라가서 진공 사마소에게 드리게 하였다.

사마소가 글을 받아서 보니 그 내용은 다음과 같은 것이다.

신 애는 간절히 말씀하오니, 병법에 먼저 소리치고 뒤에 병장기를 쓴다 하였사온데 이제 서촉을 평정한 형세로써 동오로 나아가려 하니 이는 자리 말 듯할 때로소이다. 그러하오나 대거(大擧)해서 촉을 멸한 뒤라 장병들이 지쳐서 지금 곧 쓰지 못할 형편이오니 마땅히 농우병(隴右兵) 이만과 촉병 이만을 머물

러 두어서 소금을 굽고 풀무를 일으키며 배를 묻어 미리 물결을 따라서 내려갈 계책을 준비한 연후에, 사신을 보내서 이해를 따져 달래고 보면 동오는 구태여 가서 치지 않고도 평정되오리다.

이제 마땅히 유선을 후히 대접하여 손휴를 부르도록 할 것이라, 만약에 지금 곧 유선을 경사로 올려 보낸즉 동오 사람들이 반드시 의심하오리니, 이는 귀순하는 마음을 권하는 바가 아니올 듯하옵니다.

아직 권도로써 서촉에 머물러 두었다가 모름지기 내년 겨울에 경사로 올려 보내야 하오리니, 이제 곧 유선을 봉하여 부풍왕(扶風王)을 삼으며, 재물을 내려서 그 좌우에 주게 하시고, 그 아들에게 작을 주어 공경을 삼으셔서 귀순한 자에 대한 은총을 나타내시면, 동오 사람들이 위엄을 두려워하고 덕을 사모하여 소문만 듣고도 복종하리이다.

사마소는 보고 나자 등애가 권력을 마음대로 행사하려는 것이나 아닌가 깊이 의심해서, 먼저 친필로 글 한 통을 써서 감군 위관에게 보내고, 곧 뒤따라 등애에게 벼슬을 봉하는 조서를 내렸다. 조서의 내용은 다음과 같다.

정서장군 등애는 위엄을 빛내고 무력을 떨쳐 깊이 적의 지경 안으로 들어가서 제호를 참칭하는 임금으로 하여금 목을 얽어 항복하게 하되, 군사는 때를 넘지 않고 싸움은 날을 마치지 않아 구름 걷듯 자리 말 듯 파촉을 소탕하였으니, 비록 백기(白起)[8]

가 초를 깨뜨리고 한신이 조(趙)를 이겼다 하나 족히 이 훈공에
는 비하지 못할지라. 그러므로 애로서 태위를 삼아 읍 이만 호
를 더하며 두 아들을 봉해서 정후를 삼고 각각 읍 천 호를 먹이
는 바라.

등애가 조서를 받고 나자 감군 위관이 사마소의 수찰(手札)을 내
어 등애에게 준다. 사연은, 등애가 말한 일은 반드시 조정에 먼저
아뢴 후에 하지 마음대로 행하여서는 아니 되리라는 것이었다.
　등애는
"장수가 밖에 있으면 임금의 명령도 받지 않는 수가 있다고 하
였다. 내 이미 조서를 받들어 용병의 모든 권한을 가지고 있는 터
에 어찌하여 못하게 막으시냐."
하고 드디어 또 글을 써서 조서를 받들어 온 사자에게 주어 낙양
으로 올려 보냈다.
　때에 조정에서는 모두들 등애에게 분명히 반하려는 뜻이 있노
라고 말을 해서, 사마소는 더욱 마음에 의심하며 꺼리고 있었는
데, 문득 사자가 돌아와서 등애의 글월을 올린다.
　사마소가 겉봉을 뜯고 보니 사연은 다음과 같다.

　　애(艾)가 명을 받들고 서촉을 쳐서 원흉이 이미 항복하였으매,
　마땅히 권도로써 일을 행하여 처음 항복해 온 자의 마음을 편
　안하게 해 주어야 하오리니, 만약에 조정의 명령을 기다린다면

---

8) 중국 전국시대 진(秦)나라의 명장. 소양왕 때 장군이 되어 적을 쳐서 성을 뺏은 것
이 무려 칠십여 성이었다. 이 공훈으로 하여 왕은 그를 무안군(武安君)을 봉했다.

먼 길을 오고 가는 사이에 시일만 천연하게 되오리다.

춘추 의리에 '대부가 지경 밖에 나가매 가히 사직을 편안케 하며 국가를 이롭게 할 것이 있으면, 임금의 명을 기다리지 않고 임의로 행하여 무방하다' 하였사온데, 이제 동오가 아직 복종하지 않았고 그 형세가 서촉으로 더불어 서로 연하였으니 상례에 구애되어 일의 기틀을 잃어서는 아니 될 것이며, 병법에도 이르기를 '나아가되 이름을 구하지 않고 물러나되 죄를 피하지 않는다' 하였은즉, 애가 비록 옛 사람의 절개는 없사오나 결단코 스스로 혐의하여 국가에 손해를 끼치게는 하지 않으려 하와, 먼저 신주하오니 곧 시행하도록 하옵소서.

사마소는 보고 나자 크게 놀라 황망히 가충에게

"등애가 저의 공을 믿고 교만해져서 임의로 일을 행하려 하니 반하는 형상이 드러났는데, 이를 어찌하면 좋은가."

하고 의논하니, 가충이

"주공께서는 어찌하여 종회를 봉하여 등애를 제어하시지 않으십니까."

하고 말한다.

사마소는 그 의견을 좇아 사자로 하여금 조서를 받들고 가서 종회를 봉하여 사도(司徒)를 삼게 하며 위관으로 양로 군마를 감독하게 하는데, 따로 수찰을 위관에게 붙여서 종회로 더불어 등애의 행동을 가만히 살펴 사변을 미연에 방지하게 하였다.

종회가 조서를 받아서 읽으니, 그 내용은 다음과 같다.

진서장군 종회는 향하는 바에 대적할 자 없고 나아가는 곳에 강포한 무리 없어 모든 성지를 절제하며, 사면으로 흩어져 도망하는 무리들을 모조리 그물 쳐 잡아 촉나라 괴수로 하여금 스스로 손을 묶어 항복하게 하였으니, 계책을 쓰매 어긋나는 것이 없고 군사를 들이치매 공을 이루지 않는 것이 없도다.

그러므로 회로서 사도를 삼고 현후를 봉하여 읍 만 호를 더하며, 두 아들을 봉해서 정후를 삼고 각각 읍 천 호를 내리는 바라.

종회는 봉작을 받고 나자 즉시 강유를 청해다가 의논하였다. 종회가

"등애의 공이 나보다 위요 또 태위의 관직을 봉했는데, 이제 사마공이 그에게 반할 뜻이 있지나 않은가 의심해서 위관으로 감군을 삼고 내게 조서를 내려 제어하라 하였으니 백약은 어떠한 고견을 가지고 계시오."

라고 한마디 묻자, 강유는 말하였다.

"내 들으매 등애가 출신이 미천해서 아잇적에는 농가에서 송아지를 쳤답니다. 이제 요행히 음평 비탈길로 해서 나무를 붙잡고 언덕에 매달려 이 큰 공을 이루었는데, 이는 좋은 계책에서 나온 것이 아니라 실상 나라의 홍복에 힘입은 것일 뿐이라 만약에 장군이 나로 더불어 검각에서 상지하고 있지 않았다면 등애가 어찌 능히 이 공을 이룰 수 있었으리까. 이제 제가 촉주를 봉해서 부풍왕을 삼으려 함은 바로 촉 땅 사람들의 마음을 크게 맺으려는 것이라 그 반하려 하는 실정은 말하지 않아도 가히 알 수 있으니,

진공이 의심하시는 것이 당연한 일이외다."

종회가 그 말을 듣고 심히 좋아해서, 강유는 다시

"청컨대 좌우를 물리소서. 내 은밀히 말씀할 일이 하나 있소이다."

하고 말하였다.

종회가 좌우로 하여금 다 물러가게 하자 강유는 소매 속으로부터 도본 하나를 꺼내서 종회에게 주며

"옛적에 무후께서 초려를 나오실 때 이 그림을 선제께 바치시고 '익주는 옥야천리요 백성이 많고 나라가 가멸해서 가히 패업을 할 만하오이다' 하고 말씀하여, 이로 인해 선제께서 드디어 성도에서 창업하신 것인데, 이제 등애가 이곳에 왔으니 어찌 미치지 않을 수가 있으리까."

하고 말하였다.

종회가 크게 기뻐하여 산천 형세를 손으로 가리키며 묻는다. 강유는 일일이 대답하였다.

종회가 다시

"어떠한 계책으로 등애를 없애는 것이 좋으리까."

하고 물어서, 강유는

"진공이 의심하고 꺼리는 이때를 타서 급히 표문을 올려, 등애의 반상(反狀)을 말씀하면 진공이 반드시 장군으로 하여금 등애를 치게 하실 것이니 단번에 사로잡을 수 있으리다."

하고 계책을 말하였다.

종회는 그 말에 의하여, 즉시 사람에게 표문을 주어서 낙양으로 올려 보내되

"등애가 권력을 마음대로 하여 방자하기 이를 데 없으며, 촉 사람들과 좋은 정의를 맺고 있으니 머지않아서 반드시 반하오리다."
하였다.

이에 조정의 문무 관료들이 모두 놀란다.

종회는 또 사람을 시켜 중로에서 등애의 표문을 빼앗아 등애의 필법을 본떠서 오만한 말로 고쳐 써 놓았다.

사마소는 등애의 표문을 보고 대로하여, 즉시 사람을 종회의 군전으로 보내서 종회로 하여금 등애를 잡게 하며, 또 가충으로 하여금 삼만 병을 거느리고 야곡으로 들어가게 하고, 사마소 자기는 위주 조환과 함께 어가 친정하기로 하였다.

이때 서조연 소제가 나서서

"종회의 군사가 등애보다 여섯 배나 많으니 마땅히 종회로 하여금 등애를 잡게 하시면 족한 일이온데, 구태여 명공께서 몸소 가실 일이 무엇이오니까."
하고 간한다.

사마소가 웃으며

"영감은 전일에 한 말을 잊었소. 영감이 일찍이 종회가 뒤에 반드시 반하리라고 말하지 않았소. 내 이번 이 길이 등애를 잡기 위한 것이 아니라 실로 종회를 잡기 위한 것이오"
하고 말하니, 소제도 웃으며

"나도 명공께서 혹시 잊으시지나 않았는가 해서 한 말씀 여쭈어 본 것이올시다. 이제 이미 이 뜻이 있으시다면 꼭 숨겨 두시고 누설하지 마십시오."
하고 말한다.

사마소는 그러이 여기고 드디어 대병을 거느리고 길에 올랐다.

때에 가충이 또한 종회에게 무슨 변이나 없는가 의심해서 가만히 사마소에게 고한다. 사마소는 그를 보고

"만일 너를 보내면 내 또 너를 의심해야 하느냐."

하고 말하였다.

세작이 어느 틈에 종회에게 사마소가 이미 장안에 이르렀다고 보해서, 종회는 황망히 강유를 청해다가 등애 잡을 계책을 상의하였다.

　　방금 서촉에서 항장을 거두더니
　　이제 또 장안에선 대병을 동하누나.

대체 강유가 어떠한 계책으로 등애를 잡으려는고.

　종회가 강유를 청해다가 등애 잡을 계책을 의논하니, 강유의
말이

　"먼저 감군 위관을 보내서 등애를 잡게 하는 것이 좋겠소이다.
그래서 등애가 위관을 죽이려 들면 반하는 것이 적실하니, 그때
장군이 군사를 일으켜서 치시는 것이 가하리다."
한다.

　종회는 크게 기뻐하여 드디어 위관으로 하여금 수십 인을 거느
리고 성도로 들어가서 등애 부자를 잡아 오게 하였다.

　이때 위관 수하에 있는 군졸이

　"이것은 바로 종사도가 등정서로 하여금 장군을 죽이게 해서 그

---

1) 황당무계한 것을 가리켜서 하는 말.

반하는 실정을 밝히려고 하시는 것이니 결단코 가셔서는 아니 되십니다."
하고 만류하였다.

그러나 위관은

"내게 계교가 다 있다."
하고 드디어 먼저 격문 이삼십 장을 띄워 보내니 그 내용은 다음과 같다.

조서를 받들어 등애를 거두나니, 그 밖의 무리들은 모두 묻지 않기로 한다. 만약 빨리 와서 귀순하는 자는 관작과 상사가 먼저와 같으려니와 감히 나오지 않는 자가 있으면 삼족을 멸할 것이다.

그리고 위관은 바로 함거 두 채를 준비해 가지고 밤을 도와 성도를 바라고 갔다. 그가 성도에 이른 것은 날이 훤히 밝아 올 무렵이었는데, 등애의 수하 장수들로서 격문을 본 자는 모두들 위관의 말 앞에 와서 절을 한다.

때에 등애는 부중에서 아직 일어나지 않았다.

위관은 수십 인을 거느리고 그 안으로 돌입하여

"조서를 받들어 등애 부자를 거두러 왔다."
하고 큰 소리로 외쳤다.

등애가 소스라쳐 놀라 와상에서 굴러 떨어지듯 내려온다. 위관은 무사들을 꾸짖어 그를 결박해서 끌어내어 함거에다 싣게 하였다.

아들 등충이 나와서 묻다가 또한 잡혀서 결박을 당하고 함거에 실렸다.

부중에 있는 장수들과 아전들이 깜짝 놀라서 손들을 놀려 뺏으려 하는데, 이때 벌써 티끌이 자욱하게 일어나는 것이 바라다 보이며 초마가 보하되, 종사도가 대병을 거느리고 이르렀다 한다. 여러 사람들은 모두 사면으로 흩어져서 달아나 버렸다.

종회는 강유로 더불어 말에서 내려 부중으로 들어왔다. 보니 등애 부자가 이미 잡혀서 묶여 있다.

종회는 채찍을 들어 등애의 머리를 후려갈기며 꾸짖었다.

"송아지 치던 아이 놈이 어찌 감히 이럴 수 있느냐."

강유도 꾸짖었다.

"되지 못한 놈이 모험을 해 요행으로 공을 세우더니 역시 오늘이 있었더냐."

등애가 또한 마주 대고 욕질을 한다. 종회는 등애 부자를 낙양으로 보내게 하였다.

종회가 성도로 들어와 등애의 거느리던 군마를 모조리 얻으니 위세(威勢)가 크게 떨친다. 종회가 이에 강유를 보고

"내 오늘 비로소 평생소원을 이루었소."

하고 한마디 하니, 강유가

"옛적에 한신이 괴통(蒯通)의 말을 듣지 않다가 미앙궁(未央宮)의 화(禍)[2]를 당하였고, 대부 종(鍾)은 오호로 범려를 따라가지 않다가

---

2) 한신이 병권을 장악하고 있을 때, 괴통(蒯通)이 그더러 군사를 일으켜 유방을 치라고 권하였건만 한신이 듣지 않다가 뒤에 유방의 손에 붙잡힌 바 되었고, 유방이 죽은 뒤에는 다시 여 황후의 간계에 빠져 미앙궁에 갔다가 마침내 죽음을 받았다.

마침내 스스로 목을 찔러 죽어야 하였으니, 이 두 사람은 그 공명이 어찌 혁혁하지 않으리까마는, 다만 이해에 밝지 못하고 기틀을 보는 것이 빠르지 못하였기 때문이외다. 이제 장군이 이미 큰 공훈을 세워 위세가 임금에게 떨치니, 어찌하여 배를 띄워 종적을 끊고 아미산(峨媚山)에 올라 적송자(赤松子)[3]를 따라서 놀려고 아니 하시오."

하고 말한다.

종회는 웃었다.

"공의 말씀이 옳지 않소. 내 나이 아직 사십이 안 되었으니 바야흐로 진취하기를 생각해야 할 터에 어찌 그러한 한가한 일을 본받겠소."

그러자 강유가

"만약에 물러가지 않으시려거든 빨리 좋을 도리를 차리시오. 이것은 명공의 지혜와 힘으로 능히 하실 수 있는 일이라 구태여 이 늙은 사람이 다시 말씀할 것도 없으리다."

하고 한 마디 하니, 종회는 손뼉을 치고 크게 웃으며

"백약이 내 마음을 아시는구려."

하고 말하였다.

이로부터 두 사람은 매일 대사를 의논하였는데 강유는 비밀히 후주에게 글을 올려 아뢰기를

"바라옵건대 폐하께서는 수일 동안만 욕을 참아 주옵소서. 유

---

3) 중국 전설에 나오는 신선의 이름. 장량이 유방을 도와서 천하를 통일한 뒤 개국 공신들을 유방이 죽이는 것을 보고서 장량은 적송자를 따라 도(道)를 닦으러 가 버렸다는 전설적 이야기가 있다.

가 장차 사직으로 하여금 위태하였다가 다시 편안하게 하며 일월로 하여금 어두웠다가 다시 밝게 하여, 반드시 한실을 멸망하게는 하지 않사오리다."
하였다.

이때 종회가 강유로 더불어 반할 일을 의논하고 있던 중에 문득 사마소에게서 글월이 이르렀다 하여 받아 보니 사연은
"내 사도가 등애를 거두지 못할까 저어하여 몸소 장안에 군사를 둔쳤으매, 서로 볼 날이 머지않았기로 먼저 보하노라."
하는 것이다.
종회는 크게 놀라 속으로
'나의 군사가 등애보다 수 배나 많으니 만약에 단지 나를 시켜서 등애를 잡게 하려는 것이면 진공이 나 혼자서 능히 할 수 있음을 알 터인데, 오늘날 몸소 군사를 거느리고 왔으니 이는 바로 나를 의심하기 때문이다.'
하고 드디어 강유로 더불어 의논하니, 강유가
"임금이 신하를 의심한즉 신하는 반드시 죽어야 하니, 어찌 등애를 보지 못하셨소."
하고 말한다.
종회는
"내 이미 뜻을 결단하였소. 일이 되면 천하를 얻는 것이요, 아니 되더라도 서촉에 물러앉아서 또한 유비가 되는 것은 실수 없으리다."
하고 말하였다.

이에 강유가

"근자에 들으매 곽 태후가 갓 돌아갔다고 하니, 가히 태후에게 유조가 있어 사마소를 쳐서 그 임금 시살한 죄를 밝히라고 하였다 하시지요. 명공의 재주로 한다면 중원은 가히 자리 말 듯이 해서 평정될 것이외다."

말하니, 종회는

"백약이 선봉이 되어 주셔야겠소. 성사한 뒤에는 우리 함께 부귀를 누리십시다."

한다.

강유는

"내, 견마의 수고를 다하오리다. 그러나 다만 모든 장수들이 복종하지 않을 것이 두려울 뿐이외다."

말한다.

장회는

"내일 원소가절(元宵佳節)[4]에 고궁(故宮)에다 등을 크게 달아 놓고 장수들을 청해다가 주연을 베풀겠는데, 만일에 순종하지 않는 자가 있으면 다 죽여 버리겠소."

한다.

강유는 듣고 속으로 은근히 기뻐하였다.

그 이튿날이다.

종회와 강유 두 사람이 장수들을 청해서 술을 마시는데, 술이 두어 순 돈 뒤 종회가 문득 잔을 잡고 크게 우니 모든 장수들이 놀

---

4) 원소는 정월 대보름날, 가절은 명절.

라서 그 까닭을 묻는다.

종회는 말하였다.

"곽 태후께오서 임종시에 유조를 내리신 것이 여기 있거니와, 사마소가 남궐에서 천자를 시살하였으니 대역무도할뿐더러 머지않아서 위를 찬탈하리라 하시고 내게 명하여 치라 하셨소. 그러니 그대들은 각자 이름들을 두어 한가지로 이 일을 성취하도록 합시다."

모든 사람이 다들 크게 놀라서 서로 남의 얼굴들만 돌아다본다.

이 꼴을 보자 종회는 칼을 빼어 손에 들고

"명령을 어기는 자는 목을 베리라."

하고 호령하였다.

장수들이 모두 두려워하여 부득이 복종한다.

이름들을 다 두고 나자, 종회는 모든 장수들을 궁중에 가두어 놓고 군사를 단속해서 그들을 엄중히 파수하게 하였다.

강유는 종회에게

"내 보매 여러 장수들이 복종하지 않으니 다 묻어 버리는 것이 좋겠소이다."

하고 말하니, 종회가

"내 이미 궁중에다 구덩이 하나를 파 놓게 하고 큰 몽둥이 수천 개를 마련해 놓았으니, 만일에 순종하지 않는 자가 있으면 그대로 쳐 죽여 구덩이 속에 파묻어 버릴 작정이오."

한다.

때에 종회의 심복 장수 구건이 곁에 있었으니, 그는 바로 호군 호열의 옛날 부하였다.

이때 호열 역시 궁중에 갇혀 있었으므로, 구건은 이에 가만히 호열을 들어가 보고 종회가 한 말을 알려 주었다.

호열이 크게 놀라 울면서

"내 아이 호연(胡淵)이 군사를 거느리고 밖에 있으나, 어찌 종회가 이 마음을 품고 있을 줄이야 제가 알겠나. 자네가 전일의 정리를 생각해서 이 소식을 전해 준다면 내 비록 죽더라도 한이 없겠네."

하고 말한다.

구건은

"주공은 근심 마십시오. 제가 다 알아 하오리다."

하고 드디어 밖으로 나와, 종회를 보고

"주공께서 여러 장수들을 안에다 감금해 놓으셔서 물 먹기가 불편하오니, 사람 하나를 내셔서 왕래하며 차례로 전하게 하셨으면 좋을까 보이다."

하고 말하였다.

종회가 본디 구건의 말은 잘 듣는 터이라, 드디어 그로 하여금 감찰(監察)하게 하고

"내 자네에게 중한 소임을 맡겼으니, 누설해서는 아니 되네."

하고 분부하였다.

구건은

"주공께서는 마음을 놓으십시오. 제게 엄밀히 단속할 법이 있소이다."

하고 대답하였다.

구건이 아무도 모르게 호열이 신임하는 사람을 안으로 들여보내서, 호열은 밀서를 그 사람에게 부탁하였다.

그 사람이 밀서를 가지고 급히 호연의 영채로 가서 이 일을 자세히 고하고 밀서를 올렸더니, 호연은 소스라쳐 놀라 드디어 모든 영채에다 두루 알렸다.

모든 장수들이 크게 노하여 급히 호연의 영채로 와서

"우리가 비록 죽는 한이 있더라도 어떻게 역적한테 복종을 할 수야 있겠소."

하고 말하니, 호연은

"정월 십팔일 중에 갑자기 궁중으로 들어가서 이러이러하게 하십시다."

하고 계책을 말하였다.

감군 위관은 호연의 계교를 매우 좋게 생각해서 즉시 군사를 정돈하고, 구건으로 하여금 호열에게 이 일을 전하게 하니, 호열은 또 함께 갇혀 있는 장수들에게 다 알려 준다.

한편 종회는 강유를 청해서 물었다.

"내 간밤에 큰 뱀 수천 마리한테 물린 꿈을 꾸었는데 길흉이 어떠하오."

강유는

"용이나 뱀을 꿈에 보는 것은 다 길한 조짐이외다."

하고 대답하였다.

종회가 마음에 좋아 그 말을 믿으며 이에 강유를 보고

"연장이 다 준비되었으니, 장수들을 끌어내어다 물어보는 것이 어떻겠소."

하고 물으니, 강유가

"그자들은 모두 불복하는 마음이 있어서 일후에 반드시 해가 될 것이매, 이때에 빨리 죽여 버리느니만 못하오리다."

하고 말한다.

종회는 그 말을 좇아서 즉시 강유에게 명하여 무사들을 거느리고 가서 위국 장수들을 다 죽여 버리게 하였다.

강유는 명령을 받고 바야흐로 행동하려 하였다. 그러나 이때 갑자기 심병(心病)[5]이 일어나서 그는 땅에 혼도해 버렸다.

좌우가 붙들어 일으켜 한동안이 지나서야 비로소 다시 깨어났는데, 이때 문득 보하는 말이 궁문 밖에서 사람들의 소리가 물 끓듯 한다고 한다.

종회가 바야흐로 사람을 시켜서 알아보게 하는데, 함성이 크게 진동하며 사면팔방에서 군사들이 수도 없이 몰려 들어왔다.

강유는 말하였다.

"이는 필시 장수들이 난을 일으킨 것이니 먼저 죽여 버려야 하오리다."

이때 문득 보하되 군사들이 이미 궐내로 들어왔다 한다.

종회는 궁전 문을 닫아걸게 하고, 군사들로 하여금 전각 지붕 위에 올라가 기왓장을 벗겨서 치게 하였다.

이리하여 호상 수십 명이 죽었는데, 궁궐 밖 사면에서 불이 일어나며 외병이 궁전 문을 깨뜨리고 짓쳐 들어왔다.

종회는 칼을 빼어 그 자리에서 사오 명을 찍어 죽였으나 어지러이 쏘는 화살에 맞아서 쓰러지니, 장수들은 달려들어 그의 머

---

5) 가슴이 아프고, 슬픈 일이나 기쁜 일을 당하면 갑자기 현기증이 나서 그대로 졸도해 버리는 병.

리를 베었다.

강유는 칼을 뽑아 들고 전상으로 올라가서 이리 뛰고 저리 달리며 닥치는 대로 쳤으나 아뿔싸 심병이 또 일어났다. 그는 하늘을 우러러

"내 계책이 이루어지지 않은 것은 곧 천명이다."

하고 드디어 자기 손으로 목을 찔러 죽으니, 때에 그의 나이 오십구 세다.

궁중에서 죽은 자가 수백 인이다. 위관은 영을 내렸다.

"모든 군사들은 각각 영채로 돌아가서 왕명을 기다리라."

이때 위병들은 서로 다투어 원수를 갚으려 하여 함께 달려들어 강유의 배를 갈랐는데, 그 쓸개의 크기가 계란만이나 하였다.

장수들은 또 강유의 가솔을 모조리 잡아내다가 죽여 버렸다.

본래 등애 수하에 있던 사람들이 종회와 강유가 이미 죽은 것을 보자, 드디어 밤을 도와 등애를 찾아오려고 쫓아갔다.

누가 재빨리 이 일을 위관에게 알려 주자 위관이

"등애를 잡은 것은 바로 나니, 이제 만약 저를 남겨 두었다가는 나는 몸이 묻힐 땅도 없이 되고 만다."

하고 말하는데, 호군 전속이 문득

"전일에 등애가 강유성을 취했을 때 나를 죽이려 했는데, 여러 사람이 빌어서 내가 겨우 살았던 것이니, 오늘 내 마땅히 이 원한을 풀어야만 하겠소이다."

하고 나선다.

위관은 크게 기뻐하여 전속에게 군사 오백을 주어 쫓아가게 하였는데, 전속이 면죽에 이르렀을 때 마침 등애 부자는 함거에서

놓여 나와 성도로 돌아가려 하고 있는 길이었다.

이때 등애는 그저 본부병이 이른 것으로만 생각해서 아무 준비도 하지 않고 있다가, 말을 물어보려 하는 중에 전속이 내려치는 한 칼에 죽고 말았다. 그 아들 등충도 난군들 속에서 죽었다.

후세 사람이 등애를 탄식해서 지은 시가 있다.

> 아잇적부터 꾀를 잘 쓰더니
> 자라매 지모 많고 용병에 능했더라.
> 한 번 눈여겨보매 지리를 환히 알고
> 하늘을 우러르매 천문을 짐작했네.
> 산부리 끊어진 데서 말을 돌려보내고
> 돌비알 깎아 질린 곳으로 군사를 끌고 가더니
> 공을 이루자 몸은 속절없이 죽어
> 외로운 그 넋이 한강 위로 떠도누나.

또 종회를 탄식해서 지은 시가 있다.

> 아이 때 벌써 신동 소리 들었다네
> 젊은 나이에 비서랑을 지냈다네
> 신묘한 그의 계책 사마소를 놀라게 해
> 그 당시 자방이란 칭호를 받았다네.
> 수춘성에서 세운 공도 많거니와
> 검각에서는 매처럼 나래 치더니
> 슬프다 도주공(陶朱公)⁶⁾을 본받을 줄 모르다가

---

6) 중국 춘추시대에 월왕 구천을 도와 오나라를 멸한 범려(范蠡)의 별명. 오나라를 멸한 뒤에 제(齊)나라로 들어가서 치이자피(鴟夷子皮)라 변성명하고 치산(治産)을 해

204

鄧艾　　등애

自幼能籌畫　어려서부터 계책에 능했고
多謀善用兵　꾀도 많아 용병도 뛰어났다
凝眸知地理　응시하면 지리를 파악하였고
仰面識天文　얼굴을 들면 천문을 알았도다

임자 없는 넋이 고향 하늘만 그리누나.

또 강유를 탄식해서 지은 시가 있다.

천수군이 자랑하는 영특한 인재
양주 땅이 낳아 놓은 기이한 인물
계보를 상고하면 상부(尚父)[7]의 후손이요
그 병법 그 방략의 스승은 무후시라.
담이 본디 크매 두려운 게 없고
웅대한 그의 뜻은 필승을 맹세했더라
성도 옛 서울서 그 몸이 마치는 날
한나라 장수에게 남은 한이 있었구나.

이리하여 강유와 종회와 등애가 다 죽었다. 장익의 무리도 역시 난군 속에서 죽었고, 태자 유선과 한수정후 관이도 모두 위병들의 손에 죽고 말았다.

성도 군민이 이 난리 통에 서로 짓밟아서 죽은 자가 이루 그 수효를 셀 수 없이 많았는데, 그로써 한 열흘 지나 가충이 먼저 이르러 방을 내어 백성을 안무하니 그제야 민심은 다소 진정되었다.

가충은 위관을 남겨 성도를 지키게 하고 후주를 낙양으로 올려 보냈는데, 다만 상서령 번건, 시중 장소, 광록대부 초주, 비서랑 극정 등 몇 사람이 후주의 뒤를 따랐을 뿐이었다.

서 세 번 천금(千金)을 모았다가 다 흩어 버리고 도(陶)에 살며 스스로 도주공(陶朱公)이라 하였다고 전한다.
7) 중국 주 무왕을 도와서 은나라 주왕(紂王)을 멸한 여상(呂尚), 즉 강자아(姜子牙)를 존칭해 부르는 말.

이때 요화와 동궐은 모두 병을 칭탁하고서 따라가지 않았는데, 그 뒤 일절 문 밖 출입을 끊고 우울한 나날을 보내다 다들 근심으로 생을 마감하고 말았다.

때에 위 경원 오년을 고쳐서 함희(咸熙) 원년이라 하였는데, 춘삼월에 동오 장수 정봉은 촉이 이미 망한 것을 보자 드디어 군사를 거두어 동오로 돌아갔다.

중서승 화핵(華覈)이 오주 손휴에게

"동오와 서촉은 곧 입술과 이니 '입술이 없은즉 이가 시린 법이라', 신이 요량하옵건대 사마소가 머지않아 우리 동오를 칠 것이오니 바라옵건대 폐하께서는 방어를 더욱 든든히 하시도록 하옵소서."

하고 아뢴다.

손휴는 그 말을 좇아서 드디어 육손의 아들 육항(陸抗)으로 진동대장군 영형주목을 삼아서 강구를 지키게 하고 좌장군 손이로 남서의 여러 애구를 지키게 하며, 또 연강 일대에 영채 수백을 세워서 군사들을 둔쳐 놓고 노장 정봉으로 하여금 이를 모두 거느려 위병을 막게 하였다.

이때 건녕태수 곽과(霍戈)는 성도가 함몰했다는 소식을 듣자 소복(素服)을 하고 서편을 향하여 사흘 동안 통곡하였다.

그의 수하 장수들이 모두

"이미 한나라 임금이 위를 잃으셨는데 어찌하여 빨리 항복하시지 않으십니까."

하고 말하니, 곽과는 눈물을 흘리며

"길이 멀어서 우리 주공의 안위를 알 길이 없소그려. 만약에 위나라 임금이 우리 주공을 예로써 대접해 드린다면 성지를 바쳐 항복을 해도 늦을 것은 없지만, 만일에 우리 주공을 욕되게 한다면 임금이 욕된즉 신하는 죽어야 마땅하거늘 어찌 항복할 법이 있겠소."

하고 말하는 것이다.

여러 장수들은 그 말을 그러히 여겨서, 이에 사람을 낙양으로 보내 후주의 소식을 탐지해 오게 하였다.

한편 후주가 낙양에 이르렀을 때 사마소는 이미 돌아와 있었다.

사마소가 후주를 보자

"공이 황음무도해서 어진 신하들을 쫓아내고 정사를 잘못했으니 이치가 마땅히 죽음을 받아야 하리라."

하고 을러대서, 후주는 그만 얼굴이 흑빛이 되어 어쩔 줄을 몰라 했다.

그러나 문무 관료들이 모두

"촉주가 이미 나라의 기강을 잃었사오나, 다행히 빨리 항복했사오니 사(赦)를 내리심이 가하오리다."

하고 말해서, 사마소가 유선을 봉해 안락공(安樂公)을 삼아 저택을 내리고 다달이 용채까지 챙겨 주며 비단 만 필과 비복 백 명을 내리고, 그의 아들 유요와 신하 번건·초주·극정의 무리를 모두 후작에 봉하니, 후주는 은혜를 사례하고 궁중에서 물러나왔다.

사마소는 무사로 하여금 나라를 좀 먹고 백성을 해친 환관 황호를 저자로 잡아내어다가 능지처참하게 하였는데, 때에 곽과는 후주가 봉작을 받았다는 소식을 듣고 드디어 자기 수하의 군사들을 거느리고 와서 항복하였다.

　이튿날 후주가 친히 사마소의 부중으로 사례하러 가서 사마소가 연석을 배설하여 그를 대접하는데, 먼저 위나라 풍류를 가지고 앞에서 춤추며 놀게 하니 촉나라 관원들은 모두 마음에 비감하여 하건만 홀로 후주만은 기뻐하는 빛이 여전했다.

　그러자 사마소는 촉나라 사람들을 시켜서 촉나라 풍류를 하게 하였는데, 촉나라 관원들은 모두 눈물을 뚝뚝 떨어뜨렸으나 후주는 희희낙락해하는 것이었다.

　술이 좀 거나해지자 사마소는 가충에게

　"사람의 무정함이 이 지경에까지 이른단 말인가. 비록 제갈공명이 살아 있었다 해도 이런 위인을 보좌해 가지고는 오래 온전할 수가 없었을 터인데 하물며 강유겠는가."

하고, 이에 후주를 보고

　"자못 촉 생각을 하오."

하고 한마디 묻는데, 후주는

　"예가 좋아서 촉 생각을 하지 않습니다."

하고 대답하였다.

　좀 있다가 후주가 몸을 일어 측간(側間)으로 갔는데, 극정이 뒤를 따라 익랑 아래 이르러 후주를 보고

　"폐하께서는 왜 촉 생각을 아니 하신다고 대답하셨습니까. 만일 그가 다시 묻거든 우시면서 '선인의 분묘가 멀리 촉 땅에 있으매 자연 비감해서 어느 날이고 촉 생각을 아니 하는 때가 없소이다' 하고 말씀하십시오. 그러시면 진공이 필연 폐하를 촉으로

보내 드릴 것입니다."

하고 일깨워 주었다. 후주는 단단히 기억해 가지고 자리로 돌아갔다.

술이 제법 얼근해 오자 사마소가 다시

"자못 촉 생각을 하오."

하고 물었다. 후주는 극정의 말대로 대답은 하였으나, 울어 보려도 눈물이 나지 않아서 그는 그만 눈을 감아 버렸다.

사마소가 듣고

"어째 극정의 말과 같소."

하고 한마디 하니, 후주가 눈을 번쩍 뜨고 놀라서 빤히 바라보며

"진실로 말씀하시는 바와 같습니다."

하고 대답한다.

사마소와 그 좌우에 있는 자들이 모두 웃었다.

사마소는 이로 인해서 후주의 사람됨이 용렬한 것을 심히 기뻐하여 이후로는 그를 도무지 의심하지 않았다.

후세 사람이 탄식해서 지은 시가 있다.

환락만 일삼아서 웃고 즐기는 그
망국의 설움이란 반점도 없었구나.
타향에서 쾌락하매 본국을 잊었으니
후주의 용렬함을 비로소 알리로다.

이때 조정 대신들이, 사마소가 촉을 거두는 데 공이 있었다 하여 드디어 그를 높여서 왕을 삼기로 하고 위주 조환에게 표문을

올려 주문하였다.

때에 조환은 이름이 천자일 뿐이지 실상은 무엇 하나 자기 주장으로 못하고, 정사가 모두 사마씨를 거치는 까닭에 감히 좇지 않을 수 없어서 드디어 진공 사마소를 봉해서 진왕(晉王)을 삼고 그 아비 사마의에게는 선왕(宣王), 그 형 사마사에게는 경왕(景王)의 시호를 내렸다.

사마소의 아내는 왕숙(王肅)의 딸로서 아들 형제를 낳았는데, 장자는 사마염(司馬炎)이니 원체 거물스럽게 타고나서 머리터럭이 땅에 드리우고 손이 무릎을 지나며 총명하고 영특하며 담과 도량이 남보다 뛰어나고, 둘째아들은 사마유(司馬攸)니 천성이 온화하고 공순하며 검박하고 부모에게 효도하고 형제간에 우애가 있어서 사마소는 심히 사랑하였는데, 형 사마사에게 아들이 없었으므로 사마유를 형 앞으로 양자를 들여 그 뒤를 잇게 하였다.

사마소는 매양

"천하는 곧 우리 형님의 천하다."

하고 말해 왔던 만큼 자기가 진왕으로 봉함을 받게 되자 유를 세자로 세우려 하였는데, 산도(山濤)가 나서서

"장자를 폐하고 작은아들을 세우는 것은 예에 어긋나 상서롭지 못합니다."

하고 간할 뿐 아니라, 또 가충이며 하증·배수도

"큰자제가 총명신무(聰明神武)하여 세상을 보는 데 뛰어난 재주가 있으며, 인망이 이미 높고 천표(天表)[8]가 이러하니 남의 신하될

---

8) 제왕(帝王)의 의용(儀容).

상이 아닙니다."

하고 극구 간해서 사마소는 유예미결하고 있었는데, 태위 왕상과 사공 순의가 또한

"선대에 작은아들을 세워서 나라를 많이 어지럽게 하였사오니 원컨대 전하께서는 이를 유념하소서."

하고 간해서, 사마소는 마침내 맏아들 사마염을 세워서 세자를 삼았다.

대신이 아뢰는데

"이해 양무현에 하늘로부터 사람 하나이 내려왔사온데, 키가 두 길이 넘사옵고 발자국의 길이는 두 자 두 치나 되오며, 머리와 수염이 모두 하얗게 센 사람이 몸에는 누른 홑옷을 입고 머리를 노랑 수건으로 싸고 손에는 여두장(藜頭杖)을 짚고서 하는 말이 '나는 민왕(民王)이다. 이제 너희들에게 일러 주러 왔나니 천하가 임금을 바꾸면 당장에 태평을 보게 되리라' 이렇듯 되뇌며 거리로 사흘을 돌아다니다가 문득 어디론지 사라지고 말았사온데 이는 바로 전하의 상서(祥瑞)이오니, 전하께서는 십이류(十二旒) 면류관[9]을 쓰시며 천자의 정기(旌旗)를 세우시고, 출입에 경필(警蹕)[10]하시며 육마를 갖추시어 금근거(金根車)[11]를 타시고, 왕비로 왕후를 삼으시며 세자로 태자를 삼으시옵소서."

한다

---

9) 면류관은 천자도 쓰고 제후도 쓰는 관이지만, 제후는 구류(九旒)요 천자는 십이류이다.
10) 임금이 거둥할 때 일반의 통행을 금지하던 것.
11) 임금이 타는 수레의 하나.

사마소가 이 말을 들으니 마음에 은근히 좋아, 궁중으로 돌아와서 바야흐로 음식을 먹으려 하는데 갑자기 중풍으로 말을 못하였다.

이튿날 병이 더욱 위중하매 태위 왕상, 사도 하증, 사마 순의와 여러 대신들이 궁중에 들어와서 문안하는데, 사마소는 말을 하지 못하고 손으로 태자 사마염을 가리키고는 죽었다. 때는 팔월 신묘일이다.

사도 하증이 나서서

"천하 대사가 모두 진왕께 있으니 먼저 태자를 세워 진왕으로 모신 다음에 안장하는 것이 가하리다."

하고 말하였다.

이리하여 그날로 사마염은 진왕의 위에 오르고 하증을 봉해서 진 승상을 삼으며, 사마망으로 사도를 삼고, 석포로 표기장군을 삼으며 진건으로 거기장군을 삼고 아비 사마소에게 문왕(文王)의 시호를 올렸다.

안장하고 나자, 사마염은 가충과 배수를 궁중으로 불러들여서

"조조가 일찍이 이르기를 '만약에 천명이 내게 있다 하면, 나는 그 주 문왕이 될진저' 하였다 하니, 과연 이 일이 있었는고."

하고 물었다.

가충은

"조조가 대대로 한나라 녹을 먹어 온 터라, 남에게 찬역했다는 소리를 들을 것이 두려워서 이 말을 한 것이오니, 이는 바로 조비로 하여금 천자가 되라고 한 것이올시다."

하고 대답하였다.

사마염은 다시 물었다.

"고의 부왕이 조조와 비하시어 어떠하실꼬."

가충이 다시 아뢴다.

"조조의 공훈이 비록 중원을 덮었다고 하오나, 백성이 그 위엄을 두려워했사옵지 그 덕을 사모하지 않았사오며, 아들 조비가 아비의 업을 이으매 관차(官差)가 심히 중해 동분서주하느라 평안한 때가 없었습니다. 뒤에 우리 선왕과 경왕께오서 번번이 큰 공훈을 세우시고 은혜를 펴시며 덕을 베푸셔서 천하가 심복한 지 오래며, 문왕께서는 서촉을 병탄하셔서 그 공훈이 천하를 덮었으니 어찌 조조에 비하실 일이겠습니까."

듣고 나자 사마염은

"조비도 오히려 한나라의 대통을 이었거니, 고가 어찌 위의 대통을 잇는 것이 불가하랴."

하고 말하였다.

가충과 배수 두 사람은 그의 앞에 두 번 절하고

"전하께서는 마땅히 조비가 한나라를 계승한 고사를 본받으셔서, 다시 수선대를 쌓으시고 천하에 포고하시어 대 위에 오르시옵소서."

하고 아뢰었다.

사마염은 크게 기뻐하여, 그 이튿날 칼을 차고 궐내로 들어갔다.

이때 위주 조환은 연일 조회를 베풀지 않고 심신이 황홀하여 행동거지가 평시 같지 않았다.

그러자 사마염이 거래도 없이 바로 후궁으로 들어와서, 조환은 허둥지둥 어탑에서 내려 그를 맞아들였다.

자리에 앉자 사마염이 한마디 묻는다.

"위의 천하가 누구의 힘이오니까."

조환은 대답하였다.

"모두 진왕 부조(父祖)가 주신 것이외다."

사마염이 웃으며 말한다.

"내 보건대 폐하가 문(文)은 능히 도(道)를 논하지 못하고 무(武)는 능히 나라를 경륜하지 못하니, 어찌하여 재주와 덕이 있는 사람에게 사양해서 주장하게 하지 않소."

그 말을 듣고 조환이 소스라쳐 놀라 입을 다문 채 말을 못하는데, 이때 그의 곁에 황문시랑 장절이 있다가 언성을 높여서 말하였다.

"진왕의 말씀이 옳지 않소이다. 옛날에 위 무조황제께서 동을 소탕하시고 서를 초멸하시며 남을 평정하시고 북을 토벌하시어, 이 천하를 얻으신 것이 결코 용이한 일이 아니었으며, 이제 천자께서 덕이 있으시고 아무 잘못함이 없으신데, 어찌하여 외람되이 사직을 남에게 사양하시라 하오."

사마염은 대로하여

"이 사직은 원래 대한(大漢)의 사직이다. 조조가 천자를 끼고 제후를 호령하며 스스로 위왕이 되어 한실을 찬탈한 것이라 우리 부조가 삼대를 내려오며 위를 보좌하였으니, 천하를 얻은 것은 조씨가 능하기 때문이 아니라 실은 사마씨의 힘임은 사해가 다 아는 바다. 내 오늘 어찌 위의 천하를 계승하지 못하랴."

하고 말하였다.

장절은 큰 소리로 꾸짖었다.

"이 일을 행하려 한다면, 이는 나라를 찬탈하는 도적이다."

사마염은 발연히 대로하여

"내가 한실을 위해서 원수를 갚는 데 무슨 불가함이 있단 말이냐."

하고 무사를 꾸짖어 장절을 전각 아래로 끌어내려다가 과(瓜)[12]로 어지러이 쳐 죽이게 하였다.

조환은 눈물을 흘리며 무릎을 꿇고 고하였다.

사마염은 자리에서 몸을 일어 전각에서 내려가 버렸다.

조환은 가충과 배수를 보고

"사세가 이미 이에 이르렀으니 어이하면 좋겠소."

하고 물었다.

가충이 이에 대답하여

"천수가 다하였으니 폐하께서는 하늘을 거스르지 마시고 마땅히 한 헌제의 고사를 본받으시어 다시 수선대를 쌓으시고 대례를 갖추시어 진왕에게 선위하옵시면, 위로는 천심에 합하고 아래로는 민정에 순하며, 폐하께서도 가히 무사하심을 얻사오리다."

하고 아뢴다.

조환은 이를 윤종하여 드디어 가충으로 하여금 수선대를 쌓게 하고, 십이월 갑자일에 친히 전국새를 받들고 대 위에 서서 문무백관을 크게 모았다.

후세 사람이 탄식해서 지은 시가 있다.

---

12) 병장기의 일종. 자루가 길고 끝이 금과(金瓜) 모양으로 된 몽둥이. 금과는 고대 중국에서 위병(衛兵)이 쓰던 병장기의 한 가지로 모양이 참외처럼 생겼다.

위는 한실을 삼키고 진은 다시 위를 삼켜
천운이 순환하매 도망할 길 없다
슬프다 장절이 충성을 다했으나
태산을 제 한 손으로 어이 가려 보겠느냐.

　조환은 진왕 사마염을 수선대 위로 청해 올려 옥새를 전하고 즉시 대에서 내려와 공복을 갖추어 입고 백관의 반열 머리에 가서 섰다.

　사마염이 대 위에 단정히 앉자 가충과 배수는 검을 손에 잡고 좌우에 모시고 서서, 조환으로 하여금 재배하고 땅에 엎드려 명령을 듣게 한다.

　가충은 호령하였다.

　"한 건안 이십오년에 위가 한의 선위를 받은 뒤로 이미 사십오년이 지났다. 이제 천록(天祿)[13]이 영영 끝나고 천명이 진에 있으매, 사마씨의 공덕이 높고 또 높아 하늘에 뻗치고 땅에 가득 차 가히 황제의 정위(正位)에 올라 위의 대통을 계승할지라. 이에 너를 봉하여 진류왕(陳留王)을 삼노니, 나가서 금용성(金墉城)에 거하되 지금 곧 떠나 천자의 부르심이 없으면 경사에 들어오지 못할 줄 알라."

　조환이 울며 사례하고 가는데, 태부 사마부가 통곡하며 조환 앞에 절을 하고

　"신이 위나라 신하가 되었으매 끝내 위나라를 저버리지 않사오리다."

---

13) 하늘에서 받는 녹.

하고 아뢰었다.

사마염은 사마부가 이처럼 하는 것을 보고 그를 봉해서 안평왕(安平王)을 삼았다. 그러나 사마부는 받지 않고 물러가 버렸다.

이날 문무백관이 수선대 아래에서 재배하고 만세를 부르니, 사마염은 위의 대통을 계승해서 국호를 대진(大晉)이라 하고, 연호를 고쳐 태시(泰始) 원년이라 하며 천하에 대사령을 내렸다.

이리하여 위는 드디어 망하였다.

후세 사람이 탄식해서 지은 시가 있다.

진나라의 그 규모가 위나라와 한가지요
진류의 그 종적이 산양공과 흡사하다.
수선대 앞에서 되풀이되는 놀음
지난날을 회고하매 마음이 아프구나.

진제(晉帝) 사마염은 시호를 올려서 사마의로 선제(宣帝)를 삼고, 사마사로 경제(景帝)를 삼고, 사마소로 문제(文帝)를 삼으며, 칠묘(七廟)를 세워 조종(祖宗)을 빛내었다.

칠묘란 무엇인가.

한 정서장군 사마균(司馬鈞), 균의 아들 예장태수 사마량(司馬量), 양의 아들 영천태수 사마전(司馬雋), 전의 아들 경조윤 사마방(司馬防), 방의 아들 선제 사마의, 의의 아들 경제 사마사와 문제 사마소, 이렇게 해서 칠묘이다.

사마염은 대사를 이미 정하고 나자 매일 조회를 베풀고 오를 칠 계책을 의논하였다.

한나라 성광이 이미 옛것 아니거니
오국 강산도 장차 또 고쳐지리.

대체 어떻게 오를 치려는고.

두예를 천거하매 노장은 새로운 계책을 드리고
손호를 항복받아 삼분천하가 통일되다

| *120* |

손휴는 사마염이 이미 위를 찬탈하였다는 소식을 듣자 제가 반
드시 오를 치러 올 것을 알고 근심하던 끝에 병이 되어 와상에 누
운 채 일어나지 못하였다.

이에 손휴는 승상 복양흥(濮陽興)을 궁중으로 불러들이고, 태자
손정을 불러내어 절을 시킨 다음, 복양흥의 팔을 잡고 손으로 아
들을 가리키고는 죽었다.

복양흥은 밖으로 나와 여러 신하들과 상의하고 태자 손정을 세
워 임금을 삼으려 하였다.

그러나 이때 좌전군 만욱(萬彧)이

"손정은 유충(幼沖)하여 혼자서 정사를 못할 것이매, 오정후(烏程
侯) 손호(孫皓)를 데려다가 세우느니만 못할까 보이다."
하고 말하고, 좌장군 장포가 또한

"손호는 재주와 식견과 밝은 판단력이 있으매 족히 제왕이 될
수 있으리다."
하고 말해서, 승상 복양흥은 결단을 내리지 못하고 들어가서 주
태후에게 고하였다.

그러나 태후는
"내 일개 과부로서 어찌 사직에 관한 일을 알겠소. 경 등이 알
아 세우는 것이 좋으리라."
하고 말할 뿐이다.

복양흥은 드디어 손호를 맞아들여다 임금을 삼았다.

손호의 자는 원종(元宗)이니 대제 손권의 태자 손화(孫和)의 아들
이다.

이해 칠월에 황제의 위에 올라 연호를 고쳐서 원흥(元興) 원년이
라 하고, 태자 손정으로 예장왕(豫章王)을 봉하고, 부친 손화에게
문황제(文皇帝)의 시호를 올리고, 모친 하씨를 높여서 태후를 삼고,
정봉의 벼슬을 더해서 좌우대사마를 삼았다.

그 이듬해 연호를 다시 고쳐서 감로(甘露) 원년이라 하였는데,
손호의 흉포함이 날로 심해서 주색에 푹 빠지고 중상시 잠혼(岑昏)
을 총애하였다.

복양흥과 장포가 간하였으나, 손호는 도리어 노해서 두 사람을
참하고 그들의 삼족까지 멸해 버렸다. 이로 말미암아 조정 신하
들은 손호가 무슨 짓을 하든지 간에 입을 봉하고 다시는 감히 간
하는 자가 없었다.

이듬해 또 연호를 고쳐서 보정(寶鼎) 원년이라 하고 육개(陸凱)와
만욱으로 좌우 승상을 삼았다.

때에 손호가 무창에 있었는데, 양주 백성이 장강을 거슬러 올라가서 허다한 물자를 공급하느라 고생이 막심하였고, 또 호사가 대단해서 나라나 백성이나 모두 구차하였다.

좌승상 육개가 보다 못해 상소해서 간하니, 그 소장(疏章)의 내용은 다음과 같다.

이제 아무 재앙 없이 백성이 죽고 아무 하는 일이 없이 나라의 재정이 고갈하니, 신은 가만히 이를 마음 아프게 생각하나이다. 옛적에 한실이 이미 쇠하여 삼국이 정립하였다가, 이제 조씨·유씨가 도(道)를 잃어서 모두 진(晉)의 소유가 되었으니, 이는 바로 눈앞에 보는 명백한 징험이라, 신은 오직 폐하를 위하와 국가를 애석히 생각할 뿐이로소이다.

무창은 토지가 척박하와 제왕의 도읍할 곳이 아니오고, 또 항간에 떠도는 동요(童謠)에도 이르기를

나는야 차라리 건업 물을 마시지 무창 고기는 안 먹겠네.
나는야 차라리 건업으로 돌아가 죽지 무창에선 안 살겠네.

하오니 이는 족히 민심과 천의를 밝힌 것이라 하오리다.

이제 나라에는 일 년을 지탱할 축적이 없어 바닥이 드러나게 되었삽고, 관리들은 가렴주구를 일삼아 백성을 불쌍히 여기지 않소이다.

대제 때에는 후궁에 궁녀가 백에 차지 못하였사옵는데 경제(景帝) 이래로 천 명을 넘게 되었으니 이는 나라의 재물을 막대

222

하게 소모하는 것이오며, 또 좌우에 모시는 자들이 모두 합당한 사람이 아니어서 한동아리가 되어 서로 끼고서 충성되고 어진 사람들을 해치오니, 이는 모두 정사를 좀먹고 백성을 병들게 하는 자들이라, 바라옵건대 폐하께서는 온갖 부역을 더시고 가렴주구를 마옵시며 궁녀들을 추려 내시고 문무백관을 정선(精選)해 쓰신다면 하늘이 기꺼워하고 백성이 붙좇아 나라가 편안하오리이다.

이처럼 상소하여 간했으나 손호는 귓등으로도 듣는 일 없이 다시 크게 토목을 일으켜서 소명궁(昭明宮)을 지었는데, 문무백관으로 하여금 산에 들어가서 나무까지 베어 오게 하였다. 또 술사(術士) 상광(尙廣)을 궁중으로 불러들여 시초(蓍草)로 점을 치게 하고, 천하를 취할 일만 물었다. 상광은 점을 쳐 보더니

"폐하께서는 아주 길(吉)한 괘를 얻으셨습니다 경자년에 푸른 일산이 낙양으로 들어가시게[1] 되오리다."

하고 아뢴다.

손호는 크게 기뻐하여 중서승 화핵을 보고

"선제께서 경의 말을 가납(嘉納)하시어 장수를 나누어 강구와 애구들을 지키게 하시고 연강 일대에 영채 수백 개를 세워 노장 정봉으로 하여금 거느리게 하셨거니와, 짐이 한나라 땅을 겸병하여 촉주를 위해서 원수를 갚으려 하니 마땅히 어디를 먼저 취해야 할꼬."

---

1) 천자가 받는 일산. 푸른 일산이 낙양으로 들어가리라는 것은 곧 진나라를 정복해서 천하를 통일하게 되리라는 말.

하고 물었다.

화핵이 간한다.

"이제 성도가 함몰하고 사직이 무너졌으매 사마염이 반드시 우리 동오를 병탄할 마음을 가지고 있사오리다. 폐하께서는 부디 덕을 닦으시어 동오 백성을 편안하게 하옵소서. 이것이 상책이오니, 만약 억지로 군사를 동하신다면 이는 바로 삼옷을 입고 불 속에 들어가는 것이나 같아서 반드시 스스로 몸을 태우시고 마오리니, 바라옵건대 폐하께서는 이를 살피시옵소서."

그러나 손호는 대로하여

"짐이 이때를 타서 옛 기업을 회복하려 하는데, 네 이렇듯 불길한 말을 하느냐. 만약에 조정의 오랜 신하인 네 낯을 보지 않는다면 곧 네 목을 베어 호령할 것이로다."

하고 무사들을 꾸짖어 그를 전문(殿門) 밖으로 끌어내게 하였다.

화핵은 밖으로 나오자 길이 한숨지으며

"아깝다, 금수강산이 미구에 남의 손으로 들어가는구나."

하고 드디어 세상을 피해서 살며 다시는 나오지 않았다.

이에 손호는 진동장군 육항으로 하여금 군사를 강구에 둔쳐 놓고 양양을 도모하게 하였다.

어느 틈에 이 소식이 낙양으로 들어가서, 근신이 진주(晉主) 사마염에게 아뢰었다. 진주는 육항이 양양을 침노한다고 듣자 문무백관으로 더불어 상의하였다.

가충이 반열에서 나와 아뢴다.

"신이 듣자오매, 오국의 손호가 어진 정사는 베풀지 않고 전혀

224

무도한 짓만 하고 있다 하오니, 폐하께서는 도독 양고(羊祜)에게 조서를 내리셔서 군사를 거느려 막게 하시되, 그 나라 안에 변이 있기를 기다려 승세하여 치게 하시면 동오는 여반장으로 얻으실 수 있사오리다."

사마염은 크게 기뻐하여 즉시 조서를 내리고 사자를 양양으로 보내서 양숙자(羊叔子) 고에게 칙지를 전하게 하였다.

양고는 조서를 받들자 군사를 정돈하여 적을 맞아서 싸울 준비를 하였다.

이로부터 양고가 양양을 지키고 있게 되었는데, 매우 군민의 마음을 얻었다.

동오 사람으로서 항복하였다가 다시 가고 싶다는 자가 있으면 다 들어주었다.

그는 수자리 사는 군사를 줄이고 밭 팔백여 경을 개간해 놓았다.

그가 처음 양양에 이르렀을 때는 군중에 백 일 먹을 군량이 없었는데, 말년에 이르러는 십 년의 축적이 있게 되었다.

군중에서 양고는 매양 가벼운 갖옷에 넓은 띠를 띠고 있었다. 그는 갑옷을 입지 않았고 장전에 시위하는 자도 십여 인에 불과하였다.

하루는 수하 장수가 장중으로 들어와서 그에게 품하는 말이

"초마가 와서 보하는데, 오병이 모두 방비를 게을리 하고 있다 하오니 이때를 타서 엄습하면 필연 크게 이길 수 있사오리다." 한다.

그러나 양고는 웃으며

"너희들은 육항을 그처럼 작게 보느냐. 이 사람이 지혜가 넉넉

하고 꾀가 많아서 일전에 오주의 명을 받고 서릉을 칠 때 보천과 그 수하 장병 수십 명을 베었는데, 내 구하려 하였으나 못하고 말았다. 이 사람이 대장으로 있으니 우리는 그저 지키고만 있다가 그 안에 변이 있기를 기다려 비로소 취하기를 도모해야 할 것이지, 만약에 시세를 살피지 않고 경망되게 나아가면 이는 패를 가져오는 길이니라."

하고 말하는 것이다.

장수들은 모두 그 말에 감복하며 오직 지경들만 지킬 뿐이었다.

하루는 양고가 여러 장수들을 거느리고 사냥을 하러 나갔는데, 이날 마침 육항도 나와서 사냥을 하고 있었다.

양고는 영을 내려

"우리 군사는 지경을 넘어서는 아니 되리라."

하였다.

장수들은 그의 영을 받고, 다만 진나라 지경 안에서만 사냥을 하고 동오 지경을 범하지 않았다.

이 모양을 바라보며 육항은

"양 장군은 기율이 있으니 가히 범하지 못하리라."

하고 탄식하였다.

날이 저물어 각각 물러갔는데, 양고는 군중으로 돌아오자 장병들이 잡아 온 새와 짐승들을 자상하게 조사해서 동오 사람이 먼저 쏘아서 상처를 입힌 것은 모두 돌려보내 주었다.

동오 사람들이 모두 좋아하면서 육항에게 가서 보하였다.

육항은 온 사람을 불러들여

"너희 대장께서 약주를 잡수시느냐."

하고 묻고,

"좋은 술이 생기시면 잡수십니다."

하고 그 사람이 대답하자, 육항은 웃으며

"내게 오래 묵은 술이 한 말 있다. 이제 네게 줄 것이매 네 가지고 돌아가서 도독께 올리되, 이 술은 육모가 손수 빚어서 마시던 것으로서 얼마 안 되나마 특히 받들어, 어제 사냥 나갔던 정을 표하는 것입니다고 여쭈어라."

하고 말을 일렀다.

온 사람은

"예."

하고 대답한 다음 술을 가지고 돌아갔다. 좌우에 모시는 자들이 육항에게

"장군께서 그에게 술을 보내신 것은 무슨 뜻이오니까."

하고 물으니, 육항은

"그가 이미 내게 덕을 베풀었는데 내 어찌 갚지 않을까 보냐."

하고 대답한다. 여러 사람들은 모두 악연히 놀랐다.

한편 심부름 왔던 사람이 돌아가서 양고를 보고 육항이 묻던 말과 술을 보낸 일을 일일이 고하니, 양고가 웃으며

"그도 또한 내가 술 먹는 줄을 아는가."

하고 드디어 술 항아리를 가져오라 하여 곧 마시려고 한다.

부장 진원(陳元)이 이것을 보고

"그 가운데 혹 간사함이 있을까 두려우니 도독께서는 천천히 잡

수시는 게 좋을까 보이다."

하고 한마디 하였으나, 양고는 역시 웃으며

"육항은 남에게 독을 먹일 사람이 아니니 구태여 의심할 것이 없느니라."

하고 마침내 항아리를 기울여 그 술을 마셨다.

이로부터 사람을 보내서 안부를 물으며 늘 서로 왕래하며 지내게 되었다.

또 하루는 육항이 사람을 보내서 양고의 안부를 물어 양고도

"육 장군께서 평안하시냐."

하고 한마디 물으니, 그 사람이

"저희 대장께서 병환으로 누우셔서 수 일째 나오시지 못하신답니다."

하고 대답한다.

양고는

"생각건대 그 양반 병도 나와 같을 것이라. 내 먹으려고 정제(精製)해 놓은 약이 여기 있으니, 보내서 자시게 해야겠다."

하고 말하였다.

온 사람이 약을 가지고 돌아가서 육항을 보니, 여러 장수들이 있다가

"양고는 바로 우리의 적이라, 이 약은 필시 좋은 약이 아닐 것이외다."

하고 말한다.

그러나 육항은

"어찌 양숙자가 사람을 잠살하겠느냐. 너희들은 아무 의심 마라."
하고 드디어 그 약을 먹었다.

이튿날 그의 병이 나아서 장수들이 모두 하례하니 육항은 그들에게

"저편에서는 오로지 덕을 가지고 우리를 대하는데 우리가 오로지 강포하게만 나선다면, 이는 저희가 싸우지 않고 우리를 항복 받게 되는 것이니 이제 각각 자기 지경을 지킬 뿐으로 소소한 이익을 구하려 마는 것이 좋으니라."
하고 말하였다. 장수들은 그의 영을 받았다.

그러자 문득 오주에게서 사자가 이르렀다고 보해서, 육항이 맞아들여 물으니 사자의 말이

"천자께서 장군께 유지를 전하시되, 빨리 진병하여 진나라 군사로 하여금 먼저 들어오게 하지 말라고 하십니다."
한다. 육항은 그에게

"그대는 먼저 돌아가오. 내 곧 소장을 올려 위에 주문하리다."
해서 사자가 하직하고 돌아가자, 그는 즉시 소장을 초해서 사람을 시켜 건업으로 가지고 올라가게 하였다.

근신이 갖다가 바쳐서 손호가 그 소장을 펴 보니, 그 글에서 육항은 진나라를 아직 쳐서는 안 된다는 것을 자세히 말하고 또 오주에게 덕을 닦으며 벌을 신중히 해서 나라 안을 편안히 하도록 마음먹고 마땅히 군사를 함부로 동하려 하지 말라고 권하는 내용이었다.

오주는 보고 나자 크게 노하여

"짐이 들으매, 육항이 변경에서 적들과 서로 왕래한다고 하더

니 이제 보니 과연 그러하구나."

하고 드디어 사자를 보내서 그 병권을 빼앗아 벼슬을 깎아 내려 사마를 삼고, 좌장군 손기로 하여금 육항 대신 그 군사를 거느리게 하였다. 신하들은 아무도 감히 간하지 못하였다.

오주 손호는 건형(建衡)[2]이라 연호를 고친 뒤로 봉황(鳳凰) 원년[3]에 이르기까지 제 마음대로 함부로 날뛰며 군사들을 강박해서 그대로 수자리를 눌러 살게 하니 상하가 원망 아니 하는 자가 없다.

승상 만욱, 장군 유평, 대사농 누현(樓玄) 세 사람이 손호의 무도함을 보고 바른말로 굳이 간하다가 모두 참을 당하고 말았다.

전후 십여 년에 손호가 충신 사십여 인을 죽였고 출입에는 매양 철기 오만을 거느리고 다니는데, 모든 신하들이 모두 두려워서 감히 어찌하지 못하였다.

한편 양고는, 육항이 병권을 빼앗기고 손호가 덕을 잃었다는 말을 듣고서, 가히 오를 칠 기틀이 있다고 보아 이에 표문을 지어 사람을 시켜서 낙양으로 가지고 올라가 동오 치기를 청하게 하니 표문의 내용은 대강 다음과 같다.

대저 시운은 비록 하늘이 주시는 바나, 공업(功業)은 반드시 사람에 의해서 이루어지는 것이로소이다.

이제 동오의 장강과 회수의 험하기가 서촉의 검각만 못하옵고 손호의 포학하기가 유선보다 더하오며 동오 백성의 고생살

2) 269~271년.
3) 272년.

이가 파·촉 백성보다 심하온데, 대진(大晉)의 병력은 지난날보다 강성하오니 이때를 타서 천하를 통일하지 않고 그대로 군사를 머물러 지키고 있어 천하로 하여금 변방을 수비하는 데 피곤하게 해서 차차로 형세가 쇠해지고 보온즉, 도저히 장구(長久)할 수 없사오리다.

사마염은 표문을 보고 크게 기뻐하여 곧 군사를 일으키게 하려 하였으나, 가충·순욱·풍담 세 사람이 군이 불가하다고 말해서 이로 인하여 사마염은 중지하고 말았다. 양고는 위에서 자기의 주청한 바를 불윤(不允)하였다 듣고

"천하에 뜻대로 되지 않는 일이 열이면 열아홉이거니와, 하늘이 주시는 것을 취하지 않으니 어찌 아깝지 않으냐."

하고 탄식하였다.

함녕(咸寧) 사년에 이르러 양고는 입조하여 벼슬을 내어 놓고 향리로 돌아가 양병(養病)하기를 주청하였다.

사마염이 그에게

"경은 어떠한 안방지책(安邦之策)[4]으로써 과인을 가르치려 하오."

하고 물으니, 양고는 이에 대답하여

"손호가 포학무도하오매 지금이면 가히 싸우지 않고 이길 수 있사오리다. 그러나 만약에 손호가 불행히 죽어 다시 어진 임금을 세우게 되온즉 동오는 폐하의 능히 얻으실 바가 아니오리다."

하고 아뢴다.

---

4) 나라를 태평하게 다스리는 계책.

사마염이 크게 깨달아

"경이 이제 곧 군사를 거느리고 가서 오를 치면 어떠하겠소."

하고 물었다.

그러나 양고는

"신이 나이 늙고 병이 많사와 이 소임을 감당하지 못하오니, 폐하께서는 달리 재지(才智) 있고 용기 있는 장수를 가리셔서 명하심이 가할까 하나이다."

하고 드디어 사마염을 하직하고 돌아갔다.

이해 십일월에 양고가 병이 위중해지자 사마염은 수레를 타고 친히 그의 집으로 문병을 갔다.

사마염이 와탑 앞에 이르니 양고가 눈물을 흘리며

"신은 만 번 죽사와도 능히 폐하께 보답하지 못하오리다."

하고 아뢴다.

사마염도 또한 울며

"짐은 경의 동오 정벌하는 계책을 쓰지 않았던 것이 못내 한이 되오마는, 오늘날 누가 가히 경의 뜻을 이을 만하오."

하고 물었다.

양고는 눈물을 머금고 아뢰었다.

"신이 죽는 마당에 감히 어리석은 정성을 다하지 않을 수 없사옵니다. 우장군 두예(杜預)가 이 소임을 감당함즉 하오니, 만약 오를 치시려거든 마땅히 그를 쓰시옵소서."

사마염은 한마디 물었다.

"착한 일을 권하며 어진 사람을 천거함은 아름다운 일이거늘, 경은 어찌하여 매양 사람을 조정에 천거하고 나서는 곧 그 주본

(奏本)을 스스로 불에 살라 버려 남이 알지 못하게 하오."

이에 양고는

"벼슬은 조정에서 받자왔으면서 은혜는 권문에 가서 사례하는 것은 신의 취하는 바가 아니로소이다."

하고 한마디 아뢰고 말을 마치며 곧 숨을 거두었다.

사마염은 통곡하고 환궁하여 칙지를 내려서 양고에게 태부 거평후의 관작을 추증하였다.

남주 백성은 양고가 돌아갔다는 말을 듣자 철시(撤市)[5]를 하고 통곡했으며, 강남의 변경을 수비하는 장병들도 모두 울었다.

양양 사람들은 양고가 생존 시에 매양 현산(峴山)에 놀던 일을 생각하고 드디어 그곳에다 사당을 짓고 비를 세워 사시로 제를 지냈는데, 왕래하는 사람들이 그 비문을 보고는 눈물을 흘리지 않는 자가 없는 까닭에 '타루비(墮淚碑)'라고 한다.

후세 사람이 탄식해서 지은 시가 있다.

> 이른 새벽 언덕에 올라 양숙자를 추모한다
> 옛 비석은 쓰러지고 현산은 봄이로다.
> 그 당시 운 사람들이 뿌려 놓은 눈물인가
> 솔잎에서 끊임없이 뚝뚝 듣는 이슬방울.

진주는 양고의 말을 들어, 두예를 봉해서 진남대장군(鎭南大將軍) 도독형주사(都督荊州事)를 삼았다.

두예의 사람됨이 노성(老成)하고 연달(練達)하며 학문을 좋아하였

---

5) 시장과 가게들을 죄다 닫아 버리는 것.

는데, 특히 좌구명(左丘明)[6]의 춘추전(春秋傳)[7]을 애독하여 앉으나 누우나 매양 손에 들고 있었고, 출입할 때마다 반드시 사람으로 하여금 좌전(左傳)을 들고 말 앞에 있게 해서, 당시의 사람들이 '좌전벽(左傳癖)'이라고 했다.

그는 진주의 명을 받들자 양양에서 백성을 어루만지며 군사를 길러 동오 칠 준비를 하였다.

이때 오국에서는 정봉과 육항이 모두 죽었는데, 오주 손호는 매양 신하들과 잔치할 때면 모두 술이 만취하게 하고, 또 황문랑 열 명으로 규탄관(糾彈官)을 삼아 연석이 파한 뒤에 각각 신하들의 과실을 아뢰게 해서 잘못한 자는 혹 그 낯가죽을 벗기고 혹 그 눈알도 뽑고 하니, 이로 말미암아 오나라 사람들은 크게 두려워하였다.

진나라에서는 익주자사 왕준이 상소하여 오나라 치기를 주청하니, 그 소장의 내용은 다음과 같다.

손호가 황음하고 흉역하오니 부디 속히 정벌하옵소서. 만약 하루아침에 손호가 죽사옵고 다시 어진 임금을 세우게 된즉 강적이오며, 신이 배를 만든 지 칠 년이 되오매 날로 썩어 가옵고, 또 신의 나이 칠십이라 언제 죽사올지 모를 일이온데, 이 세 가지에 하나만 어그러져도 도모하기는 어렵사오니, 바라옵

---

6) 중국 고대 노(魯)나라의 태사(太史), 즉 사관(史官)『좌씨춘추(左氏春秋)』와 『국어(國語)』를 저술했다.
7) 『좌씨춘추』. 좌전(左傳)이라고도 한다. 공자가 지은 『춘추(春秋)』를 해석해 놓은 책이다.

건대 폐하께서는 일의 기틀을 잃지 마사이다.

진주는 소장을 보고 나자 드디어 신하들과 상의하기를
"왕공의 말이 바로 양 도독과 암합(暗合)하니 짐은 뜻을 결했노라."
하였다. 그러나 시중 왕혼이 있다가
"신이 듣자오매, 손호가 북으로 올라오려 하고 군사의 대오를 이미 모두 정비하여 성세(聲勢)가 한창 성하다 하오니 서로 다투기 어렵소이다. 다시 일 년을 늦추어 그 피로하기를 기다려야만 비로소 공을 이룰 수 있을까 하나이다."
하고 아뢰어서, 진주는 그의 말을 좇아 조서를 내려 군사를 동하지 못하게 하고 후궁으로 들어가서 비서승 장화(張華)로 더불어 한가하게 바둑을 두었다.

그러자 근신이 변경에서 표문이 이르렀다고 아뢴다. 진주가 펴 보니 곧 두예의 표장이었다.

그 내용은 대강 다음과 같다.

전일에 양고가 조신(朝臣)들에게 널리 의논하지 않사옵고 가만히 폐하께만 계책을 아뢰었던 까닭에, 조신들로 하여금 다른 의논들이 많이 나오게 하였던 것이옵니다.

무릇 일은 마땅히 이해(利害)로써 비교할 것이오니, 신이 요량하옵건대 이번 오를 치는 이(利)는 열에 열아홉이옵고, 그 해(害)는 공을 세우지 못함에 그칠 뿐이옵니다. 가을 이래로 적을 치려는 정형이 자못 드러났사온데 이제 만약 중지하오면 손호가 두려워하여 무창으로 도읍을 옮기며 강남의 모든 성을 온전히 수축하고 백성을 옮겨 놓아서 성을 칠 수 없고 들에는 노략할 것이 없게 되고 보온즉, 명년의 계책도 또한 미치지 못할까 하나이다.

진주가 막 표장을 다 보고 났을 때, 장화가 돌연 자리에서 벌떡 일어나 바둑판을 밀치며 손을 모으고 아뢰었다.

"폐하께서는 성무(聖武)하사 나라가 가멸하고 백성이 굳세며, 오주는 음학(淫虐)하와 백성이 근심하고 나라가 피폐하였으매, 이제 만약 치시면 가히 힘 안 들이고 평정할 수 있사오리니 바라옵건대 폐하께서는 아무 의심 마옵소서."

진주는

"경의 말이 이해를 밝히 보고 있으니 짐이 다시 무엇을 의심하리오."

하고, 즉시 나가서 전좌(殿座)하고 진남대장군 두예로 대도독을 삼아 군사 십만을 거느려 강릉으로 나가게 하고, 진동대장군 낭야왕 사마주로 하여금 서중(徐中)으로 나가게 하며, 안동대장군 왕혼으로 하여금 횡강(橫江)으로 나가게 하고, 건위장군 왕융으로는 무창으로 나가게 하며, 평남장군 호분으로는 하구(夏口)로 나가게 하되 각각 군사 오만을 거느려 두예의 호령을 듣게 하고, 한편 용양장군 왕준과 광무장군 당빈으로 하여금 장강으로 해서 강동으로 내려가게 하니 수군·육군을 합해서 이십여만에 전선이 수만 척이요, 또 관군장군 양제로 하여금 양양에 나가 둔치고 각처 인마들을 절제하게 하였다.

벌써 소식은 동오로 들어갔다.

오주 손호가 소스라쳐 놀라 급히 승상 장제, 사도 하식, 사공 등 수를 불러 적병을 물리칠 계책을 의논하니, 장제가 나서서

"가히 거기장군 오연으로 도독을 삼으셔서 강릉으로 진병하여 두예를 맞아서 싸우게 하시고, 표기장군 손흠으로 군사를 거느리고 나아가 하구 등의 적병을 막게 하옵시면, 신이 감히 군사가 되어 좌장군 심영과 우장군 제갈정으로 더불어 군사 십만을 거느리고 우저(牛渚)로 출병하와 각처 군마들을 접응하오리다."
하고 아뢴다.

손호는 그의 말을 좇아 드디어 장제로 하여금 군사를 거느리고 가게 하였다.

손호가 후궁으로 들어가 근심하는 빛을 띠고 불안해하기를 마지않으니, 행신(幸臣)[8] 중상시 잠혼이 그 까닭을 물었다. 손호는 대답하였다.

"진병이 대거해 들어오므로 내 이미 군사를 나누어 막게 하였으나, 다만 왕준이 군사 수만을 거느리고 전선을 갖추어 물을 따라 내려오는데, 그 형세가 심히 급하므로 짐은 이로 인해 근심하는 것이다."

듣고 나자 잠혼이

"신에게 한 계책이 있사오니, 그대로만 하시면 왕준이 거느리는 전선들은 모두 산산이 부서지고 마오리다."
하고 말한다.

---

8) 임금의 총애를 받는 신하.

손호가 크게 기뻐하여 드디어 그 계책을 물으니 잠혼이 아뢰되

"강남에 쇠가 많사오니 연환삭(連環索)[9] 백여 줄을 만들게 하시되 길이는 수백 장이 되고 쇠고리의 무게는 이삼십 근씩 되게 하셔서 강을 따라 올라가며 긴요한 곳에다가 가로질러 놓게 하옵시고, 다시 길이가 한 길 너머씩 되는 큰 송곳 수만 개를 만들어 물 속에다 꽂아 놓게 하십시오. 만약에 진나라 전선들이 바람을 타고 오다가 송곳을 만나기만 하면 깨어져 버릴 터인데 무슨 수로 강을 건너오겠습니까."

한다.

손호는 크게 기뻐하여, 영을 전해서 대장장이들을 시켜 강변에서 밤을 도와 연환삭과 쇠 송곳을 만들어서 다 시설해 놓게 하였다.

한편 진나라 도독 두예는 군사를 영솔하고 강릉으로 나오자 아장 주지에게 영을 내려, 수군 팔백 명을 거느리고 작은 배로 몰래 장강을 건너서 밤에 낙향(樂鄕)을 엄습하고, 산 위 수림 속에 정기를 많이 세워 놓고 낮이면 호포를 놓고 북을 치며 밤이면 각처에서 불을 들라 하였다. 주지는 명을 받자 수군을 거느리고 강을 건너가 파산 속에 매복하였다.

그 이튿날 두예가 대군을 영솔하고 수륙 병진하는데, 전군의 초마가 보하되

"오나라 임금이 오연을 보내서 육로로 나오게 하고, 육경은 수

---

9) 쇠고리를 죽 연해서 만든 철삭(鐵索).

238

로로 나오게 하였삽는데, 손흠으로 선봉을 삼아 세 길로 오고 있소이다."

한다.

두예가 군사를 영솔하고 앞으로 나아가는데, 손흠이 전선을 거느리고 벌써 이르렀다.

양군이 처음 만나자 두예가 곧 군사를 뒤로 물리니 손흠이 군사를 끌고 강 언덕으로 올라 뒤를 쫓는다.

그러나 이십 리를 못 가서 일성 포향에 사면으로부터 진병이 쏟아져 나왔다.

오병은 급히 물러가려 하였으나, 두예가 승세하여 뒤를 몰아쳐서 오병들은 죽는 자가 부지기수다.

손흠이 급히 말을 달려 성가에 이르렀을 때 주지의 팔백 군이 그 안에 섞여 있다가 성 위에서 불을 들었다.

손흠이 크게 놀라서

"북에서 온 군사들이 날아서 강을 건너왔단 말인가."

하고 급히 물러나려고 할 때 주지가 한 번 크게 호통 치며 그를 베어 말 아래 거꾸러뜨렸다.

이때 육경이 배 위에서 바라보니 장강 남쪽 언덕 위에 한 줄기 불이 일어나며 파산 위에 큰 기가 하나 바람에 펄럭이는데, 그 기폭 위에는 '진 진남대장군 두예'라 씌어 있다.

육경이 소스라쳐 놀라 강 언덕으로 올라가서 목숨을 도망하려 하는데, 진나라 장수 장상이 어느 틈에 말을 몰아 들어와서 한 칼에 베어 버렸다.

오연은 각 군이 모두 패한 것을 보고 이에 성을 버리고 달아났으나 진나라 복병에게 붙잡혀, 묶여 몸이 두예 앞으로 끌려 나갔다.

그러나 두예는

"두어 두어야 쓸 데가 없다."

하고 무사를 꾸짖어서 오연을 베어 버리고 드디어 강릉을 수중에 거두었다.

이에 완·상 일대로부터 바로 광주(廣州) 여러 고을에 이르는 수령들이 모두 소문만 듣고는 인수를 가지고 와서 항복을 드린다.

두예는 사람으로 하여금 절을 가지고 백성을 안무하게 하고 추호도 백성을 범하는 일이 없이, 드디어 군사를 끌고 나아가 무창을 쳤다. 무창이 또한 항복한다.

두예 군의 위세는 크게 떨쳤다.

그는 드디어 장수들을 모두 모아 놓고 함께 건업을 취할 계책을 의논하였다.

호분이 있다가

"백 년이나 된 도적을 모조리 항복받을 수 없을뿐더러 지금 춘수(春水)가 창일해서 오래 머물러 있기가 어려우니, 가히 내년 봄을 기다려 다시 대거해 와서 치는 것이 좋을까 보이다."

하고 말하였다.

그러나 두예는

"옛적에 악의는 제서 한 번 싸움에 강성한 제(齊)나라를 병탄했다. 이제 우리 군사의 위세가 크게 떨쳐서 이야말로 파죽지세라, 두어 마디만 지나고 보면 다음은 모두 칼날을 맞아서 그대로 풀려 다시 손을 댈 곳이 없는 것이다."

하고 드디어 격문을 돌려서 여러 장수들과 한곳에 만나 일제히 진병해서 건업을 치기로 약속하였다.

때에 농양장군 왕준이 수병을 거느리고 물을 따라 내려가는데 전초선(前哨船)이 들어와서

"동오에서 연환삭을 만들어 강가를 가로막고 또 쇠 송곳을 물속에 꽂아 놓고 준비를 하고 있소이다."

하고 보한다.

왕준은 크게 웃고, 드디어 큰 뗏목 수십만을 엮고 그 위에 풀을 묶어 사람 모양으로 갑옷을 입히고 막대기를 들려 두루 벌려 세운 다음에 하류로 띄워 보냈다.

동오 군사들이 바라보고 산 사람으로만 여겨 그대로 도망들을 친다. 물속에 박아 놓았던 쇠 송곳은 뗏목에 부딪치자 모조리 끌려서 내려가 버렸다.

왕준은 또 뗏목 위에다 큰 홰를 만들어 실었는데, 여남은 길이나 되고 크기는 십여 위나 되게 해서 삼기름을 부어 놓고 연환삭을 만나기만 하면 홰에 불을 붙여 쇠를 녹여 내니 잠깐 동안에 모두 끊어지고 만다.

이리하여 두 길로 나뉘어 장강을 좇아서 내려오는데, 이르는 곳마다 개개가 다 이긴다.

이때 동오 승상 장제는 좌장군 심영과 우장군 제갈정으로 하여금 나가서 진병을 맞게 하였다.

심영이 제갈정을 보고

"상류에 있는 군사들이 방비를 못해서 내 요량컨대 진나라 군사가 반드시 이리로 올 것이니 힘을 다해서 막아 내야만 하겠소. 만약에 다행히 이긴다면 강남은 아무 일이 없으려니와 이제 강을 건너가서 싸우다가 불행히 패한다면 대사는 다 틀리고 마오."

하고 말해서, 제갈정이

"공의 말씀이 옳소."

하고 대답하는데, 그 말이 미처 끝나기 전에 사람이 보하되

"진나라 군사가 강물을 따라 내려오는데 그 형세를 당할 길이 없소이다."

한다.

두 사람은 크게 놀라 황망히 장제를 가서 보고 상의하였다.

제갈정이 장제를 보고

"동오가 위태하온데 어찌하여 달아나시려 아니 하십니까."

하고 물으니, 장제는 눈물을 흘리며

"오국이 장차 망할 것은 누구나가 다 아는 일이오. 그러나 이제 만약 임금과 신하가 모두 항복하고 단 한 사람도 국난에 죽는 자가 없다면 그런 욕이 어디 또 있겠소."

하고 대답하였다.

제갈정은 저도 눈물을 흘리며 가 버렸다.

장제는 심영으로 더불어 군사를 지휘하여 적을 막아서 싸웠다.

그러자 진병이 일제히 포위하며, 주지가 앞을 서서 오병 영채로 짓쳐 들어갔다. 장제는 혼자서 힘을 다해 적들과 싸우다가 난군 속에서 죽고, 심영은 주지 손에 죽었다. 동오 군사들은 패해서 사면으로 흩어져 도망해 버렸다.

후세 사람이 시를 지어 장제를 칭찬하였다.

> 두예가 파산 위에 큰 기를 내세우매
> 강동 장제가 충성에 죽단 말가.
> 동오 왕기(王氣)가 다한 줄은 짐작하나
> 차마 저버릴 길 없어 그는 구차히 아니 살다.

한편 진병이 우저에서 이기고 동오 지경에 깊이 들어가자, 왕준은 사람을 보내서 첩보를 올렸다. 진주 사마염은 듣고서 크게 기뻐하였다.

이때 가충이 나서서

"우리 군사가 오래 밖에서 고생을 할뿐더러 수토불복(水土不服)으로 반드시 병들이 날 것이오니 부디 불러들이시고 뒤에 다시 도모하시도록 하옵소서."

하고 아뢰는데, 장화가 있다가

"이제 대병이 이미 그 소굴에 들어가서 동오 사람들이 담이 다 떨어졌으니, 한 달이 못 가서 손호는 반드시 사로잡히고 말 것이오나, 만약에 경선히 군사를 불러들이신다면 이제까지 한 일이 다 허사가 되고 마오리니 진실로 애석한 일이로소이다."

하고 말하였다.

진주가 미처 대답을 하기 전에 가충이 장화를 꾸짖었다.

"그대가 천시와 지리를 살피지 않고 망령되이 공을 구하려 하여 군사들에게 무진 고생을 시키니, 비록 그대의 목을 벤다 해도 족히 천하에 사례할 수 없으리라."

그러나 사마염은

"이는 곧 짐의 생각이라, 장화는 다만 짐으로 더불어 생각이 같을 뿐인데 구태여 다툴 것이 무엇인고."

한다.

그러자 문득 보하되, 두예에게서 표문을 보내왔다고 한다. 진주가 표문을 보니, 역시 급히 진병하는 것이 좋으리라는 뜻을 말한 것이다. 사마염은 드디어 다시 의심하지 않고 마침내 나아가서 치라는 명을 내렸다.

왕준의 무리가 진주의 명을 받들고 수로와 육로로 함께 나아가니 그 형세가 바람 같고 우레 같아서 동오 사람들이 기를 바라보고 항복한다. 오주 손호가 이 소식을 듣고 대경실색하니 여러 신하들이 아뢰되

"북쪽 군사가 날로 가까이 들어오고 있사온데, 강남의 군민들이 싸워 보지도 않고 항복하오니 어찌하오리까."

한다.

손호는 물었다.

"어찌하여 싸우지 않는고."

신하들이 대답한다.

"오늘의 화는 모두가 잠혼의 죄이오니, 청컨대 폐하께서 그를 베시면 신 등이 성에서 나가 한 번 죽기로써 싸움을 결단해 보겠나이다."

손호는

"그까짓 일개 환관이 어떻게 나라를 그르칠 수 있단 말인고."

하였으나, 여러 사람들은 소리를 높여

"폐하께서는 어찌 서촉의 황호를 보시지 못하시나이까."
하고 외치며, 드디어 임금의 분부도 기다리지 않고 일제히 궁중으로 몰려 들어가 잠혼을 쳐 죽이고 생으로 그 살을 씹어 먹었다.

이때 도준(陶濬)이 나서서

"신이 거느리는 전선이 모두 작사온데, 바라옵건대 이만 병을 얻어서 대선을 타고 싸운다면 족히 적을 깨뜨릴 수 있을까 하나이다."
하고 아뢰어서, 손호는 그 말을 좇아 드디어 어림제군을 빼어 도준에게 주고 강을 거슬러 올라가서 적을 맞아 싸우게 하고, 전장군 장상으로 수군을 거느리고 강으로 내려가 적을 맞아 싸우게 하였다.

두 사람이 군사를 거느리고 바야흐로 가려 하는데, 뜻밖에도 서북풍이 크게 일어나 오병의 기치가 다 서지 못하고 모조리 배 가운데 쓰러져 버리며, 군사들이 모두 배를 타려 아니 하고 사면으로 흩어져 도망해 버리고 단지 장상 수하의 수십 군이 적을 기다릴 뿐이다.

한편 진나라 장수 왕준이 돛을 달고 강을 내려가는데 삼산(三山)을 지나자 사공이

"풍파가 너무 심하여 배가 갈 수가 없사오니, 바람이 좀 자기를 기다려서 가시지요."
하고 말한다.

왕준은 대로하여 칼을 빼어 손에 들고

"내 이제 곧 석두성(石頭城)을 취하려 하거늘 어찌하여 멈추자고

하느냐."

하고 드디어 북을 치며 앞으로 나아갔다. 이때 동오 장수 장상이 수하 군사를 거느리고 항복하기를 청한다. 왕준은 그를 보고 말하였다.

"만약에 참말 항복하는 것이라면 전부가 되어 공을 세우라."

장상은 저의 배로 돌아가 바로 석두성 아래 이르자 소리쳐 성문을 열게 하고 진병을 안으로 맞아들였다.

손호가 진병이 이미 성으로 들어왔다는 말을 듣고 스스로 목을 찔러 죽으려 하니, 중서령 호충과 광록훈 설영이 아뢴다.

"폐하께서는 어찌하여 안락공 유선을 본받으려 아니 하시나이까."

손호는 그 말을 좇아서 또한 수레에 관을 싣고 몸을 스스로 결박한 다음, 문무백관을 거느리고 왕준의 군전으로 나아가 항복을 드렸다. 왕준은 그 묶은 것을 풀어 주고 관을 불사르고 왕의 예로써 그를 대접하였다.

당나라 사람이 시를 지어 탄식하였다.

> 진나라 누선(樓船)들이 익주에서 내려오니
> 금릉 왕기(王氣)가 암연히 걷히도다.
> 천 길 철쇄는 강 밑에 가라앉고
> 한 폭 항기는 석두성에 올랐어라.
> 한 뉘에 대체 몇 번 지난 일을 서러워하노
> 산 모양만 의구하게 찬 물에 잠겨 있네.
> 사해가 한집안이 다 되어 버린 날에
> 허물어진 옛 보루에는 갈대 바람만 소슬하구나.

이에 동오 사 주 팔십삼 군 삼백십삼 현, 호구 오십이만 삼천, 군리 삼만 이천, 군사 이십삼만, 남녀노유 이백삼십만, 미곡 이백팔십만 곡, 선박 오천여 척, 후궁 오천여 인이 모두 대진으로 돌아갔다.

대사가 이미 정해지자 왕준은 방을 내어 백성을 안무하고 부고(府庫)[10]와 창름(倉廩)[11]들을 모조리 봉하였다.

그 이튿날 도준의 군사는 싸워 보지도 못하고 저절로 무너져 버렸다.

낭야왕 사마주와 왕융의 대군이 모두 이르러 왕준이 큰 공훈을 세운 것을 보고 모두 기뻐하였다.

이튿날 두예가 또한 와서 크게 삼군을 호궤하고, 곳집을 열고 양식과 재물을 풀어 동오 백성을 구제해 주었다.

이에 동오 백성이 안도(安堵)하였다. 오직 건평태수 오언이 성문을 굳게 닫고 앉아서 항복하지 않았으나, 동오가 망했다는 소식을 듣자 이에 항복하였다. 왕준은 표문을 올려 승전을 보하였다.

조정에서 동오가 이미 평정되었음을 알고 군신이 함께 모여 승전을 하례하는데, 진주는 술잔을 잡고 눈물을 흘리며

"이는 양 태부의 공로건만 그가 친히 보지 못하는 것이 애석하구나."

하고 말하였다.

표기장군 손수는 조정에서 물러나오자 남쪽을 바라보며

"옛적에 토역(討逆)[12]이 장년에 일개 교위로서 기업을 세워 놓았

---

10) 관문서(官文書)와 재화(財貨) 등을 두는 곳집.
11) 미곡을 저장해 두는 곳집.

더니, 이제 손호가 강남을 그대로 들어 내버리고 말았구나. '유유
창천(悠悠蒼天)이여, 이 어떤 사람이냐.'"
하고 통곡하였다.

한편 왕준이 군사를 거두어 돌아오는데, 오주 손호로 하여금
낙양으로 올라와 천자를 뵙게 하였다.

손호가 전 위에 올라서 머리를 숙여 진제(晉帝)를 뵈니, 진제는
그에게 자리를 권하며

"짐이 이 자리를 마련해 놓고 경을 기다린 지가 오래요."
하고 한마디 하였다.

이 말에 대하여 손호가

"신도 남방에서 역시 이 자리를 마련해 놓고 폐하를 기다렸소
이다."
하고 응수해서 진제는 크게 웃었는데, 가충이 손호를 보고

"내 들으매 공이 남방에 있을 때 매양 사람의 눈알을 뽑고 낯가
죽을 벗기고 하였다던데, 이건 대체 무슨 형벌이오."
하고 묻자, 손호는

"신하로서 임금을 시살한 자와 간사하고 불충한 자들에게는 이
형벌을 가했소."
하고 대답하였다.

가충은 다시 말을 못하고 심히 부끄러워하였다.

천자는 손호를 봉해서 귀명후(歸命侯)를 삼고, 그 자손을 중랑(中

---

12) 토역장군 손책을 말함.

郎)을 봉하고, 그를 따라서 항복한 재상들을 모두 열후를 봉하고 승상 장제는 전사하였으므로 그 자손을 봉해 주었다.

그리고 왕준을 봉해서 보국대장군을 삼고 그 밖의 장수들에게 도 각각 봉작과 상사가 있었다.

이로부터 삼국이 진제 사마염에게로 돌아가서 일통(一統)의 기업 을 이루었으니, 이른바

"천하대세란 합한 지 오래면 반드시 나뉘고 나뉜 지 오래면 반 드시 합한다."

라는 것이다.

뒤에 후한 황제 유선은 진 태시(泰始) 칠년[13]에 세상을 떠나고, 위주 조환은 태안(太安) 원년[14]에 돌아갔으며, 오주 손호는 태강(太 康) 사년[15]에 세상을 버렸는데, 다들 잘 마쳤다.

후세 사람이 이 사적을 노래한 고풍(古風)[16] 한 편이 있다.

고조가 칼을 들고 함양(咸陽)[17]으로 들어가니
염염홍일(炎炎紅日)이 부상(扶桑)[18]에 올랐구나.
광무가 용처럼 일어나 대통을 계승하매
금오(金烏)[19]가 허공 중천에 높이 날아올랐더니

---

13) 271년.
14) 302년.
15) 283년.
16) 고시(古詩)라는 말과 같다. 그러나 중국에서 고시라고 하면, 단순히 고대의 시라 는 의미로 쓰이는 경우와 또 근체시(近體詩)에 대한 고체시(古體詩)의 의미로 쓰이 는 경우가 있는데, 여기서는 그 후자(後者)다.
17) 중국 진(秦)나라의 서울.
18) 중국 전설상의 신목(神木) 여기서 해가 솟는다고 한다.
19) 태양의 별명.

애달프다 한 헌제가 천하를 이은 뒤로
날은 저물어 일륜홍(一輪紅)²⁰⁾ 함지(咸池)²¹⁾ 가에 떨어졌네.
하진이 무모하여 환관들이 작란(作亂)하니
서량의 동탁이 묘당에 앉았구나.
왕윤의 연환계로 역적을 베었으나
이각·곽사가 또 난을 일으킨다.
사방에 도적들은 개미처럼 모여 있고
육합(六合)에 간웅들은 매처럼 나래 친다.
손견과 손책은 강동에서 기병하고
원소·원술은 하량에서 일어나며
유언 부자는 파촉에 웅거하고
유표는 형양에다 군사를 둔쳐 놨네.
장연·장로는 남정을 차지하고
마등·한수는 서량을 진수하며
그 밖에 도겸·장수·공손찬의 무리들도
한 지방씩 점령하고 무위를 뽐낼 적에
조조는 상부에서 권세를 틀어쥐고
천하의 인재들을 수하에 모아 놓고
천자를 떨게 하고 제후를 호령하며
웅병을 거느리고 중원을 진압한다.
누상촌의 유현덕은 본래 한실 종친으로
관우·장비와 의를 맺고 한실을 부흥하려
동분서주하여 보나 집이 없어 한이로다.
수하에 군사도 적어 남에게 부쳐 산다.
남양에 삼고초려 정리도 깊을시고

---

20) 태양.
21) 태양이 목욕을 한다는 못.

와룡은 한 번 보고 천하를 삼분했네
먼저 형주 거둔 다음 서천을 또 취해서
패업과 왕도가 천부(天府)²²⁾에 있었더니
슬프다 삼 년 만에 세상을 떠나면서
남에게 어린 자식 부탁을 하단 말가
공명은 여섯 번이나 기산으로 나아갔네.
기우는 저 하늘을 한 손으로 버티어 보려
그러나 어이하리 역수가 다한 것을
아닌 밤중 산언덕에 장성(長星)²³⁾이 떨어졌네.
강유는 힘을 믿고 중원을 치러 나섰구나
그러나 아홉 번 친 것이 모두가 헛수고라
종회와 등애가 두 길로 나아가매
한실 강산이 조씨에게 붙었더니
조비 · 조예 · 조방 · 조모, 겨우 환에 이르러서
다시 천하는 사마씨에게 넘어가네.
수선대 앞에 운무가 일어나고
석두성 아래 파도가 안 일어난다
진류왕 · 귀명후에 안락공
왕후 · 공작이 이 뿌리에서 싹이 텄네
분분한 세상사가 다할 날이 있을쏘냐
천수가 망망하여 도망할 길 없네
삼국정립도 한 마당 꿈이거늘
후인이 유적을 돌아보며 부질없이 잔소리만 하누나.

---

22) 땅이 비옥하고 험고(險固)하며 물산(物産)이 많은 지방.
23) 혜성(彗星).

※이 글의 수록문제로 주여창 선생과 연락하기 위해 백방으로 수소문 하였으나 연락이 닿지 않았다. 나중에라도 연락이 닿으면 사의를 표하고자 한다.

『삼국지연의(三國志演義)』의 해설

주여창(周汝昌)*

　『삼국지연의(三國志演義)』는 보통 생략해서 『삼국연의(三國演義)』
라 부르니 이는 나관중(羅貫中)의 불후(不朽)의 작품이다.

　봉건 시대에 있어서 사대부(士大夫)의 무리는 나관중과 같은 통

　＊ 『삼국지연의(三國志演義)』 해설은 북한에서 나온 박태원 역, 『삼국연의』(국립문학예술서적출판사, 1959) 제
1권 서두에 실린 중국학자 주여창(周汝昌) 선생의 "전언(前言)"을 전재(轉載)한 것이다. 출간 당시 해설 끝에
"(이하 략함 편집자)"라는 글로 보아서 "전언" 원문 전체를 번역한 것으로 보이지는 않는다.
　『삼국지연의(三國志演義)』의 해설자인 주여창(周汝昌, Zhou Ruchang) 선생은 중국의 저명한 홍루몽(紅樓夢)
전문가로 1918년 중국 천진(天津)에서 출생, 1940년 연경(燕京)대학교 스페인어문학과에 입학하였다. 1947년
도서관에서 발굴한 자료를 근거로 「조설근 생몰 연대의 새로운 고증[曹雪芹生卒年之新推定]」이라는 글을 발
표, 당대의 대학자였던 호적(胡適)의 주목을 받았다. 1950년 연경대학교를 졸업하며 「영문 번역 육기(陸機)의
『문부(文賦)』 소개[An Introduction to Lu Chi's Wen Fu, 英譯陸機『文賦』之介紹]」라는 논문을 작성하였고,
그 후 연경대학교 중문과 연구원에 진학하여 연구를 계속하였다. 1952년 연경대학교 중문과 연구원에 「송사
(宋詞)의 언어연구[宋詞的語言研究]」라는 논문을 제출하고, 성도(成都)의 화서(華西)대학교를 시작으로 사천
(四川)대학교에서 강의를 담당하였다. 1953년 홍루몽 연구자로서 내외에 이름을 떨치게 된 『홍루몽신증(紅樓
夢新證)』을 출간한 이래 홍루몽과 관련된 다수의 논저가 있다. 『삼국지연의』와 주여창 선생의 인연은 1954년
북경 인민문학출판사 고전편집실에 근무하던 무렵, 영사시(詠史詩) 부분을 삭제한 것은 바람직하지 않다는
모택동(毛澤東)의 견해에 따라, 인민문학출판사의 섭감노(聶紺弩)가 『삼국지연의』 교정 복원작업을 그에게
맡긴 것에서였다. 오늘날 인민문학출판사에서 나온 모본(毛本) 『삼국지연의』는 가장 신뢰할만한 판본의 하나
로 인정받고 있는데, 본서 박태원 『삼국지』의 저본 역시 당시의 모본을 채택하여 번역한 것으로 보이는 바,
이에 대해서는 1959년 북한에서 나온 박태원 역, 『삼국연의』 제1권 속표지에 "羅貫中 著, 三國演義, 作家出版
社, 一九五五年, 北京"이라고 하여 오늘날 인민문학출판사본이 사용하고 있는 심윤묵(沈尹黙)의 "三國演義"
서명(書名) 제자(題字)를 그대로 사용한 것으로도 알 수 있는 일이다. 참고로 1954년 작가출판사는 인민문학
출판사의 계열 내지 부출판사(副出版社)였던 것으로 보인다.
〈주여창 프로필 작성 및 판본 설명〉 삼국지 번역비평가 宋康鎬

속 문학가를 아주 멸시해서 촌학구(村學究)라고 매도했던 것이다. 이로 인하여 그의 생애에 관한 기록은 매우 얻기가 어렵다.

약간의 극히 영성(零星)한 자료에 의해서 우리는 다음과 같은 몇 가지 점을 미루어 알 수 있을 따름이니, 즉 나관중의 이름은 본(本)이요[일설에 이름을 관(貫)이라 한다고 하였다], 자(字)는 관중(貫中)이요, 별호(別號)는 호해산인(湖海散人), 태원(太原) 사람으로서[이 외도 달리 두 가지 설이 있어서 동원(東原:산동山東 동평東平을 가리켜 말하는 듯) 사람이라고도 하고 전당(錢塘: 지금의 절강浙江 항주杭州) 사람이라고도 한다] 원말(元末)에 나서 명초(明初)에 죽었으니 대체로 기원 1330년으로부터 1400년에 걸친 시기로서 주로 원(元) 순제(順帝) 퇴환테무르(脫歡帖木爾)와 명(明) 태조(太祖) 주원장(朱元璋) 두 사람의 통치년대에 해당한다.

그의 소설 저작은 『삼국연의』 외에 이제까지 전해 오는 것으로, 『수당지전(隋唐志傳)』, 『잔당오대사연의(殘唐五代史演義)』, 『북송삼수평요전(北宋三遂平妖傳)』 등 여러 편이 있고, 『수호전(水滸傳)』의 찬술(撰述) 저작(著作), 혹은 편집(編輯) 정리(整理) 공작에 있어서도 그는 역시 주요한 참여자의 한 사람이었다.

이 밖에 그는 사곡(詞曲)을 짓는 데도 대단히 능해서 그 풍격(風格)이 '극히 청신하였다[極爲淸新]'고 하는데, 그가 지은 잡극(雜劇)으로서 현재 알려져 있는 것은 「조태조용호풍운회(趙太祖龍虎風雲會)」, 「삼평장사곡비호자(三平章死哭蜚虎子)」, 「충정효자연환간(忠正孝子 連環諫)」의 삼 종이 있으니 이로써 나관중의 문학 재능이 다방면이었음을 알 수 있다.

그의 친구는 일찍이 그의 기질을 평해서, "남과 잘 맞지 않았다 (與人寡合)"하였고, 후에 가서는 "그 마친 바를 모른다(不知所終)"하 였으니, 그는 만년에 어디 궁벽한 지방에 유락(流落)하여, '호해산 인(湖海散人)' 혹은 '전신패사(傳神稗史)'라 하고서 전수(專修)히 소 설 등 문학 창작 사업에만 힘을 썼던 모양이요, 그의 남달리 괴팍 해서 사람들과 맞지 않는 기질이란 것은, 그가 일반 통치 계급의 인물들과 한데 어울려서 오탁(五濁)에 물들기를 즐겨하지 않았다 는 표현일 것이다.

또한 그의 만년의 전설에는 그가 원말(元末)에 혁명 활동에 참 가하였으며 장사성(張士誠)과 상당한 관계가 있었다고 언급되어 있다.

『삼국연의』는 나관중 이전에 장기간의 형성되는 과정이 있었 고, 나관중 이후에는 또 가공되는 경과가 있었다.

그의 이전에 있어서는 대체로 당말(唐末)에서부터 적어도 북송 (北宋)에까지 이르는 시기에 삼국 이야기는 민간에서 이미 상당히 성행되어 당시의 근로 인민들은 틈만 있으면 곧 설화하는 사람인 설화인(說話人)[당시 설서(說書)를 설화라고 불렀으니 화(話)란 곧 고사(故事: 이 야기)란 의미다]에게로 가서 삼국지 이야기를 듣는 것을 큰 낙으로 알았던 것이다.

또한 송조(宋朝)의 도시 상품 경제의 발달로 말미암아 시민 계 급의 문화 생활의 요구는 크게 증대하고 이에 따라서 대도시들에 는 설화하는 사람의 무리가 심히 많았는데, 이들이 세분화되어서 강사(講史)라는 역사 이야기를 전문으로 하는 사람들이 있게 되고, 같은 강사 가운데서 다시 특별히 '설삼분 〈삼국〉(說三分〈三國〉)'이라는 한 전문 과목까지 생겨나게 되었다. 이것은 바로 인민 대중이 얼마나 이 삼국 이야기를 좋아하고 있었는가 하는 것을 설명해 주는 것이다.

원조(元朝) 때에 이르러는 이미 '그림 반 글 반'[半圖半文]의 『전상삼국지평화(全相三國志平話)』의 간본(刊本)이 있었는데 이것은 바로 구두(口頭)로 강설(講說)되어 오던 것이 점차로 결정(結晶)되어 문자 사본이 되어 간 흔적이다.

동시에 원대 극곡(劇曲)이 특별히 성풍해서 오늘까지 전하여 오는 불완전한 원인(元人) 극목(劇目)을 가지고 보더라도 '삼국이야기'는 '수호이야기'와 함께 원나라 때 역사극 작가들이 가장 흔하게 취재하는 대상이었다. 이러는 사이에, 민간의 전술(傳述)과 설화(說話)하는 예인(藝人)과 또 극을 쓰고, 극에 출연하는 문학가 예술가들이 모두 부단히 창조해서 이 이야기를 풍부하게 하여 놓았다.

나관중의 소설 『삼국연의』는 바로 이렇듯 웅후(雄厚)한 기초 위에서, 동시에 역사가와 문인의 기록들을 또 참고한 후에, 천재적으로 붓을 놀려 마침내 이루어진 것이다. 명 홍치 갑인년(明弘治甲寅年)[1494년]에 간행된 『삼국지통속연의(三國志通俗演義)』는 대개 나관중의 원본과 비교적 가까운 간본(刊本)의 하나다.

이 이후에 있어 명대(明代)의 허다한 삼국 간본이 거의 삼백 년 가까이나 유행하던 끝에 청초(淸初)에 와서 모륜(毛綸)[자는 성산(聲山)으로 강소 장주(江蘇 長州:지금의 오현(吳縣) 사람]과 그 아들 모종강(毛宗崗)[자는 서시(序始)] 부자가 삼국을 수정하는 작업을 개시하였다.

이 공작은 대체로 강희(康熙) 십팔년[1679년]이나 혹은 그보다 조금 전에 완성되었는데, 모씨 부자는 세절상(細節上)에서 더러 첨가[增]도 하고, 삭제[刪]도 하고, 고치기[改動]도 하고, 수식[修飾]도 하는 따위의 가공하는 공작을 진행하였는데 노신(魯迅) 선생이 지적한 바와 같이 무릇 고쳐진 곳들은 그 서례(序例)를 보아 알 수 있는데 그의 두드러진 예를 대략 들어 본다면,

1은 고친 것[改]이니, 구본(舊本) 제 159회 '헌제를 폐하고 조비가 한나라를 찬탈하다(廢獻帝曹丕簒漢)'에서, 본래 조후(曹后)가 저의 오래비를 도와서 헌제를 배척하였다고 한 것을 모본(毛本)에서는 한나라를 도와서 조비를 배척하였다고 한 것과 같은 것이요,

2는 첨가한(增) 것이니, 제 167회 '선주가 밤에 백제성으로 달아나다(先主夜走白帝城)'에서 본래 손부인(孫夫人)에 관하여서는 언급되지 않았는데 모본에서는 "부인이 동오(東吳)에서 효정에서의 패보를 들었는바, 선주(先主)가 군중에서 전몰하였다고 와전이 되어, 그는 드디어 수레를 몰고 강변에 이르러 멀리 서편을 바라고 통곡한 다음에 강물에 몸을 던져서 죽었다."고 한 것과 같은 것이요,

3은 삭제한 것[削]이니 제 205회 '공명이 목책채를 불로 사르다(孔明火燒木柵寨)'에는 본래 공명이 상방곡(上方谷)에서 사마의를 불에 태울 때에 위연도 함께 태워서 죽이려 하였다는 대문이 있고, 제 234회 '제갈첨이 등애와 크게 싸우다(諸葛瞻大戰鄧艾)'에는 등애가 글을 보내서 항복하기를 권하여 제갈첨이 보고 나자 마음에 유예하여 결정하지 못하고 있는데 그의 아들 상(尚)이 그를 힐책해서 마침내 죽

기로 싸우기를 결단하였다는 대문이 있으나, 모본에는 모두 없는 것과 같은 것들이다.

그 밖의 소절(小節)로는 첫째로 회목(回目)을 정돈하고, 둘째로 문사(文辭)를 수정하고, 셋째로 논찬(論贊)을 삭제하고, 넷째로 쇄사(瑣事)를 첨삭하고 다섯째로 시문(詩文)을 고치고 바꾸어 놓고 하였을 뿐이다.

그 중에서 고치고[改], 첨가한[增] 두 가지 예는 모종강 자신의 설명에 의하면 모두 근거가 있는 것들이요, 삭제[削]한 대문인즉, "그것이 무함(誣陷)인 줄 알지 못하면 혹은 고인(古人)[제갈량 부자]을 원통하게 함이 심할 것이라 이제 모두 깎아 버려, 독자로 하여금, 믿지 못할 말로 해서 오해하는 바가 없게 하는 것이다"라고 하였다.

그리고 구본에는 사구(詞句)의 타당하지 않고 복잡한 대문들이며, 또 허다하게 인용된 장주(章奏)들과 사관의 논찬(論贊)들이 있어서 번다스러운데, 이것들을 혹은 뜯어 고치고 혹은 깎아 버려서 전편을 한층 집약하고 완정(完整)해 놓았다. 까닭에 이 한 차례의 수정은 대체로 원본에 유익한 것이었다.

이로부터 『삼국지연의』의 창작과 가공은 전부 끝나고 정본(定本)이 되어 버렸으니 모본은 구본을 대신하여 이미 오늘날까지에 삼백 년 전후를 유전해 내려 왔다. 이러므로 해서 우리는 이번에 재판하는 대본으로 이 모본을 그대로 취한 것이다.

물론 『삼국연의』의 주요한 그리고 진정한 작자는 역시 나관중이지 모종강이 아니다. 모본이 비록 자질구레한 첨삭이 가해져 있다고는 하지만 실제에 있어서 절대로 많은 부분은 역시 나본(羅本)의 원문이 그대로 보존되어 있는 것이다.

『삼국연의』 전편(全篇)은 동한 영제 유굉(東漢靈帝劉宏)의 중평(中平) 원년[184년]으로부터 곧바로 진 무제 사마염(晉武帝 司馬炎)의 태강(太康) 원년[284년]에 이르기까지 거의 일세기(一世紀) 전후의 역사가 쓰여 있다.

역사 자체로서 본다면 이 기간은 바로 토지의 격렬한 겸병(兼併), 지주들의 혹심한 착취, 관가의 번다한 요역, 정치의 극단한 부패로 말미암아 수십만의 농민들이 반항하여 일어났고, 그것이 불행히도 실패한 뒤에 일군(一群)의 군벌(軍閥)들이 할거하여 서로 쟁탈하던 일개 혼란 시대였다. 양한(兩漢) 이래로 사백 년 간에 사회 생산의 축적과 발전, 사회 생활의 번영과 문명은 이에 이르러 장기간의 파괴와 엄중한 최절(摧折)을 받아서 인민들이 입은 고난은 지극히 심중하였으니, 전란(戰亂)을 치르고 난 백성들은 굶주림 끝에 사람이 사람을 먹었고 군사들은 아무 것도 노략질을 해먹을 것이 없게 되었을 때 다만 뽕나무 열매와 소라를 잡아먹고 연명을 하였던 것이다. 이는 바로 당시의 시인이 묘사한 바와 같이

귀하고 가멸한 이 집 치레도 장하건만
초가 삼 간 그도 없어 한데서 사는 신세

있는 집 개 돼지는 이밥만 먹는고나
낱알 구경 못 해 보고 겨죽으로 연명인가

아첨하는 무리들은 갖은 호강 다하는데
충신은 죄로 몰려 목숨 보전 못 한다네.

문을 나서서 무엇을 보았던고
무연한 벌판에는 백골이 널렸는데

길 가의 주린 부인 풀 숲에 아기를 버리고
어미 찾아 우는 소리에 그대로 서서 흐느끼누나

전자는 통치 착취 집단의 음사(淫奢) 혼포(昏暴)와 인민들의 극단의 생활고를 서로 대비해서 묘사한 것이요, 후자는 각로(各路) 제후(諸侯)의 대규모적 살육 파괴와 기근(饑饉) 유망(流亡)의 처지에 있는 인민들의, 참혹하기 짝이 없는 한 폭의 그림을 그려낸 것이다.

바로 이러하기 때문에 인민들은 이러한 시대를 아무리 하여도 잊을 길이 없어서 오랜 세월을 두고 부로(父老)와 자손들이 차례로 서로 전해서 이야기하여 왔던 것이요, 그 뿐 아니라 다시 한 번 동란과 고난의 시기를 당할 때마다 인민들은 아주 쉽사리 지난날의 역사를 연상하고 이를 복습하였던 것이니, "설서(說書)와 창극(唱劇)은 오늘의 일을 옛날에 비해서 이야기하는 것이다."라는 말은 옛사람들이 지녀 온 공통 인식을 대표하는 것이다.

이처럼 해서 역사에 대한 침통한 기억은 가일층 심화되었다. 내정이 문란 할대로 문란 한데다가 외적의 압박을 받던 송, 원시대에 있어서 강사(講史)가 특별히 설삼분(說三分)과 강오대사(講五代史)[오대(五代)는 당(唐), 송(宋) 간의 또 한 개의 혼란 시기(907-959)을 가리키는 것으로 양(梁), 당(唐), 진(晉), 한(漢), 주(周)의 다섯 조대(朝代)를 포괄하고 있으며 그 중에 당, 진, 한은 모두 외족(外族)들이 황제가 되었다]를 두 개의 큰 주제로 해서 가장 인민들의 주의를 끌었던 것은 실로 까닭없는 일이 아닌 것이다.

　인민 대중은 다만 단순하게 역사를 복습하는 것이 아니다. 목적은 지난날의 경험과 교훈을 섭취하는 데 있고, 다시 그것을 통하여 자기들의 분격 원한과 소원 희망을 표현하는 데 있다. 이러므로 『삼국연의』 소설이 소위 정사인 진수(陳壽)의 『삼국지(三國志)』와 같지 않은 까닭은 우선 그 속에 관철되어 있는 극히 분명한 애증(愛憎)에 있다.

　북송(北宋) 시절에 이미 어떤 사람이 써 놓은 글에는, "항간의 어린 아이가 똑똑하들 않아서 집안에서 괴롭게 알고 문득 돈을 주고 모여 앉아 삼국 고화(古話)를 듣게 하는데, 이들이 삼국 사적을 이야기하는 것을 듣다가 유현덕이 패한 대목에 이르면 얼굴을 찡그리고 눈물을 내는 자까지 있으며 조조가 패했다고 들으면 곧 좋아서 쾌재를 부르니 이로써 군자 소인의 은택이 백세(百世)에 끊이지 않음을 가히 알겠다." 라고 하였다. 인민들이 진작부터 애증에 대하여 자기의 일정한 견해를 가지고 있었음을 알 수 있다.

　이와 동시에 위(魏), 촉(蜀), 오(吳) 삼자 중에서 누구를 정통으로 추존해야 하느냐 하는 것은 그 내력이 퍽 오래되는 하나의 논쟁 문제로서, 양송(兩宋) 시절에 사대부들 사이에 특히 열렬하게 토론되었었는데, 남송에 이르러 촉으로써 정통을 삼는다는 의견

[주희(朱熹)로써 대표하는]이 그 시대 조건 아래서 승리를 얻었다.

이것은 인민 대중의 설삼분(說三分)적 애증 관점과 일치되는 것이다. 그러나 양자의 입장, 동기, 이유는 결코 같지 않다. 대중은 모두들 유비 편을 긍정하고 조조 편을 부정하는데 이 시비는 아주 분명하다.

그러면 대중들은 대체 무엇 때문에 유비 편을 긍정하고 조조 편을 부정하는 것인가? 다시 말해서 대중들의 이러한 평가는 역사 과학상의 가치를 가지고 있는가? 정당하게 말해서 이는 당연히 있다고 해야 할 것이니 사회 과학자는 역사 인물을 평가함에 있어서 인민 대중의 장구한 기간에 걸쳐서 형성된 견해를 참고하고 분석하지 않을 수 없는 것이다. 다만 이는 다른 면에도 광범하고 복잡하게 관련이 되는 문제라 학술적으로 심오한 연구와 전면적인 토론을 기다려야 한다.

그러나 만약에 우선 소설이 반영하고 있는바 내용만 가지고 본다면, 만약에 우리가 인민 대중이 확실히 자기들의 견해를 가지고 있다는 것을 승인한다면, 그들이 오랜 동안을 두고서 이미 유비를 긍정하고 조조를 부정하여 왔다는 이야기와, 그렇듯 『삼국연의』 소설이 인민 대중의 이 견해를 그대로 반영하고 있다는 것을 승인하게 될 것이다.

진(晉) 나라 때 사람 육기(陸機)는, "조씨(曹氏)가 비록 중국을 구한 공적이 있으나 학정이 또한 심해서 인민들은 그를 원망하였다." 라 하였고, 유비에 대해서는 그 자신이 일찍이, "지금 나로 더불어 수화(水火)로 지목되는 자는 조조다. 조조는 급하게 구나[急], 나는 너그럽게 하고[寬], 조조는 사납게 하나[暴], 나는 어질

262

게 하고[仁], 조조는 거짓으로써 하나[譎], 나는 충성으로써 한다[忠]." 하고 말한 일이 있다.

양인의 대립과 대비는 유래가 있는 것이다. 소설 41회에는 다음과 같은 대문이 있다. 곧, 유비가 조조의 핍박을 받아서 번성(樊城)을 버리고 달아날 때 신야, 번성, 양양의 십여 만 명 백성들이 죽기를 맹세하고서 집을 버리고 그를 따라 나선다. 그리고 길에서 유비의 군사들과 그들이 생사를 함께 하기로 서로 의지하여 마치 한 집안 식구처럼 해 오다가, 도저히 서로 돌아 볼 수가 없어서 뿔뿔이 헤어져야만 할 때가 이르자 백성들의 곡성은 진동하였던 것이다. 이러한, 사람을 감동시키는 장면은 절대로 우연한 것이 아니니, 진실로 진(晉)나라 때의 역사가 습착치(習鑿齒)가 말한 바와 같이, "그 정을 맺게 된 까닭이 어찌 술을 주어서 추위에 떠는 이를 어루만지고 엿귀를 가져다 병든 이를 위로한 것에만 있겠느냐." 이것은 조조로서는 저의 부친 조숭(曹嵩)의 사사로운 원수를 갚기 위하여, "남녀 수십만 명을 사수(泗水)에다 처박아 죽여서 그 때문에 강물이 흐르지 못했다."고 하며, 또한 그가 공략(攻略)한 지방에서, "사람은 도륙을 내고 닭과 개는 씨가 아니 남고 읍과 촌에 행인이 끊겼다."고 하는 조조로서는, 도저히 상상조차 할 수 없는 일이다. 나관중은 일찍이 "이것이 바로 유현덕의 첫째 가는 좋은 점이다.[홍치본(弘治本)]"라고 특별히 칭송해서 말하였던 것이다.

또 제갈량(諸葛亮)과 같은 사람에 대해서는, "나라 다스리기를 예로써 하니 백성들 사이에 원망하는 소리가 없었고 형벌을 함부로 가하지 아니하니 그가 세상을 떠난 뒤에 우는 사람이 많았다."고 하며, 그가 죽은 뒤에는, "백성들이 항간에서 그의 제를 지냈고 융이(戎夷)가 들에서 그의 제를 지냈다."고 하고, 당(唐)나라 말년에 이르러 손초(孫樵)가 기록해 놓은 이야기에는, "무후(武侯)가 돌아간 지 오백 년에 이제 이르기까지 양(梁), 한(漢) 지방의 백성들이 그의 남긴 공적을 칭송하여 사당을 세우고 제를 지내는 자가 오히려 있으니 그가 백성들에게 사랑을 받는 것이 이렇듯 장구하다." 하였으며, 금(金)나라의 조병문(趙秉文)이 탁군 선주묘(先主廟)에 제사(題辭)를 쓸 때에도 이렇게 기록했다.

바람과 구름이
한때 서로 만났으나 (유비와 제갈량이 만난 것을 가리켜 하는 말)
천 년 옛일이
부평(浮萍)과도 같건마는
들에 밭갈이 하는
저 농부들 어이 알고
지금도 오히려
관가(官家)가 좋다 하네

이로써 당·송(唐宋) 시기에 인민들 사이에 그들이 '후세에 끼친 은덕[遺愛]'이 아직도 확실히 남아 있었다는 것을 가히 알 수 있다.

그러나 조조의 사후에 이르러는, '일흔 두 개의 의총[七十二疑塚]'과 '향을 나누어 주고 신을 삼아서 팔라고 일렀다[分香賣履]'는 등의 삽화가 매양 화제에 오르는 이외에는 아무러한 '후세에 끼친 은덕'을 찾아보려도 찾아 볼 수가 없는 것만 같다. 그 뿐인가,

도리어 송나라, 원나라 시인들의 붓 끝에서 어느 틈엔가 아만(阿瞞)으로, 심지어 강로(强虜)로, 활적(猾賊)으로, 노간(老姦)으로 변해 버린 지 오래다. 이상은 모두 유비를 사랑하고 조조를 미워하는 이 사상의 기초가 얼마나 굳으며 그 내력이 얼마나 오래인가를 설명하는 것이다.

소설 방면에서는 송조(宋朝)의 『삼분화본(三分話本)』은 비록 볼 수가 없으나, 다만 청중들의 태도가 분명했던 것만은 이미 위에서 본 바다. 또 『원간본평화(元刊本平話)』는 실지로 도원결의에서 시작하여 공명의 죽음으로 그쳐 버렸으니 이것은 우리의 관심이 촉한(蜀漢) 한 집에만 있다는 것을 명백하게 말하는 것이나 일반이다.

그 뒤로 삼국을 이야기하려면 조조가 천시(天時)를 얻고 손권이 지리(地利)를 얻고 유비는 하나도 소유한 것이 없이 오직 인화(人和)만을 차지하고 있었다는 것에 언급하지 않는 이가 없다.

인화란 무엇이냐. 이는 뚜렷이 인민들과의 보다 좋은 관계를 말하는 것이다.

『삼국연의』에는 무수한 전쟁 이야기가 쓰여 있다. 그러나 독자들은 이 소설 전편을 깊이 관철하고 있는 일개 기본 사상을 느낄 수 있으니, 그것은 곧 인민들의 희망이 유비·제갈량 정권 아래 전국이 통일되고 광대한 인민들이 보다 나은 생활을 하는 데 있다는 그것이다. 따라서 그들의 성패(成敗)에 대해서는 무한한 관심과 함께 애석해 하는 감정을 품는 것이다.

인민들은 자기의 견해를 가지고 있다. 인민들은 한결같이 유비를 긍정하고 조조를 부정하며, 유비와 제갈량의 성공을 희망하

『삼국지연의(三國志演義)』의 해설

는 것이다. 『삼국연의』에는 인민들의 이 견해와 이 희망이 집중적으로 또 구체적으로 반영되어 있으니 바로 여기에 『삼국연의』의 인민성이 있는 것이다.

그 다음에, 우리들의 조상의 영용(英勇)과 지혜(智慧), 정의(正義)와 기절(氣節)은 인민들이 한결같이 자기들의 자랑으로 삼으며 언제나 즐겨 찬미하는 것이다. 조국 역사에는 역대로 어느 때나 걸출한 인민들이 불소하게 있었다고는 하지만 삼국 시기는 그 중에도 특히 인재(人材)들이 배출(輩出)한 것으로 알려져 있다.

북송(北宋) 시절에 어떤 사람이 일종의 견해를 세워서 말하기를, 서한(西漢) 때 인물은 대개 지모는 있으나 풍절(風節)이 없고, 동한(東漢) 때 인물은 대개 풍절은 있으나 지모는 없는데, 오직 삼국 시기의 인물만이 비로소 지모가 있는 데다 풍절까지 있다고 하였다. 이 논법은 지모와 풍절의 겸비에 대한 사람들의 요구를 반영한 것이다. 재간이 아무리 좋더라도 만약 품절에 빠지는 것이 있다면 역시 홀시를 받거나 혹은 타기(唾棄)당할 뿐이다.

『삼국연의』는 제갈량과 관우, 장비 등 인물의 명지(明智)와 영무(英武)를 힘을 들여서 그려내었는데, 다시 그 곱절이나 힘을 들여서 그들의 충정과 의기를 그려 놓았다. 홍치본(弘治本)의 서(序)에, "그 가장 숭상할 것은 공명의 충성이니 소소(昭昭)하기가 일월(日月)과 같아서 예나 이제나 모든 사람이 우러른다. 그러나 장비의 의기는 더욱 숭상할 만한 것이다." 라고 한 것도 바로 이러한 의사다.

동시에 이는 또한 오(吳), 위(魏) 두 편의 인물들이, 소설가의 붓끝에서 현저히 촉한(蜀漢)의 인물들의 광망만장(光芒萬丈)한 데 멀리 미치지 못하는 것이면서도, 무릇 의기와 절개가 있는 사람에 대해서는 상당한 찬양을 하여, 하나라 예외가 없는 사실을 설명해 주는 것이다.

심지어 여포 같은 그러한 인물은, 이랬던 저랬든 세 영웅이 함께 여포와 싸워서 겨우 이길 수 있었으니 그 용맹과 무예가 어찌 일개 관운장이나 장익덕만 못할까마는, 결국 그가 인민들의 찬양을 받지 못하는 것은, 그에게는 이렇다 하고 말할 만한 품절이 털끝만치도 없는 그 까닭이다.

삼국의 희문고사(戲文故事)는 또한 한절(漢節)을 표방하고 있는 바, 이는 모두 실제로 당시의 민족 기절(氣節)로서 애국주의 사상의 반영이다.

특히 남송(南宋)이나 만명(晩明) 같은 그러한 시기에 있어서는, 전제통치자(專制統治者)의 혼우(昏愚)함이 극도에 다달아서 인민들의 이익과 희망을 철저하게 위반하고, 간녕한 무리들을 총신(寵信)하며, 현능한 신하들을 배척하고, 외적에게 투항하여 망국을 초래하고 인민에게 다시 없는 재난을 조성하여 주었던 것이다.

당시에 관우, 장비와 같은 영무강의(英武剛毅)한 대장이 별로 없었고, 안에는 공명과 같은 총명 정직한 현상(賢相)을 더욱이나 구하기 어려웠으며, 혹 한 두 명 뛰어난 인재가 있었다 하여도 아침에 등용되는가 하면 저녁에는 곧 내침을 받았고, 또 그렇지 않으면 참소를 입고 억울하게 죽고 하였던 것이니, 이것은 유비와 공명의 군신이 일체가 되어 시종이 여일하며, 죽은 뒤에야 그만 두는 굳은 결의로서, 공동으로 적을 반대하여 분투하던 그러한 정신과는 아주 극단의 대비를 이루고 있는 것이다.

남송의 애국 시인 육유(陸游)는 그의 시 「한소열 혜릉과 제갈공의 사당을 찾아서[謁漢昭烈惠陵及諸葛公祠宇]」에서,

> 높은 경륜이 실지에 안맞는가
> 비상한 재주도 펼 길이 바이 없네
> 가신 이 다시 두 번 돌아 오든 못하시니
> 재배하고 엎드려서 목을 놓아 통곡하네

라고 읊고 있다. 이 시인의 개탄과 비분은 그것이 바로 당시의 전체 인민과 일체 애국 인사의 개탄이요 비분이었다고 말할 수 있을 것이다.

세계 고전 문학의 명저는 왕왕 작자가 자기의 국가, 인민, 그리고 생활 본신에 어떠한 관계가 있는 중대 문제로 해서 격동을 받아 가지고 쓴 것이었다. 역사상의 제갈량, 유비, 관우, 장비 등 여러 사람에 대한 『삼국연의』의 지극한 찬양은 동시에 그것이 바로 당시 현실 정치에 대한 준엄한 비평인 것이다. 이 소설의 인민성이 특별히 풍부한 까닭도 바로 이 점에 있다.

봉건 시대에 통치자들이 저의 지위를 공고히 하기 위하여 백성들을 암매하게 만든다[愚民]는 것은 가장 주요한 일종의 악독정책이었다. 그것은 이러저러한 적극적, 혹은 소극적 방식으로 표현되었는데 일언이 폐지하여 인민 대중으로 하여금 어떠한 정확한 지식도 가지지 못하게 한다는 것이다.

인민은 그들의 중압 아래서 허덕이며 통치 계급에게 타고난 우매한 노예로 멸시를 받아 왔다. 그러나 인민은 지식을 구하려

는 불타는 염원을 가지고 있다. 그들은 시비 판단을 명백히 하고 싶어하고 자기들의 운명에 관심을 가지고 있다. 이 까닭에 그들은 특히 자기 역사를 열렬히 사랑하고, 조국의 유원한 경력을 알고 싶어한다.

그러나 어떻게 하면 알 수 있다는 말인가? 『십칠사(十七史)』나 『이십일사(二十一史)』를 어떻게 읽을 것인가? 그는 천만 번 불가능한 일이다. 또 설혹 가능하다손 치더라도 그러한 관서(官書)나 정사(正史)는 그들에게 보이기 위해서 쓰여진 것이 아니다. 여기에 있어서 나관중과 같은 인민 자신에게 속한 문학가가 사서전질(史書全秩)을 통속소설로 고쳐 놓은 그 공작의 의의가 얼마나 위대한가 하는 것을 우리는 알아내기 어렵지 않다.

『삼국지통속연의』가 출현한 뒤로 이를 모방한 역사 소설들이 우후죽순으로 속출하여 뒤에 이르러는 필경 『전이십사사(全二十四史)』의 통속연의가 나오게 되었고, 민간 곡예(曲藝) 중에도 삼국절목(節目)이 가장 많아서 경극을 가지고 보더라도, 삼국희(三國戲)가 드디어 수십 구의 다수에 달하니, 만약 역사극 중에서 시대(時代)와 전제(專題)를 가지고 분류한다면 삼국희보다 더 많은 것이 없을 것이다.

이리하여 인민들은 비로소 조국 역사의 경개를 비교적 많이 알게 되었다. 이것은 곧 인민의 지식을 풍부하게 하여 주었고, 인민의 지혜를 집결하고 제고하였으며, 인민의 양호한 도덕 품성을 격려하고 배양하였다. 『삼국연의』가 역사상의 인물들을 비평한 역량은 비할 바로 없이 큰 것이니 그것은 바로 소설소화(小說小話)가, "춘추(春秋)의 소위 화곤(華袞), 부월(斧鉞)보다 십배 백배 천배

만배나 낫다."고 말한 바와 같다.

일반 인민들이 각성바지로 의형제를 모으는 것[異姓結拜]에서나, 혁명성을 갖춘 비밀 조직에서나, 도원결의를 끌어다가 본보기[典範]로 삼지 않는 것이 없다. 명, 청 양대의 농민기의(農民起義) 전쟁 중 일설에 의하면 혁명 진영들이 모두 『삼국연의』의 전술을 범례(範例)로 삼아서 학습, 운용하였다고 한다.

이에 이르러 우민 정책은 이미 깨어져 버렸고 봉건 통치는 동요하기 시작하였다. 통속연의의 위대한 의의는 바로 보급이라는데 있다. 이것이 곧 삼국의 극히 심후(深厚)하고 극히 광범한 사회 영향의 발생한 소이요, 동시에 삼국의 극히 심후하고 극히 광범한 인민성이 존재하는 점이다.

홍치본(弘治本)이 서문이 정사(正史)를 설명하여, "대중에게 통하지 않는다[不通乎衆人]"라고 한 뒤에, 삼국을 총론해서, "글이 그다지 어렵지 않고 말이 그다지 속되지 않으며, 사실대로 기술해 놓아서, 또한 정사에 가깝다. 대개 읽고 싶어 하는 자들은 사람마다 읽으면 알 수가 있으니, 시전(詩傳)의 소위 이항가요(里巷歌謠)와 같은 것이다."라고 한 것은 이미 이 중요 의의에 접촉한 것이다.

물론 봉건 전제 시대, 특히 청초(淸初)에 있어서는, 통치자의 음모가 어디고 틈만 있으면 비집고 들어가지 않는 데가 없었으니, 그들은 인민을 통치하는 목적을 달성하기 위하여 또한 삼국이 가지고 있는 한 면을 이용하는 것을 잊지 않았다. 그러나 저들이 이를 이용하여 보려 생각을 하였고 또 이를 이용할 수 있었던 까닭도 바로 삼국 자체가 극히 심후하고 광범한 인민 기초를 구비하고 있기 때문이다.

통속연의란 본래 정사에 대해서 명명(命名)된 것이다. 홍치본의 제자(題字)에는 '진평양후진수사전, 후학나본관중편차(晉平陽侯陳壽史傳, 後學羅本貫中編次)'라고 되어 있다. 노신(魯迅) 선생도, "무릇 전후 97년간의 사실을 모두 진수의 『삼국지』와 배송지(裵松之)의 주(注)에 견주어 배열하고 그 사이에 또 평화(平話)를 삽입하고 다시 이를 부연해서 지은 것이다."라고 말하였다. 이로써 나관중의 삼국 소설이 일면 상당히 대량적으로 사서에 의거하고 있다는 것과, 다른 일면에서는 평화를 채택하며 또한 부연하는 두 점에서 대중과 자기의 예술 창조를 침투시켰다는 것을 가히 알 수 있다.

이것이 바로 소위 칠실삼허(七實三虛)의 문제를 발생케 하였다. 청대(淸代)의 장학성(章學誠)이 삼국 소설을 논하여, "칠푼의 실사와 삼푼의 허구가 보는 사람으로 하여금 왕왕 혹란(惑亂)하게 만든다."라고 한 것은 이런 류의 의견의 대표적인 것이다.

삼허(三虛)란 무엇을 가리켜 하는 말인가? 장씨(章氏)와 그 밖의 사람들이 든 예를 보면,

관공이 옥천산에 현성한 것(玉泉顯聖)
관공이 촉대를 잡고 밤을 밝힌 것(秉燭達旦)
도원에서 의형제를 모은 것(桃園結義)
관공이 화용도에서 조조를 막은 것(華容擋曹)
제갈량이 노수에서 제사를 지낼 때 밀가루 반죽으로
사람의 머리를 만든 것(祭瀘水以麵爲人首)
방사원이 낙봉파에서 죽은 것(龐士元死在〈落鳳坡〉)
주유가 죽을 때 "이미 유를 내시고 왜 양은 또 내셨나?"하고

『삼국지연의(三國志演義)』의 해설

등등과 같은 것이다. 이러한 것들은 모두 정사에는 보이지 않는 까닭에 황당무계하다고 하는 것이다.

이로 미루어서, 우리는 무릇 인물 성격의 예술적 개괄, 사건의 풍부와 진실 등은 자연 일일이 정사에는 보이지 않는 것이라, 따라서 모두가 허구라는 것을 알 수 있다. 그러나 이것이야말로 문학 작품이 역사 기록의 분야와 같지 않은 소이이다.

우리나라 고대에 탁월한 역사가로서 일찍이 어느 인물의 전기를 지을 때 예술 개괄의 성분을 집어넣은 사람이 한 사람만이 아니었으며, 세계 문헌 중에도 역사 의의와 문학 의의를 다 갖추고 있는 기록이 한편만으로 그치지 않는다. 그러나 다만 그 목적은 결국 형상을 창조하는 데 있는 것이 아니라 오직 사적을 기재하는 데 있는 것이다.

『삼국연의』 소설로 말하면 많은 인물들의 형상을 창조하여, 역사 인물의 언어 행동과 사상 성격이 모두 생동하게 강력하게 지상에 표현되어 독자들의 마음 가운데 살아 있다. 우리들이 잘 알고 있는 관우, 장비, 주유, 황개 등등은 모두 역사 인물의 환원(還原)이 아니라 충분히 풍부하게 전형으로 개괄되었다.

조조는 도처에서, "차라리 내가 온 천하 사람들을 저버릴지언정 천하 사람들로 하여금 나를 저버리게 하지는 않겠다.〔寧使我負天下人, 休天下人負我〕"하는 성격을 표현하고 있으며, 유비는 도처에서, "차라리 죽을지언정 의리를 저버리는 일은 하지 않겠다.〔寧死, 不爲負義之事〕"하는 작풍을 표현하고 있어, 문학적 경향성 아래서 가장 선명한 대조를 구성하고 있다.

조조, 이 이름은 사회에서 일체의 간사(奸邪), 사위(詐僞), 음험(陰險), 잔포(殘暴)한 자의 별명이 되고, 일체의 악인, 악덕의 표식으로 되어 있는 것은 바로 삼국 작자의 인물의 전형성 방면에서의 성공을 설명하는 것이다. 이는 역사책에서는 도저히 달성할 수 없는 것이니, 이것이 바로, 자자구구(字字句句)가 모두 '정사에 보이지 아니하는' 데 기인하는 것이다.

디테일의 세밀하고 풍부한 면에 있어서도, 유비가 융중(隆中)으로 제갈량을 찾아보는 대문을 예로 든다면, 사서(史書)에는 다만,

"무릇 세 번 가서야 마침내 보았다.[凡三往乃見]"의 다섯 글자가 있을 뿐이다.

그러나 소설에서 보면, 삼고초려(三顧草廬)는 오륙천 자에나 달하는 정채(精彩) 있는 문자로서, 층층한 곡절과 변화와 극적 사건 가운데, 처처에 유비의 지성스러운 마음과 갈모(渴慕)하는 정이며, 장비의 남에게 굴하지 않는 기질과 덜렁대는 본성 그리고 관우의 온중(穩重)한 성격과 복종하는 품이 묘사되어 있다.

그리고 독자들도 마치나 융중의 경물과 은사들의 생활 면모를 몸소 그 경지에 들어가서 보듯이 느끼는 것이다. 이 모든 것은 이야기를 위해서 이야기를 엮은 것이 아니라, 일체가 인물의 성격을 위한 것이다.

만약에 사서와 비교하여 본다면 이 모든 것은 자연 그 전부가 정사에는 보이지 않는 것으로서 역시 허구인 것이다. 허구는 이러한 의미에서 말한다면 바로 예술적 개괄이다. 『삼국연의』가 광범한 대중들의 사랑을 받고 있는 까닭은 바로 그것이 단지 칠푼

실사(七分實事)만으로 그치지 않았기 때문인 것이다.

명대(明代) 고유(高儒)의 『백천서지(百川書志)』는 『삼국지연의』에 대하여 다음과 같은 평어(評語)를 주고 있다.

  정사에 의거하고, 소설을 채택하고, 문사(文辭)를 인증(引證)하고, 호상(好尙)을 통괄하고[대중의 애정, 증오와 소원, 희망을 표현했다는 뜻], 속(俗)되지 않고, 허(虛)하지 않고, 보기 쉽고, 들어가기 쉽고, 사씨(史氏)의 창고지문(蒼古之文)이 아니요, 고전(古典)의 회해지기(詼諧之氣)를 버리고, 백년을 서술하고 만사(萬事)를 개괄하였다.

이것은 상당히 공평하고 타당하며 또 주도(週到)한 평가다. 백년의 장구한 시일과 만사의 번다한 소재 가운데서 어떻게 선택하였고 어떻게 양기(揚棄)하였으며, 또 어떻게 조리 정연하게, 평면적이 아니면서도 무잡(蕪雜)하지도 않게 묘사하였는가.

이것은 절대로 간단 용이한 일이 아니다. 또 의거하는 바가 있기 때문에 간단 용이하게 이루어진 것도 아니다. 그와는 정반대로, 이것이야말로 나관중의 비범한 일면인 것이다. 허다한 위대하고 복잡한 장면들을 그는 모두 타당하게 처리하였으며 충분히 생동하게 정채 있게 묘사하였다.

또한 나관중이 소재(素材) 원문(原文)의 문자를 계승 운용한 데 있어서도 역시 주의할 가치가 있으니, 우리가 삼국을 읽고 다른 고전 소설과 비교하여 볼 때, 문언(文言)의 기운이 농후해서 구어(口語)와는 거리가 좀 멀다는 것을 느낄 수 있는 것이지만, 그래도 만약 사서(史書)와 한 번 대조하여 본다면, 소설이 사서에 근거한

부분들이 모두가 한 번씩 통속화의 변동을 경과해서 원문을 생채로 삼켰다가 그대로 토해 놓은 흔적이란 거의 없다.

　서사문이며 대화들은 나관중 그리고, 모씨(毛氏) 부자의 소화(消化)와 용주(鎔鑄)를 경과하여 정연한 체제를 구성하고, 명백하고 순정(純淨)하며 세련(洗鍊)된 완정(完整)한 풍격(風格)을 이루었다. 『삼국연의』 전편은 육칠십만 자에 불과한데 백년간의 만사를 다 그려 내었고, 무수한 사람의 사상 행동을 다 그려 내었으니, 이러한 예는 세계 문학 작품 가운데서도 흔히 볼 수 없는 것으로서 이는 바로 우리나라 고전 문학 중에 사실주의 정신이 풍부한 우월한 전통이다.

　그러나 『삼국연의』에도 결함은 없지 않다. 노신(魯迅) 선생이 일찍이, "심지어 인물 묘사에도 역시 잘 안된 데가 적지 않게 있으니 유비의 온후(溫厚)한 품을 나타내려 한 것이 거짓에 가깝게 되었고, 제갈량의 지모(智謀)가 많은 것을 보이려 한 것이 요인(妖人)에 가깝게 되어 버렸다."하고 말하였으며, 홍치본(弘治本)의 서문에도, "그 간에 또한 한둘 과불급(過不及)을 면하지 못했으나 읽느라면 책을 읽는 사람에게 도움이 된다"고 하였다.

　우리는 또한 삼국 속에 미신적 요소가 있는 것을 볼 수 있으니, 한 번 책을 펴 들자 우선 가지가지 요사스러운 재앙(災殃)과 상서(祥瑞)가 서술되어 있고, 그 뒤로 누가 출사해서 불리하면 그보다 앞서서 번번이 바람이 숫자기(帥字旗)를 꺾어 놓으며 장차 누가 죽으려면 흔히 예감과 좋지 않은 조짐이 있는 것, 그리고 요술을 쓰고[作法], 별에 제를 지내는[祭星] 따위와 같은 것들이다. 우리는 물론 그러한 것을 믿지 않으나, 그러한 음양오행(陰陽五行)과

방술부참(方術符讖) 등의 이야기는 한대(漢代)에 가장 유행하여 옛 사람들은 확실히 그렇게 믿고 있었고 그렇게 전해 내려 왔던 것이니, 역사의 시대 자체로는 물론이요 작자의 시대로 보더라도 모두 역사에서 이탈된 것이 아니다.

이 밖에도 『삼국연의』의 작자는 의병을 일으킨 황건(黃巾)을 동정하지 않고 그들을 도적이라고 비방하였다. 이것은 작자가 저 위대한 농민 혁명의 본질을 인식하지 못하고, 주요한 것은 그를 빌어 소설에서 유(劉), 관(關), 장(張) 등의 인물을 끌어내는 도선(導線)을 삼은 것이다.

비록 그러하기는 하나 여기에 주의할 가치가 있는 것은 나관중이 황건의 여당(餘黨)들을 한껏 해야 '양민을 겁략하였다'[劫掠良民]고 썼을 뿐이라는 것이다. 도리어 소설가의 붓은, 당굿을 구경하는 수천 명의 백성들을 에워 싼 다음에 남자들을 죽여 버리고 부녀들을 겁박하며 재물을 수레에 싣고 수레 아래다가는 사람의 머리를 달아 매고서 도적을 죽여 이기고 돌아온다고 입으로 지껄이는 자가 반적(反賊)인 황건이 아니라 바로 왕신(王臣)인 동탁이라고 쓰고 있다. 이 점에 있어서, 나관중은 비록 황건을 도적이라 부르고는 있을망정, 도리어 통치 계급의 흉포 잔인한 것에다 훨씬 중점을 두고 묘사하여 역사적 진실을 반영하였고, 혁명적 농민에 대하여서는 그 이상의 아무런 비방도 가한 것이 없다.

이런 따위의 결합은 결국 부차적인 것이요 분량도 많지 않다. 전체로 볼 때 이것으로 인해서 주제 사상이 조금도 훼손당하는 것이 아니다. 까닭에 『삼국연의』는 모든 역사 소설 가운데서 가장 걸출한 일부 저작임에 어디까지나 부끄럽지 않는 것이다.

구보 박태원 연보

1909   12월 7일(음) 경성부 다옥정 7번지에서 박용환과 남양 홍씨의 4
남 2녀 중 차남으로 태어남.
처음 이름은 등 한쪽에 커다란 점이 있다 하여 점성點星으로 지음.

1913   11월 21일 조모祖母 장수長水 황씨黃氏 사망함.

1916   큰할아버지 박규병으로부터 천자문千字文과 통감通鑑 등 한문 수
업을 받기 시작함.

1918   8월 14일 태원泰遠으로 개명.
『춘향전』,『심청전』,『소대성전』등을 탐독하고 고소설을 섭렵함.
경성사범부속보통학교 입학.

1922   경성사범부속보통학교(4년제)졸업.
경성제일공립보통학교 입학.

1923   4월 15일 〈동명東明〉 '소년칼럼'에 작문「달마지」당선.
문학 써클을 만들어 창작 활동에 몰두함.

1926   의사인 숙부 박용남과 고모 박용일의 소개로 춘원 이광수에게
지도를 받게 됨.
3월 〈조선문단〉에 시「누님」이 당선됨으로써 문단 데뷔.
필명筆名 박태원泊太苑 사용.
〈동아일보〉, 〈신생〉 등에 시, 평론 등을 발표함.
고리키, 투루게네프, 톨스토이, 세익스피어, 유고, 모파상, 하이
네 등 서양문학에 심취하기 시작함.

1927	제일고보 휴학.

1927 제일고보 휴학.

문학활동에만 전념. 양의사인 숙부 박용남과 여학교 교사인 고모 박용일의 주선으로 춘원春園 이광수李光洙와 양백화梁白華에게 사사私事.

1928 3월 15일 아버지 사망. 큰형 진원이 가업인 약국(공애당 약방)을 물려받음.

제일고보 복학.

1929 소설(꽁뜨)「최후의 모욕」을 씀〈동아일보〉(1929. 11. 12).

1929 3월 17일 제일고보 졸업(25회).

동경 법정대학 예과 입학.

12월에 박태원泊太苑, 몽보夢甫라는 필명으로 소설, 시, 평론, 번역 등을 발표.

〈신생〉에 시「외로움」을 발표하는 한편 〈동아일보〉에 야담「해하의 일야」등을 연재(12. 17~24).

1930 동경 법정대학 예과 2학년 중퇴 후 귀국.

영화, 미술, 음악 등 서양 예술 전반과 신심리주의 문학에 경도.

〈신생〉 10월호에 단편「수염」을 발표하여 본격적으로 문단에 데뷔.

동경 유학생활에 관한 것은 소설「반년간」에 잘 반영되어 있음.

「적멸寂滅」을 〈동아일보〉(2. 3~3. 1)에 연재. 삽화를 자신이 직접 그림.

「꿈」〈동아일보〉(11. 5~12) 발표.

1933 조용만의 추천으로 이상, 이태준, 정지용, 김기림, 조용만, 이효석과 함께 《구인회》에 가입. 「반년간」〈동아일보〉(6. 15~8. 20) 발표. 자신이 직접 삽화까지 그림.

1934 10월 27일 경주김씨 김중하(한약국 '수민제중원' 경영)의 무남독녀 김정애와 결혼. 김정애는 숙명여고에서 배구선수였으며, 수

석으로 졸업하고 경성사범학교 여자연습과를 졸업(1931)한 후, 진천초등학교 교사로 재직 중이었음.

「소설가 구보씨의 일일」〈조선중앙일보〉(8. 1~9. 1), 「딱한 사람들」〈중앙〉(11), 「애욕」〈조선중앙일보〉(10.16~23), "창작여록-표현, 묘사, 기교" 발표, 《구인회》주최 '문학공개 강좌'에서 "언어와 문장" 강연.

1935 종로 6가로 분가. 《구인회》주최 '조선신문예강좌'에서 "소설과 기교" "소설의 감상" 강연.

〈조선중앙일보〉에 장편소설 「청춘송」을 연재.

〈개벽〉에 「길은 어둡고」를 발표.

「거리」〈신인문학〉(11) 「비량」〈중앙〉(1권 2호) 발표.

시 「병원」〈카톨릭청년〉(3권 2호).

1936 1월 16일 오후 4시 15분 동대문 부인병원에서 맏딸 설영雪英 출생. 「천변풍경」〈조광〉(2권 8호~10호) 연재. 「방란장주인」, 「비량」, 「진통」, 「보고」 등 많은 소설을 발표.

1937 관동(현재의 교북동) 12-4로 이사. 7월 30일 둘째딸 소영小英 출생.

「여관주인과 여배우」〈백광〉(6호), 「성탄제」〈여성〉(21호) 발표.

조광에 「속 천변풍경」을 연재.

1938 「염천」〈요양촌〉(3권).

「명랑한 전망」을 매일신보에 연재.

단편집 〈소설가 구보씨의 일일〉(문장사), 〈천변풍경〉(박문서관) 출간.

1939 예지동 121로 이사. 9월 27일(음력 8월 15일)에 맏아들 일영一英 출생.

창작집 『박태원 단편집』 출간. 「이상의 비련」을 〈여성〉에, 「윤초시의 상경」을 〈가정家庭の우友〉에 발표. 「골목안」〈문장〉(1권

10호) 발표.

중국소설 번역에 몰두하여 번역집『지나소설집』(입문사)을 출간.

1940 돈암동 487-22에 대지를 마련하고 설계를 하여 직접 집을 짓
고 이사.

「애경」〈문장〉(2권 1호~7호) 연재.

1941 〈매일신보〉에「여인성장」연재.

〈신시대〉에「신역 삼국지」연재.

「투도」번역〈조광〉(7권 1호),「채가」〈문장〉(3권 4호) 발표.

1942 1월 15일 둘째아들 재영再英 출생.

장편『여인성장』,『군국의 어머니』,『아름다운 봄』출간.

「수호지」〈조광〉(8권 8호~10권 12호) 번역.

1944 「서유기」〈신시대〉에 번역 연재.

1945 조선문학건설본부 소설부 중앙위원회 조직 임원으로 선정.

〈매일신보〉에 장편「원구元寇」를 연재하다 76회로 중단.

1946 조선문학가동맹 집행위원으로 선정.

『조선순국열사전』(유문각) 출간.

〈조선주보〉에 장편「약탈자」연재.

1947 7월 24일 셋째딸 은영恩英 출생.

『약산과 의열단』(백양당), 장편소설『홍길동전』(조선금융조합연
합회) 출간.

1948 보도연맹에 가담하여 전향 성명서 발표.

성북동 39로 이사.

『이순신 장군』, 단편집『성탄제』를 (을유문화사)에서 출간.『금
은탑』(한성도서) 출간.『중국소설선 1』,『중국소설선 2』(정음사)
출간.

1949 〈조선일보〉에『갑오농민전쟁』의 모태가 되는「군상」을 발표(6.
15~1950. 2. 2) 하다가 도중 하차.

〈서울신문〉에「임진왜란」연재(1949. 1. 4. ~ 12. 14).

1950 6·25 전쟁중 서울에 온 이태준·안회남·오장환을 따라 월북, 한국전쟁 중 종군 기자 활동함. 일본에서 서양화를 전공하고 해방 직후 최고의 미술 운동 이론가였던 남동생 문원, 숙명여고 졸업 후 좌익에 참여했던 여동생 경원, 맏딸 설영도 월북하여 평양서 재회.

　　　북쪽에서의 연보는 2005. 12. 12. 북경 혜교호텔에서 있었던 '갑오농민전쟁에 대한 국제학술회의' 때 북측 인솔단장인 박길남 부교수(사회과학원 주체문학연구소 실장)가 들고 온 박태원의 연보와 큰 딸 박설영(평양기계대학 영문학 교수)과 의붓딸 정태은의 기록에 의함.

여기서부터는 북한에서의 활동임

1952 「조국의 깃발」을 〈문학예술〉에 발표.

1953 평양 문학대학 교수로 재직하며 국립고전 예술극장 전속 작가로 활동.

1955 조운과 함께『조선창극집』(국립문학예술서적출판사) 출간.
　　　『야담집』,『정수동 일화집』(국립문학예술서적출판사) 출간.

1956 정인택의 미망인 권영희와 재혼.

1956 남로당 계열로 몰려 숙청당해 작품 활동 금지됨.
　　　『갑오농민전쟁』을 16부작으로 구상하고 농민 전쟁에 관련된 자료들을 수집, 정리 하기 시작함.

1959 『리순신 장군 이야기』(국립문학예술서적출판사) 출간.
　　　『리순신 장군전』,『심청전』,『삼국연의』 1권(국립문학예술서적출판사).

1960   작가로 복귀. 「싸워라! 내 사랑하는 아들딸들아」를 〈문학신문〉
(1960. 11. 29)에 발표. 『임진조국전쟁』(국립문학예술서적출판
사).『남조선 농민들의 비참한 생활 형편』(조선로동당출판사) 출
간. 『삼국연의』 2권(국립문학예술서적출판사).

1961   「로동당 시대의 작가로서」〈문학신문〉(1961. 5. 1)를 통해『갑오
농민전쟁』의 구체적인 구상을 소개하고 본격적인 역사소설을
쓰겠다는 의지를 밝힘.

『삼국연의』 3권(국립문학예술서적출판사).

「옛 친구에게 주는 글」〈문학신문〉(1961. 5. 26).

1962   〈문학신문〉에 「을지문덕」(5. 20), 「김유신」(5. 29~6. 11), 「김생」
(6. 8), 「연개 소문」(6. 15), 「박제상」(6. 19), 「구진천」(7. 6) 발표.
『삼국연의』 4권(조선문학예술총동맹출판사).

「지조를 굽히지 말라」〈문학신문〉(12. 28).

1964   '혁명적 대창작 그루빠'의 통제 아래, 『갑오농민전쟁』의 전편에
해당하며 함평·익산 민란 등을 다룬 대하역사소설 『계명산천
은 밝아오느냐』를 집필. 「삼천만의 념원」〈문학신문〉(12. 24) 발
표.

『삼국연의』 5, 6권(조선문학예술총동맹출판사).

1965   망막염으로 실명. 장편소설 『계명산천은 밝아오느냐』 1부 1권
(문예출판사) 발간.

1966   장편소설 『계명산천은 밝아오느냐』 1부 2권(문예출판사) 발간.

1972   뇌출혈(1차) 반신불수후, 원고지 모양으로 특수 틀을 이용 원고
를 쓰다가 부인 권영희에게 구술하는 것을 받아쓰게 함.

1976   뇌출혈(2차)로 전신 불수와 언어 장애의 불운이 겹침.

1977   4월 15일 장편소설 『갑오농민전쟁』 1부 간행(문예출판사).

1980   4월 15일 장편소설 『갑오농민전쟁』 2부 간행(문예출판사).

잡지 〈청년문학〉에 수기 「당의 따사로운 손길」(1980. 10월).

1981 구술 능력 상실. 잡지 〈조선문학〉에 수기 「나의 작가 수첩에서」
(1981. 7월).

1986 7월 10일(음력 6월4일) 저녁 9시 30분 평양시 중구역 대동문동
25반에서 사망.

1986 12월 20일 장편소설 『갑오농민전쟁』 3부 가 박태원 · 권영희 공
저로하여 (문예출판사)에서 간행.

구보 박태원 가계도

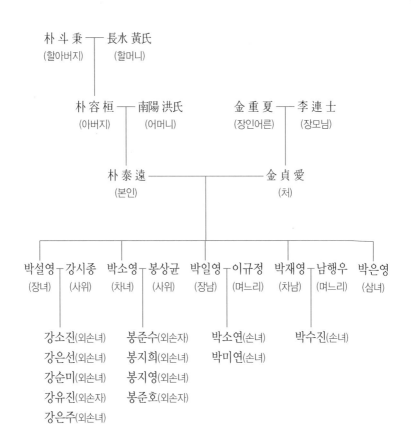